# E=mc³

## 科研边角料 奇思录

主编 ={杨枫，王博言}

中央编译出版社
CCTP Central Compilation & Translation Press

**图书在版编目 (CIP) 数据**

E=mc³：边角料科研奇思录 / 杨枫，王博言主编. — 北京：中央编译出版社，2022.7

ISBN 978-7-5117-4147-9

Ⅰ.①E... Ⅱ.①杨... ②王... Ⅲ.①幻想小说 – 小说集 – 中国 – 当代 Ⅳ.① I247.7

中国版本图书馆 CIP 数据核字 (2022) 第 059388 号

**E=mc³：边角料科研奇思录**

| | |
|---|---|
| **责任编辑** | 郑永杰 |
| **执行编辑** | 周雪凝 |
| **责任印制** | 刘　慧 |
| **出版发行** | 中央编译出版社 |
| **地　址** | 北京市海淀区北四环西路 69 号（100080） |
| **电　话** | （010）55627391（总编室）　（010）55627309（编辑室） |
| | （010）55627320（发行部）　（010）55627377（新技术部） |
| **经　销** | 全国新华书店 |
| **印　刷** | 北京文昌阁彩色印刷有限责任公司 |
| **开　本** | 787 毫米 ×1092 毫米 1/16 |
| **字　数** | 251 千字 |
| **印　张** | 17.75 |
| **版　次** | 2022 年 7 月第 1 版 |
| **印　次** | 2022 年 7 月第 1 次印刷 |
| **定　价** | 68.00 元 |

新浪微博：@ 中央编译出版社　　　　微　信：中央编译出版社（ID：cctphome）
淘宝店铺：中央编译出版社直销店（http://shop108367160.taobao.com）（010）55627331

**本社常年法律顾问**：北京市吴栾赵阎律师事务所律师　闫军　梁勤
凡有印装质量问题，本社负责调换，电话：（010）55626985

# 致 谢

本书的出版得到"清华大学学生原创作品支持计划"的指导与支持，在此致以衷心的感谢！

# 推荐序：我也是科幻作家

文 / 飞氘

24年前的一天，我偶然发现了《科幻世界》这本杂志，从此成为一个自觉的科幻迷，还是初中生的我无论如何也想不到，20年后的自己会以科幻作家和文学博士的身份走上清华大学的讲台，给全国最聪明的年轻人开设一门叫作"科幻文学创作"的课程，而这竟然成了我第一份正式工作的主要内容之一。

那时国内高校里似乎还没有专门以科幻创作为宗旨的课程，因此我只能摸索着前进。到如今，这门课已上过四轮了，课程框架也一直在调整，但有些问题仍未解决：到底该怎么讲？多数学生选课是出于好奇心，想尝试新鲜事物，有创作经验的是少数，写过科幻的寥寥无几，有志向成为科幻作家的更是屈指可数。这意味着课程不能照搬常见的写作工作坊模式，也不能完全变成"科幻文学史"或"科幻经典鉴赏"，尽管对经典的鉴赏和学习是初学写作者必不可少的环节。再加上，清华的同学们大多知识广博、才智出众，不论是知识储备还是学习能力都远超过我，怎样才能让他们真正有所收获？更尖锐的问题是：有几个优秀的科幻作家上过什么"科幻文学创作"课？参与过类似课程学习的人又有几个成了伟大作家？换言之，文学创作能教吗？有必要教吗？谁有资格教？刘慈欣写小说是跟谁学的？让刘慈欣站到讲台上，能教出像他那么厉害的学生吗？

这些疑云挥之不去，直到我偶然读到了朗西埃的《无知的教师》。

β

朗西埃重述了 19 世纪一位"无知"的教师科克托的故事：一次偶然的经历让他意识到，学生可以不用借助教师的讲解而去学会他们原本不懂的知识，正如儿童可以靠反复地听人说话、模仿、重复来学会语言一样。一种革命性的教育理念由此生成：传统的教育者认为学生必须经由教师的讲解才能正确、有效地学会一门知识，否则只能在黑暗之中盲目摸索。这个讲解的活动实际上预设了一种智力上的不平等：已经高等了的智力向尚且低等的智力进行讲解，后者努力缩短与前者的距离，直到有一天获得认可，成为新的讲解者。这种预设符合我们惯常的想象：学问渊博的教师如同一块资料硬盘，课堂就像一根数据线，丰富的知识就这么一点点传送、复制到新的硬盘上。

而科克托的经历让他意识到，人的智力是平等的，农夫熟练地使用自己的工具，和一个教授使用拉丁语，是人类的同一种智力在不同方面的运用，如果农夫说自己学不会拉丁语，那只是因为有人让他相信他做不到，以及他自己出于怠惰而不愿意在这方面投入智力。事实上，只要他对自己诚实，承认曾经靠自己学会过一些事情，愿意坚持投入他的智力，通过反复的记忆、重复、比较，他就能像学会使用农具一样靠自己学会拉丁语这个工具。在这个过程中，教师不需要用自己的拉丁语知识去为他讲解什么，只需要不断地鼓励、督促他，检验他的投入程度。教师的角色由此从讲解者变成了检测者。在这个意义上，即便不识字的家长也可以成为"无知的教师"，因为他总是可以检测孩子是否投入了自己的所见和所学："你在语文课上学了什么""它是关于什么的""你对此怎么想""你把学到的句子写下来，现在把课本拿来给我，我们来对比一下你写的句子和课本上的句子是否一样"。

当然，这不是说，任何一个人，只要他愿意努力，就能做到像杜甫一样写诗，像爱因斯坦一样研究物理，而是说，不管你是工人、铁匠还是快递员，只要你愿意运用自己的智力，就可以用诗、用数学定理或其他什么来讲述你的心智探索，一如你最初学会母语一样。"这里的关键，不是培养伟大画家，而是培养被解放者，让这些人能说出我也是画家。"在这个意义上，所有智力都是平等的。无疑，这不是一个通过严密的实证方法证明了的结论，而是一种平等哲学的起点，是一个假说，在这个假说之下，教师可以发展出一套方法，然后去看看它实际上能带来什么效果，以此检验这个假说。而这个假说最触动人的地方，是"无知的教师"相信：人在使用任何一种符号（文字、颜料、数学符号、劳动工具等等）时，他都是在运用同一种人类的智力，并且他相信自己的所做是有可能被另一个人所理解的，别人和他拥有着同样的智力，可以去猜测、比对、分析这些符号，尝试弄懂他的意图，由此达成彼此的分享和理解。

我不确定这样一种教育哲学对于其他课程的适用性如何，它至少让我大受震撼，并彻底地解除了我的思想包袱：从此之后，我更加坚信，作为教师的我，完全可以去教各方面的潜力都远超过我的学生，作为作家的我，也完全不用担心自己的创作水平会成为学生成长的天花板，只要我能调整自己的定位。具体来说，文学写作课的关键不在于教师自己有没有丰富的经验和技巧以及能否把这些经验和技巧讲解给学生，而在于能否鼓励学生树立写作目标并监督、检验学生是否为此充分投入。许多作家都是自学成才，学生当然也可以。"文科生写科幻应该如何完善自己的知识结构？""创意怎样发展为情节？""如何塑造人物、描绘场景？"初学者常常向作家们提出这样的问题，而事实上，只要获得足够的督促和鼓励，他们自己就可以逐步找到这些问题的答案。更不用说，清华的同学们早就证明了他们在运用智力方面是多么出色，所以根本不必给他们太过具体的指导，他们需要的只是一种前进的动力。

我曾对学生说，这门课对于你们创作科幻的最直接帮助就是，通过学分的机制，设定一个必须完成的时间点。对于小说作者而言，这还真的是一个挺关键的推力。读了朗西埃的书后，我对这一点更加确信了。不过，这仍然只是一种外部驱动。决定一个创作者能走多远的，往往不是智力因素和教育背景，而是一种持久的、内生的驱动力。过去四年的教学结果印证了这一点。由于经验不足并且必须在规定的时间内提交作业，大多数同学的期末作业都比较稚嫩、粗糙，达不到直接发表的程度，但其中一些不乏潜力，我很期待同学们能在课程结束后，适当地吸收大家的意见并修改完善。然而，一旦拿到学分，许多同学便失去了与初稿继续"纠缠"的动力，毕竟他们还要应对新的学习任务和人生压力。因此，到目前为止，这些在我课上诞生的科幻习作大多没有发表（也可能有一些发表了但我并不知晓），这未免有些遗憾。

另一方面，虽然每年都有几位清华科幻协会的同学选课，我后来还担任了协会的指导教师，但协会的活动并不需要我给予太多指导，大家完全凭着自己的兴趣进行创作、翻译、评奖甚至策划出版，把社团搞得有声有色。当得知他们已经编辑出版了一本自己的作品集《无名者之国》并且即将推出这本内容更为精彩的《$E=mc^3$：边角料科研奇思录》时，我由衷地为他们感到高兴。这两本书里，有几篇最初就诞生在我的课堂上。这充分说明，清华的同学完全知道怎样做好一件他们喜爱的事，作为老师，我只需要提供一些适当的建议和鼓励即可。

书中的这些作品，或许有些青涩，但展现了令人期待的潜力。我衷心祝愿他们中有人能坚持创作，成为未来的科幻明星，也祝愿所有同学能在自己热爱的领域里不断发挥自己的才智、感受创造的乐趣，希望他们在多年以后回首过往时能够带着愉快的心情说："在美好的青春岁月里，我也是一位科幻作家。"

飞氘

2021 年 9 月 14 日

## 营造

1　水知道问题的答案 / 雪糕掉地

13　双脑筑城记 / 杨枫

## 斯人

29　科幻作品中的科学家 / 钟天意

36　疯狂科学家列传 / 屠思凡

## 格物

45　盗贼的奉献 / [美] 小沃尔特·M. 米勒 / 轮轴 译
　　It Takes a Thief / Walter M. Miller, Jr.

69　飞蛾 / [英] H. G. 威尔斯 / 蘑菇 译
　　The Moth / H. G. Wells

## 创世

79　造物奇趣集 / 八四

## 天问

真理的海洋 / 楚子阳　　95
触摸呼吸 / 王博言　　113
梦蚀 / 水枫杈　　129

## 致真

科幻与科学的交锋：卡特米尔事件始末 / 楚子阳　　169
生死界限 / [美] 克利夫·卡特米尔 / 杨枫 译　　179
*Deadline* / Cleve Cartmill

## 拾遗

砖月亮 / [美] 爱德华·埃弗里特·黑尔 / 杨枫 译　　211
*The Brick Moon* / Edward Everett Hale

## 参考文献

后记：我们为何追求科学 / 杨枫　　277

# 水知道问题的答案

文 / 雪糕掉地

雪糕掉地，清华大学电机系硕士，森见登美彦拥趸。代表作包括《水知道问题的答案》《清华白话聊斋六则》《寻找旦旦》等。

## 一

理论上今天是我和舍友的第一次见面，但这已经是他第二次对我提出同样的问题了：

"你为什么不继续在日本干呢？更何况还是那么好的学校，多少人做梦都想去。至于咱们这……嗯……说难听点，就是个野鸡大学。"

"或许是我想家了吧，我也不太喜欢原来的专业。"这时能用礼节性的笑容应付过去，就不应多做解释，而且舍友显然不是真的对这个问题感兴趣，他的注意力再次回到了手机上。

我无意了解他的个人隐私，于是移开视线，但舍友却误解了这个动作的意思，主动把聊天界面亮到了我面前："漂亮吧？我快追到了。"

2

聊天对象的头像是张戴着太阳镜的白皙面孔，或许是经过了美化处理，看上去略显不真实，聊天框里是两个人一来一回的表情包。他又切换到好友菜单，总共有五六个性别为女的头像排成一列，单独分入了一个标题暧昧的分组。

"你长得帅就是好啊，招人喜欢。"我笑着奉承。

但这奉承似乎又使他产生了更大的误解。于是这位第一次见面的舍友开始口若悬河地讲起自己本科是如何考上了国内一流的理工大学，怎样创业收获了自己的第一桶金，挣到了自己这几年的研究生学费。

"如果不是家里拦着，我可能也出国了吧。"

"真的，你这样的人困在这是有点屈才。"我说。

如果是在出国前那时候，我或许还能真心实意地说出这句话。然而在日本的经历告诉我，舍友试图炫耀的这些东西如果是落在远藤身上，根本不值一提。因此，即使舍友的确有他所自述的那么优秀，也无法使我产生一丝敬畏、崇拜或嫉妒。

不过舍友也并非毫无使我欣赏的要素，没对我行李中的冰箱、显微镜等东西表现出任何兴趣，这就是他的优点。

我甚至用不上回国前就准备好了的借口。

二

即使是在我回国之后，也总是会梦见远藤，那个总是春风得意、如鱼得水的远藤。

而且与舍友习惯于绘声绘色地讲述的不同，梦中的一切都不过是我的真实所见的回放。第三者的视角一次次地向我展示着远藤是如何的在导师面前锋芒毕露，备受褒奖，如何在六个女友和一个女装男友间巧妙回旋，如何一次次地在赌马游戏中稳操胜券，如何巧妙地预测股海的暗潮并从中渔利，以及如何在电视台大热的节目中以幽默的谈吐和不俗的外貌蛊惑万千少女。他俨然是唐老鸭故事里的葛莱史东，永远持有着幸运女神的四叶草，使我敬畏、崇拜又嫉妒。

梦里画面突变，他的导师、研究室的同事、女（男）友与崇拜者们尽数散去，一只桌子凭空出现，又有一只显微镜出现在桌子上，在他的微笑与招手指引下，我向目镜筒望去，透明的冰晶凝成了一句话——

"我们都有光明的前途。"

手腕上智能表的震动恰好使我在这时醒来，确认过舍友的鼾声后，我蹑手蹑脚地移向厨房，开冰箱门上的弹子锁时要用手捏紧，以防发出过大的声音。24只载玻片被小心翼翼地取出，接下来的工作是在微弱的光线中观察冻结后的水滴的纹理，并且同时对照它们的标签——挑选出合格的样品。

在过去的多轮筛选后，是否能呈现清晰的结晶已经不再是问题，然而在准确度上却还是没办法与远藤曾向我展示的那些媲美。这次载玻片上的标签都是一样的文字——"我把球放在了哪个碗里？"

与之相对应的是我桌上的三只贴了标签的塑料碗，正确答案是2号。

24组中只有三组的结晶呈现出了类似于数字"2"的图样。

我从冷藏室取出一瓶纯水，将合格的三组载玻片上的结晶化进瓶中，然后将水再次密封好放回冷藏室。一切就像农业传统的择优育种，这瓶水会被放置大约24小时，使得"水"能在瓶中充分地"生长繁殖"，明晚前需要做好有新的题目标签的玻片，进行下一轮筛查。

我回头看了看舍友，他依旧鼾声如雷，没有半句梦话，也没翻过身。每晚都睡得很死，这或许也是他的优点。

## 三

　　事情的进展比想象的要缓慢得多。更让人烦躁的是每个人都喜欢问我为什么不去实验室，我几乎已经失去了继续戴着面具扮演好学生的耐心。我看得出室友眼中日渐增长的不屑与怀疑。他或许已经知道了我在东京被退学的事。

　　但我不能回头了，眼下有更重要的事情得做，如果成功了，什么问题都会解决。

　　不知远藤过去是怎么做到的？如果远藤没骗我，从读到那本书的他慕名加入江本胜的研究室，到他从这个江湖骗子手底下出走，华丽转身变为大学的优秀研究员，时间间隔是三年。换言之，他欺骗了自己的骗子老板至少三年。忙着经营水生意的前导师至今也不知道自己的书的真正价值，而他却拥有着一批素质近乎完美的"水"，每一步都走在正确的路上。

　　或者，难道是我被骗了吗？回想起来那时远藤主动向我搭话的态度就已经让人生疑。

　　那天远藤穿着一身BOSS的西装，应该是刚从电视台录节目回来，不知为什么就回到了实验室，晃到了我的座位前。"你的个人主页，我关注了哦。"

　　"是吗？我的主页很无聊吧。"理论上，全实验室的本科生都得管远藤叫一声师兄，但不知道为什么，远藤唯独不要求我对他用敬语。

　　"哪的话，对了，我有些好奇，首页那句汉语座右铭是什么意思？"

　　"哪个？哦哦……'张华考上了北京大学；李萍进了中等技术学校；我在百货公司当售货员：我们都有光明的前途'……这个其实不是座右铭。"

　　解释这段话和《新华字典》的关系不太容易，但回忆起来，当时的远藤确实听得津津有味。

又或者他只是看起来听得津津有味，好让我能吃下他撒下的饵料，就像是动画片里，被奶酪引诱的老鼠——

"今天晚上3点，来实验室吧，有个好东西可以给你看。"远藤这么说着。

"……你觉得这些字是怎么出现的？这样吧，你不如去看看《水知道答案》……"远藤这么说着。

"……那书当然不可信，但未必没有真实之处。你能理解吗？这就像……"远藤这么说着。

"……如果还在怀疑，你大可以问一个我们绝对不知道的问题，尽管问吧！或者是问出你最困惑的问题，从如何成为电影明星到如何抽中彩票的头奖，问什么都行……"远藤这么说着。

"……'水'里究竟是什么？我怎么知道呢，你早该看出来了吧，我从来都不是什么学者。但可以保证，它知道几乎一切的答案……从和女友的相处方式到电视智力节目的走向……你明白了吧，我能有今天也都是托了它的福……"远藤这么说着。

"……过于成功可是很累的，现在这样刚刚好……"远藤这么说着。

"……关于你上次的提问，'水'的答案是大阪桐荫……"远藤这么说着。

"……不不不，我怎么会舍不得呢？我当然可以把它给你啊！只要你答应一件小事……"远藤这么说着，只有这次他说的最多——

"你知道我快要毕业了吧？但实际上，说来惭愧，我根本不明白所谓研究是要做些什么。大家都是怎么毕业的呢？真伤脑筋……"

"你要我帮你写论文。"我说。

"你果然脑子很好。"

"为什么是我？"

"它说我身边最聪明的人就是你，"远藤晃了晃手中烧杯里的"水"。

"不是发表论文最多的山口吗？"

"那小子是努力家,只会在一条路上孤注一掷,你不一样,你会为自己留有备选方案。"

"也就是说只要我帮你写论文,你就会把它给我。"我指着烧杯。

## 四

然而打开手机上的聊天软件,我们重复单调的对话已经持续了多久呢?

——什么时候能给我?

——快了,多点耐心。

——快到 9 月了,快一年了。

——我明白,那东西在长时间运输后就会莫名其妙失活,我会解决。

这更像蹩脚的借口,无论是在零度下结晶后还是在被蒸馏后都能保持作用的东西,偏偏会在运输后失效,这不是很奇怪吗?与其说我害怕的是远藤失信,不如说我更害怕"水"的存在本身就是谎言。

不,到现在才怀疑未免太愚蠢了,我将这次实验正确率记录在坐标纸上,三个月来的测试点呈现出了一条缓慢上扬的曲线。

从有效数据 0% 到有效数据 96%,从正确率 33% 到正确率 40%。

如果是骗局,又怎么解释这个呢?我问自己。

解释就是你疯了,一个声音说,你看啊,那不就是普通的杂乱的冰晶吗,哪有什么数字呢?

或许是我快疯了,但眼下还不到承认这个或许的地步,还有时间,还能多试一试。

## 五

室友说今天要把自己的好朋友都请到宿舍来开派对。

"那我晚上就不打扰你们了,我到外面逛逛。"我说。

"别啊,你一起来吧,今天好几个漂亮妹子呢,你帮我把把关呗。"

"不,我没兴趣。"

或许是随意的应和让他有些不满,室友的声音冷了起来:"你是不是觉得我是傻子?我倒觉得蠢到被退学的人才是蠢得无可救药。"他露出一副什么都知道了的得意表情。而我不习惯争执,只是穿上大衣离开了寝室。

"我会晚点回来,你们别太疯了,房东知道了不好办。"

不知不觉已经是冬季,室内外的温差令人牙齿发颤。

我回想起刚才舍友的那张得意的脸,虽然他根本什么都不知道。

## 六

"也就是说只要我帮你写论文,你就会把它给我。"我看了看远藤,指着他手里的烧杯。

"对,但要等你离开以后。同在一个研究室里,当枪手暴露的概率未免太大了,"远藤的声音慢悠悠的,像在挑拣着能说服我的字眼,"事实上,我更希望你能先离开学校。"

"但我还有两年才能毕业。"

"哦,那你自己想想办法?"

"……好吧,成交。"

即使时间能重来，即使知道远藤不见得信守承诺，我也还是会给出一样的答案。

毕竟只有这样，他才会露出志得意满的表情，然后扭头去冰箱里找香槟酒庆祝。

我才有机会趁他背过身的那几十秒抿下一口烧杯里的"水"。

我得为自己留有备选方案。

七

如今备选方案或许是走不通了。

或许是量上的绝对差异，或许是蒸馏的方式不当，或许是喝下它本身就是个错误。总而言之，从自己体液中蒸馏得到的"水"再也没能表现出远藤的所有物那样的智慧。对于 1/3 概率的随机问题，预测精度的曲线总在 42% 上下波动——比瞎猜靠谱一点点，也仅仅是一点点。理论上已经可以将它应用在投机市场上了——但恐怕还是不够稳妥。圣诞夜，室友又要开派对，这次我被直截了当地"请"出了宿舍。

室外满溢着节日气氛，打扮成圣诞老人的年轻人在街边发着传单。我漫无目的地瞎逛着，脑袋里全是关于"水"的事——

将其训练到能连续显示一串股票编码需要多久？

得想办法借到一笔买股票的钱。

42% 真的不是错觉吗？

还是需要更大的数据量，可以买个大点的冰箱……

仿佛听见了心声，口袋里的手机突然响起，来电显示是远藤。

电话另一边的招呼有些没头没脑："好久不见，你知道吗？山口那家伙过劳死了。所以说做事孤注一掷可不行……"

"'水'的事情怎样了？"

心里一个声音在说，我才不在意山口什么的死活。

"真是直截了当啊。嗯，问题找到了，原来是氧啊，那东西对氧的含量很敏感，你以后最好也注意点。"

"什么意思？"

"就是说暴露在空气里或者密封都不行，过去虽然封存在冰箱里，但也总拿出来实验，倒是刚好符合了这个特性，但要寄送的话还是要用密闭性适当的保存方法。"

"什么保存方法？"

"你还问什么方法？"电话那头似乎很惊讶，"我的快递难道还没送到吗？"

"快递？"

"对，当成酒寄的，只有用软木塞封存在瓶子里的时候透气性是……"

已经没有听完的必要了，挂断电话，拦下路口的出租车，如今只有赶回宿舍是最紧要的。

嗜酒如命，对别人的包裹过于好奇，这是室友的两个缺点。

## 八

多少冷静下来一些后，我只能回忆起当时自己正拿着空瓶质问室友，而他和他的伙伴们指了指自己和朋友们手上的杯子说了什么，又指了指厨房水槽，一同发出一阵嬉笑。

那时他们说了什么来着？

现在没法问室友了，脖子正汩汩地冒着血的他显然不是能回答问题的状态。

他的朋友好像跑了几个,情况或许不太好,与电视节目不同,现实中警察的效率应该很高。

深呼吸,得冷静,当务之急只有一件事。

右手几乎是自己动了起来,轻柔地拿起室友手里的杯子,然后从他颈动脉那接了一杯血。

我的蒸馏器放哪来着?我问自己。

四下搜寻的目光捉到的却是落在地上的那张贺卡:

"我们都有光明的前途。"

已经没什么光明的前途了,一个声音说。

不会的,只要找到蒸馏器就行了,又一个声音说。

所以说做事孤注一掷可不行。

冷静下来,没事的。

先找到蒸馏器。

水会知道问题的答案。

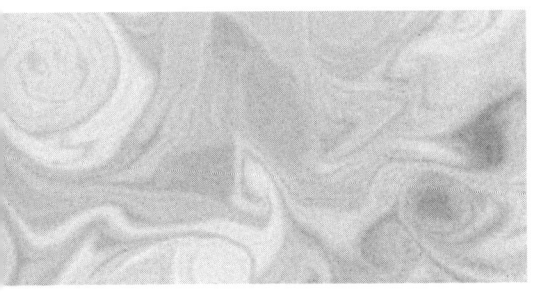

# 双脑筑城记

文 / 杨枫

杨枫，青年作家，中文科幻数据库创始人，清华大学软件工程硕士，作品散见于各大科幻平台，并被译至海外。代表作包括《毕业讲稿》《树上的九十亿个姐姐》《召唤兽：一部人类史》等。

在那场实验开始前，老徐只是一名废柴俱乐部的普通新会员。

众所周知，任何优等大学都有所谓的"主旋律"：大一刷分，大二打比赛，大三混实验室，大四实习……整条道路犹如走钢丝，稍有不慎，便将坠入万丈深渊，浑浑噩噩地度过残存的数年岁月，泯然众人矣。废柴俱乐部正是为此而生，以收容各路落难同胞，互帮互助为己任。

俱乐部的新人通常会再挣扎一阵子，但是人生啊，一旦跌倒，再爬起来可没那么容易。大多数人最后还是选择与自己和解，躺平一阵，再去找别的出路。因此，当老徐在迎新会上大喊"我和你们这帮人不一样！"时，我们只当他是开玩笑，大家该吃吃，该玩玩，甚至还要他来试试《幻世-3》T大特供DLC，接进副脑，在虚拟世界当几天学神，快乐快乐，气得他跑到洗手间哭天抹泪，又引来一阵哄笑。

可是后来，老徐的成绩竟然真的涨了。

这要多亏他在网络中心工作的朋友老李。

彼时，拜新问世的副脑所赐，校园网的网速一直很烂。

副脑是装在颅内的流体计算机，与大脑双向连通，构成完备的脑机系统。用通俗但不准确的话讲，就是我们可以用操作旧式电脑的方式来对大脑动手动脚了。

副脑上装载了不少炫酷功能，从猝死预测机到数字货币投资专家，应有尽有。在大学里，使用频率最高的当然是学习机制：想学什么，只要从云端下载资料到副脑，让信息处理单元反复刺激大脑的记忆区，形成长期记忆即可。水平高的学生还会把经验和灵感记录成文档，再次输入副脑，从而形成更有效的自反馈回路。

大学生活因此天翻地覆。渴求知识的莘莘学子开始向数据中心发动一轮又一轮的 DDoS 攻击，引得网管们叫苦不迭。老李那会儿刚刚加入网络中心，急需做出业绩，压力自然更大。而在西西弗斯之路上一去不返的老徐也刚刚绝望地发现：他已经穷尽了所有手段，却仍然无力回天。

一天，在夜宵食堂，二人历史性地会面了。老李端着餐盘，一屁股墩坐到老徐面前。二人先照例就日常生活大吐苦水。等到氛围恰到好处，老徐的怨念即将飞跃巅峰，老李便顺势问他，要不要来参加一个试验。

"我打算搭一个小型分布式网络，"他兴冲冲地说，"我写了一个模块，能让副脑开启无线热点。参加实验的人互开 Wi-Fi，组成 P2P 网络，把资料切块，随机存储到彼此的副脑里。这样一来，数据就分散到每个人身上了，读写都不用走主干网和数据中心，节省下来的带宽就可以分配给其他服务，提升校园生活质量。"

老徐听得一头雾水，却不愿在友人面前露怯。

"听着不错，可这跟我有啥关系？"他转而抛出最关键的问题。

"嘘——后面这事你可别外传。我给你写了个后门，能读取加密数据块，自动往记忆区写。也就是说，不管你醒着睡着，只要有数据过你这儿，你都会一直在学习。这可能会让你觉得累，但我保证，绝对不伤身，而且大概率能迅速提升成绩。"

听到这里，老徐立刻精神了。走投无路的他几乎立刻便接受了友人的邀请。后来的你问我答不过是走走形式。

"为什么找我？"

"随机抽样。"

"不可能，肯定有什么原因吧。"

"其实还有一个隐含的实验，是我的私人课题。"

"什么实验？"

"说细节你也不懂。我就是想看看在这样的超载学习环境里，你这类学生能提升到什么境界。也不用你额外做什么，让我观察记录你的成绩和学习过程就好。"

"哼，瞧不起我是吧？等着瞧。"

"行，那你提交组网申请，回头我给你单独装环境。"

事情就这样成了。首批受试者来自各个学院，平均成绩为中等偏上，凑齐了所有学科，但是后门程序唯老徐独占。受试者组成的副脑集群采用RAID-486策略存储数据切片，会保证所有的文件块每周在老徐这里轮换一轮。

实验启动后，信息洪流日夜冲洗着老徐的大脑，把数倍于常态的资料注入海马体。每天醒来，老徐都会去做老李准备的调查问卷。问卷上的问题五花八门，严重超纲，涵盖从室女座星云到夸克世界的方方面面。可他却渐渐喜欢起这些题目，因为每次做题，他都会发现自己学会了更多的东西，诸如一套数学理论，一组外科手术总结，或是一种新提出的计算机算法……穿插其间的优等生私藏札记则如同钢筋梁架间的熔焊，熔接知识和知识，构造出五花八门的精巧建筑。

此时我们还不知道老徐的秘密。当他在俱乐部的派对上表演手工求解高维旅行商问题，使出五花八门的奇淫巧技时，我们只是觉得不可思议。这家伙大概只是一时水土不服，才会沦落到此处，真正属于他的，应该是特等奖学金联盟吧。

不出所料，期末考试，老徐拿了大满贯，顺理成章地拿到了特学联的入场券。接受校报采访时，他再次引述了那句关于成功、天赋和汗水的破烂名言。他的黑眼圈则成了发言的确凿证据，一层一层挂在眼袋周边。

他感谢他的朋友老李（但巧妙回避了真相），表达了对尖子生的崇拜，却唯独没有提到俱乐部，尽管当他家中遭遇飞来横祸，经济包袱死死咬住他时，是我们拿倒卖 VR 游戏外挂的钱帮他摆脱了困境。

那是他入学以来最大的危机：他家单亲，农村户口，入学第一年，母亲出了车祸。拿到我们的援助款时，他没有感谢我们，只是吞咽着眼泪，不停地说自己是个废物。我们倒也没什么怨言，反而特理解他。他讨厌自己，迫切想要翻身。多积极啊。为了家人而力争上游，俱乐部的成员们又何尝不想如此呢？如果有可能，谁又会真的接受混吃等死的状态呢？

大三开学，分布式网络实验宣告成功。系统正式上线，老李当选模范员工。摆脱了重压的数据中心也终于能让人舒心选课了。

选课结束后，老徐来办退会。我们发现他的黑眼圈更重了，让他注意身体。

"没事，习惯了。"他摆摆手，办好手续，摇摇晃晃地走了。

那时我们仍然对他的颅腔一无所知，遑论他所承担的重负。在漫天飞舞的八卦中，我们只知道他要去综合科学研究院的王牌教授手下实习。选实验室那阵子，邀请雪片般飞进他的邮箱。而按照社员的说法……妈的，他挑选 offer 的样子，活像翻阅情书的校花校草。

他如愿以偿地进了最好的实验室，开始做课题。

接着，他又挨骂了。

更好的环境自然要求更高。后门程序只给了他敲门砖，而且出于安全考虑，大幅限制了读写模组的吞吐量，还过滤掉了很多冗杂数据，从而限制了他的飞升高度。

他去找老李解除限制。老李打量着他的倦容，摇了摇头，没有同意，送了他两张温泉酒店的票，要他去放松放松，还跟他说，他已经今非昔比，不需要后门也能应付得来。实验还是要慢慢来，急不得，急不得。

面对友人的关怀，老徐无言以对，但教授几近人格否定的责备却同样刻骨铭心。于是，利用过去攒下的学识，他完成了以往做不到的事：他从机器码层面破解了后门程序，重写了一版，放开了诸多限制，还新增了完善的交互界面，以便微调。

深夜，他启动新版后门，先沿用旧配置，然后慢慢提升强度。过了一会，后脑疼了起来，像是在被针扎。他这才缓慢降低洗脑规模，待刺痛钝化，才去休息。他自知背叛了友人，但第二天，当他完美地回答了教授的问题，还抛出了全新的扎实假设，令教授刮目相看时，愧疚感便随之烟消云散了。

他的第一篇论文发表在 *Cell*，第二篇，NIPS，接着是 *Science*、《柳叶刀》和 SIGCOMM。有社论宣称百科全书学派即将迎来文艺复兴，附录是他和各界名流的合影、合作者的称赞和报菜名般的学术成果，却无一字提到他是如何忍耐头痛，不断接受日益升级的折磨的。

他们也没提到当老李猜到了原委，去找他对峙时的场面。

"停手吧。不然我只能公开这一切了。"

"公开吧，但是要记住，是你把我卷进来的。而且不要忘了后来那些我帮你做，挂你的名，帮你刷奖学金的项目。"

"我是在关心你！"

"我知道。所以，就当无事发生，好吗？"

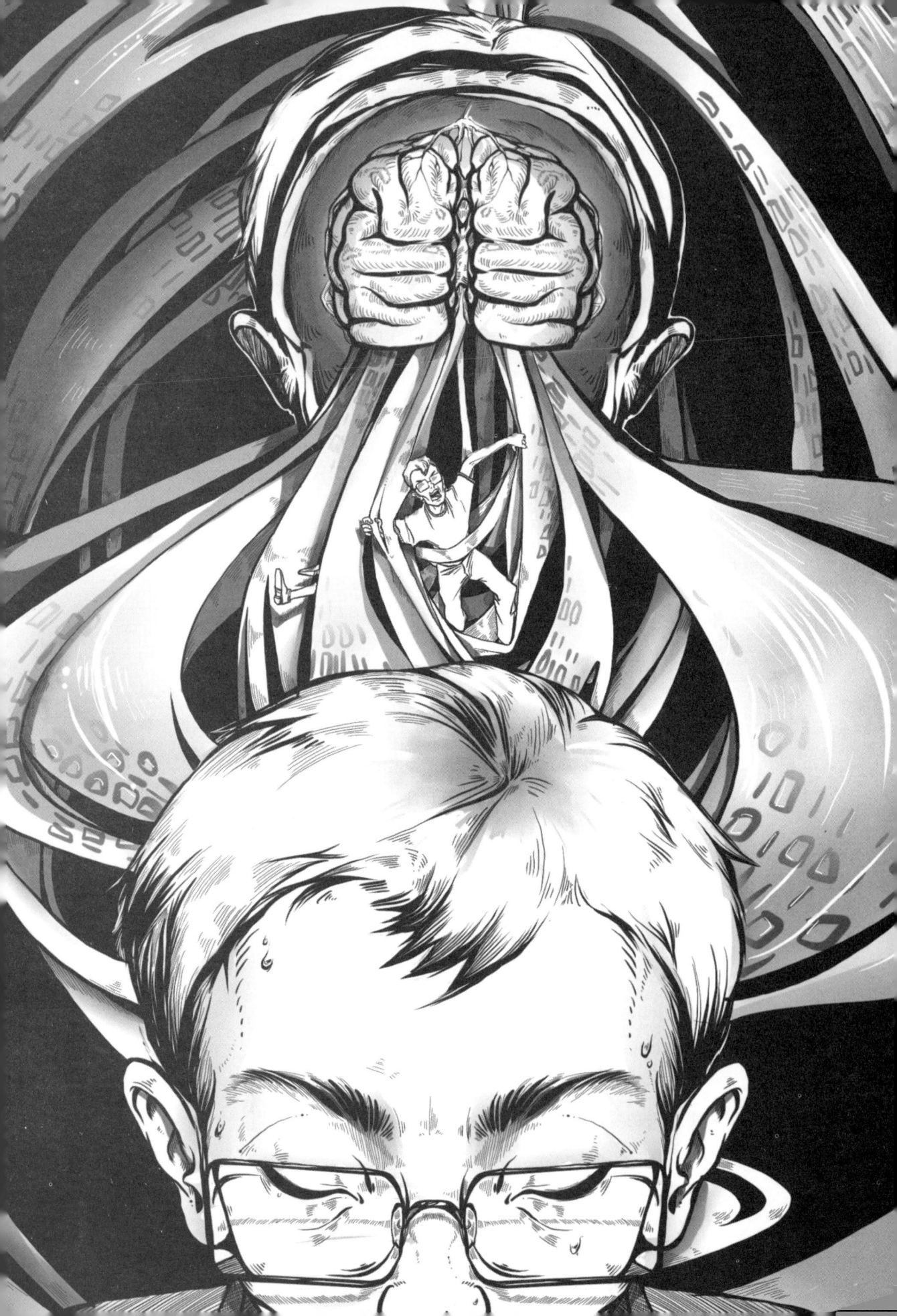

老李张嘴，闭嘴，一句话也说不出。他出局了。老徐接手了他拖拖拉拉的实验，继续挑战自我，直到程序的资源消耗抵达硬件极限。

　　从此，二人的友谊便只剩下室友关系了。

　　有老徐这种超人在，校园学术圈的氛围势必会发生改变。

　　越来越多的人视他为领路人，嗷嗷待哺，静候他输出新的灵感，供他们延拓细枝末节，赚取履历上的点数。

　　半年后，就连我也绕不开这座大山了。我那时正在带领俱乐部给海洋塑料清污项目设计微机器人集群，其中，预测洋流运动的模型用到了老徐设计的算子。算子很难懂，我写邮件问他，他没回，我又换了几种渠道，去信也都石沉大海。

　　后来有一天，凌晨两点，我去社团活动室通宵，发现他独自一人窝在沙发上。我没撤销他的门禁，所以他能进来也不奇怪，奇怪的是他会来。我装作若无其事，坐到他对面，却发现他双目无神，正在哭泣。

　　"怎么了？"

　　"没事。"

　　"你看着可不像没事。"

　　我盯着他，递过纸巾。他避过我的目光，两眼血丝密布。

　　片刻寂静，然后他问我怎么看现在的学术环境。

　　"为什么问这个？"

　　他伸出两根手指，在看不见的系统设置面板上开启了应用共享。一瞬间，璀璨的星群点燃了整个房间。他坐在星河中央，告诉我，每一颗星星代表一封求助邮件。

　　群星间还交织着猩红色的河流，它们是向他的大脑发起的攻击记录。

　　"成天到晚应付这些东西，我快不行了。"

"不回不就好了？大不了弄几个小号，或者写套代理人系统帮你处理呗。"

他摇摇头，抽出吸管，搅动着手边的星星，说这些就是经纪人系统的分析结果。它们虽然保护他，却也剥夺了他的生活，甚至像家长一样指挥着他的一举一动。

"所以，现在你出名了，但你还是不开心。"

他没说话。他沉默了很久。

"我觉得我不知道自己真正想要什么。"过了一会，他又说。

"一开始家里穷，我以为是要回报父母，可是财富自由了，反倒没感觉了。"

"你的量化投资模型赚了？"

"赚翻了，下个月要跟塞拉证券谈收购合同。"他点点头，"说回来，当初我还觉得追求的是成绩、排名、点数，但这些……感觉就像毒品，越升越没成就感，就要去挑战更大的问题。"

"那就继续做更大的问题，继续深挖。做学术本来就要掀开世界的面纱，探索本质……"说到这，我反倒觉得我像个班门弄斧的小丑。我甚至意识到，在特学联的迎新面试上，我也跟他说过类似的话。

"探索本质……也对吧，我也是这么想的。"

接着，他跟我说，他正在尝试解决千禧年难题。

"那你之前的研究呢？"我提起要问他的算子。来之前我已经大致弄懂了，还找到了改进的空间。"我隐约觉得它能解决材料力学领域的几个关键问题，还能开辟几个新的研究方向。"

"送你了。"

我愣住了，过了一会，才反应过来。

"哦，所以你并不在乎探索与发现，你只是把科研当成打怪升级。"

"可能吧。"他垂下头，避让开我的叱问。

"我知道这可能是死胡同，也试过去换生活，去旅行，去运动，去种些花花草草，摆弄些瓶瓶罐罐，认识一些人，出去喝酒唱歌看电影逛街，或者上云端干同样的事情，甚至还申请过私人云空间，在里面创造世界。但你能想象那种沉闷吗？太简单了，做什么都太简单了。人们也都头脑简单，说出来的话全是错误跟偏见，烦。"

"所以，最后我发现，还是得回到这里。"他指了指半空中浮动的问题描述。

"那你哭什么？"

"因为我解了好久也解不出来，正好你来了，就跟你发发牢骚。"

"……祝你好运。"我想走了。简直是自取其辱。我不知道老徐为什么要和我说这些。此时，有关水论文之风的批判尚未成为主潮，我依旧无从知晓它对老徐的智慧造成的巨大打击，无从知晓他之所以难以破关，正是因为作为他灵感源泉的 T 大科研社群正在成群结队地收受他的施舍，沦为他的附庸，而非他的助力。

也许他想坦白一切，却举棋不定？又或者他在转弯抹角中完成了自我说服？无论如何，这些后知后觉的反省都已经于事无补。那时，我只是熄了火，疲惫地站起身，打消了通宵达旦的念头。而他也只是抿着嘴唇，低下头，展开一张张虚拟草纸，继续他的闯关大业。

我走出俱乐部，群星谦逊地为我让开道路。星光在虚构的气流下翻滚，飞腾，绕着老徐旋转，犹如笼罩在觉者周身的圣光。

可我只觉得他可悲。和那些黯然退场的俱乐部会员相比，他只不过走得更远些罢了。

老徐的真正对手出现在 2036 年的首届双星交叉科学技术大会上。

收到邀请函时，他刚刚通关了 PhD，正要从地火行星际飞船发动机的设计工作中脱身，留下海量的重要成果。同期，他还遗弃了很多项目，看得出来，他累了。

新生的盛会邀请他去当特邀嘉宾。这与其说是他的荣誉，倒不如说是组委会的。唯一令他感到意外的是：开幕式上，还将有另一人与他一道登场。

一个此前不见经传的新手，有趣。

他漫不经心地翻阅会议议程，从开幕式往后顺着看，第一眼就看到了新手的论文题目：《黎曼猜想的两种证明方法》。

朴实无华，但掷地有声。他头皮发麻，眼泪一下就涌了出来。这不是他正在攻略的题目么？

身份反转，新手骤变强敌。论文题目的后面跟着"已经同行评议确认"的粗体注记，次序紧跟在开幕式之后，显然意在为大会造势。他唤醒信息流模组。果然，关于此事的话题热度正在飙升。而更令他感到眩晕的，是他的对手虽然执意要在开幕前保守秘密，却在接受采访时透露了一件事：他的研究受到了老徐的启发，他为此感谢老徐。

收到致谢，老徐只感到头皮发麻。有人在他撑起的科学天空上戳了个洞，飞出去了。为什么自己没有想到解法呢？是什么启发了面前这位比他还要年轻的新手？他一遍又一遍地扫描着自己的心智仓库，变换着检索算法，一直到视野中弹出颅温警告，依然一无所获。

他写邮件给那位年轻学者，言辞尽可能礼貌。对方回复得很快，提到了一个简单的定理，出自一篇早被他抛到脑后的论文的中间步骤。他得到了终点和一个起点，中间的路径却依然云雾缭绕。含糊其词的回应令他勃然大怒，他开始盘算自己的未来，想要从计划中挤压出足以与对方抗衡的新发现、新创造。

他不断逼问自己，逼问后门程序。空闲资源很快就不够了。于是，他开始手动干预资源分配。

脑壳之下的数字生态系统中，供他娱乐的程序率先死去，接着是侍奉他日常起居的辅助组件，最后是用于人格修补（用来弥补洗脑造成的损害）的那些。他小心翼翼地拆解自己，将其献祭给大脑深处的学术熔炉，炼不出宝藏，也要硬炼。带宽不够用了，就切断所有无关链路，中断与外界的联系；存储不够用了，就删除应用、音视频和日常照片……可他仍然一无所获——或者说，面对一道千禧年难题的解法，那些收获全都一文不值。

大会正在按部就班向他走来。他先是诅咒自己，接着诅咒T大的无能，诅咒全校师生的笨拙和懒惰，最后诅咒后门程序，气急败坏地做了一个假设：在来自数据中心的知识之外，数十万T大人一定在各自的私人空间中存放了更多的智慧，而这些要么是被他们偷偷藏起来了，要么就是被过滤器滤掉了。

对此，他做了两手准备。他先带头发起了一场跨校运动，鼓励大家共享知识片段，在开源协议的约束下互帮互助，以改良学术氛围。可是这一活动却收效甚微，不仅没收获什么启示，反而让他又倒贴了不少思想结晶。到了这时，时间也不够了。于是，他采取了最后的手段：取消一切过滤条件，让副脑彻底暴露在数据流中，全盘通吃。

限制解除的瞬间，他晕了过去。

数据块在看不见的空间里飞来飞去，他将一切尽收脑中。这之中不仅包括他梦寐以求的知识大厦，还包括办公材料和社会新闻，包括虚拟树洞里写给老师的问候，情人间的分手信和海誓山盟，甚至包括废柴俱乐部采购游戏的账单和收藏小电影的番号……

山呼海啸的信息垃圾汹涌而来。他的大脑超载了，但程序却没有终止，仍在持续不断地灌注资料。

琐碎的信息构成了人们生活的点点滴滴，进而参与人格的塑造。在固化了太多碎片以后，老徐的大脑逐渐变成了人格的游乐场，你的人格，我的人格，他的人格，她的人格……T大全体师生的隐私数据汇成了人格的海洋，造成了历史上规模最大的精神分裂。老徐的意识被困在汹涌的波涛中，在外人看不见的汪洋里，发出 A 的声音，挥舞着 B 的双手，踢蹬着 C 的腿脚，水中倒映出 D 的脸庞，而这张脸，也是由成千上万的大头照拼成的。

一切都结束了。等到老李回寝，发现老徐时，他正躺在地上抽搐，口吐白沫，说着十余种语言串联而成的胡话。

老李慌忙给医院打电话，接着眨眨眼睛，关闭了给自己用的后门程序副本。结束进程，打开控制面板，卸载程序，一气呵成，毫不犹豫。

卸载完程序，他又去卸老徐的。可老徐却渐渐安静了下来，胡言乱语也慢慢变成了低沉的嘟囔。

老李凑近去听，发现老徐说中文了。话语中，八卦似乎越来越少，科学规律则越来越多。

接着，老徐睁开眼睛，环顾四周，伸手擦净嘴角的白沫，然后坐起身。

"副脑的容量不够开新程序了，共享你的白板过来。"

老李照做了。二人的视野中随之浮现出一张悬空画布。

老徐的眼睛转了转，在虚拟画布上写下一个希腊字母。他开始移动头部，一边转头，眼珠一边滚来滚去，写下更多的公式，更多的证明。

"老徐，你没事吧？"

"老徐，谁是老徐？"

他面无表情，继续摇头晃脑。画布的左上角有一行小字："关于 $P \neq NP$ 的证明"。

相关调查启动后，俱乐部来了一位意料之外的客人，带了一份意料之外的礼物。

"这个给你们。"活动室里，老李把一张存储卡放在茶几上，放在棋牌和骰子中间。我们递给他一听冰镇可乐，他扯下拉环，喝了一口，看着易拉罐里的泡沫，若有所思。

他又猛灌了几口，才开始讲述真相，揭露老徐头颅中的秘密。我们看完了老徐被送去医院前提交的数学证明，又回顾了近日的报道。最后，老李告诉我们：老徐忘记了关于自己的一切。他的大脑内似乎形成了一种自卫机制，清除了所有的冗余信息，只保留对他最重要的部分，让他能够继续活着，继续钻研知识。

昔日的老徐，如今成了T大的化身。他得到了最好的磁盘清理程序。只不过，他自己的人格，也被划进了垃圾堆里。

"人脑是最高明的骗子，你永远想不到为了自保，它会做出什么事。"

最后，老李擦擦额头上的汗，感慨道。

"说真的，虽然我知道他渴求知识，但一直理解不了为什么他要那么偏执。上大学之前他就这样，最爱给人讲题，给全班所有人讲，还开直播。有人会了他不会的，他就气得不行……可能是家教如此吧，独生子，从小到大都被期待，就容易这样。"说到这里，他叹了口气，"没他，我上不了T大。找他测试，也是看他那样，想反过来做点好事。没想到弄成这样。"

我们依然什么都没说。

靠着后台日志，老李得到了老徐的完整学习路径，还过滤了其中的污染。把路径图谱导入副脑，按图索骥，将知识输入大脑，就可以迅速领悟人类知识的全景，而不必遭受信息过载之苦。

"这个应该对你们有用。"老李拾起芯片，示意我们谁试一试。

有些人看看我，我依然没有表示，于是也没人应他。他自己也觉得讨了个没趣，又闲聊了几句，便告辞离开了。

事后，在法庭上，他想借芯片来争取宽大处理，失败了。芯片确实帮助到了一些会员，甚至还帮我重新规划了俱乐部的培训计划。但一码事归一码事。

老徐则全程沉默，直到法官宣读审判结果。警卫带他离庭时，面对山呼海啸的闪光和质问，他说："歌德 - 巴赫猜想解决了。"

窃听校园网的计划解体了，吸食副脑集群的老大哥也消失了。

二人都离开了学校。老李坐了牢，老徐进了精神病院。没过多久，一家赫赫有名的科研机构保释、聘用了他们，在机构内组建起强化版的脑联网，把后门程序写进了所有科研人员的脑袋里。机构的学术影响力从此扶摇直上九万里，四百余名研究员，个个堪比门萨俱乐部的秘密大师。

或许，对他们来说，只要能攀登科学高峰，其他怎么样都无所谓吧。

老徐自己自然是无所谓的。只要应激性过滤机制不被打破，他便能一直钻研学术，代价不过是人格缺失。这是他的追求，他成功了。

很难说他留下的足迹就是最好的——他后来独立解出了那位新晋天才挑战的问题，但手法笨拙乏味。而我也从图谱中找到了很多迂回、冗余和重复。

但他至少守住了自己的阵地。

老李离开之后，我拿起卡片。

"主席？"

"你们谁想试试，就拿去吧，"我说，"东西挺贵重的。记得备份，别弄丢、弄坏了。"

"主席呢？"

我摇摇头。当社长要保证成绩在年级前 10%，我也很享受亲自探索未知的乐趣。像这样坐享其成，我不甘心。

但我知道不该歧视知识。我知道有人需要它，还有很多人和老徐一样。

而我不想他们变得和老徐一样。

于是我拿起卡片，和几位干事一起，取其精华，去其糟粕，各自存了档，最后交给刚刚问我主意的社员。

"拿去用吧。"

他点点头，我也点点头。

俱乐部又热闹起来。我继续埋头备课，同时盘算着论文怎么写，晚饭吃什么，该把女朋友的名字赐给哪颗星星，作为她的生日礼物。房间里，全人类的智慧沉睡在十五克的芯片里，从一个人手中，传递到另一个人手中，沾了些微汗水，在昏暗的灯光下闪烁着。

（本文获 2021 年第十届北京科幻创作创意大赛"光年奖"微小说组二等奖）

# 科幻作品中的科学家

文/钟天意

钟天意，青年作家，书评人，中国人民大学中国现当代文学硕士。目前正在创作长篇奇幻小说。

科学家角色是科幻小说的大脑，犹如蝙蝠侠之于正义联盟。即使暂不考虑被公认为科幻小说之鼻祖的《弗兰肯斯坦》，按照亚当·罗伯茨在《科幻小说史》一书中认为的那样，将科幻小说的起源追溯到古希腊的幻想旅行作品，我们也能在那些看似荒诞不经的冒险中发现科学家前世的幻影。撒莫萨塔的卢奇安在其《伊卡洛墨涅波斯》中，想象主人公将鹰的翅膀绑在身上，飞向月球，进而飞入太阳，直达天界面见宙斯：这一危险的飞跃体现了人运用自己的聪明才智前往陌生国度的信念与勇气。

不过，在将飞向太阳的伊卡洛斯和代达罗斯们援引为科学家的象征之前，有一个不可回避的问题：这种技艺与今日所谓之"科学"存在着巨大的差异。这不仅是因为从物理学和仿生学的角度来看，用蜡和羽毛制作会飞的翅膀有多么不靠谱，更因为"科学"与"科学家"之概念的生成与建构，是一个漫长而复杂的过程。对于一些强硬的批评家来说，"科学"这一术语毕竟是定义科幻小说这一文学类型的核心问题，所以要避免因概念不清产生的混乱，必须将代达罗斯们的故事从科幻小说的历史中排除出去。

科学也不是一开始就清晰了然的。譬如，现代医学的诸种理念早在盖伦的时代便暗藏萌芽，但那时它还在经受交感巫术思维的侵扰，必须要等到千年之后，对人体的解剖破除万难成为一门学问，医学才有脱胎换骨之可能。在现代科学漫长的分娩过程中，诞生了占星家、炼金术师和药剂师这样的过渡产物：我们不能否认他们的贡献，但他们对世界的认知模式与代达罗斯仍旧没有本质上的区别。

变化发生在圣托马斯·阿奎那之后：他的经院哲学将基督教义同亚里士多德的哲学和科学融合成一个完整的理性知识体系，这是一件艰巨但伟大的任务。这一创举的重要之处在于，经院哲学维持了理性的崇高地位，断言上帝和宇宙是人的心灵所能把握，甚至部分理解的。这样，它就为科学铺平了道路。

现代意义上的科学认为，可靠的知识必须有充分的证据，所有的感觉都必须经历演绎推理的仔细审查和归纳实证的检验——我们对现代科学的认识便滥觞于此。

布莱恩·阿尔迪斯坚定地认为科幻小说真正起始于玛丽·雪莱的《弗兰肯斯坦》，也正是因为在19世纪，"科学"一词才获得了它的文化性认可。这样一来，代达罗斯们就和科学家划清了界限：他们是一群富有实干精神的优秀手艺人，敢于凭借自己的聪明才智探索未知或创造可能，但手艺和科学之间终究存在着可悲的障壁。对科学的定义隐含着这样一个事实：科学是可以系统学习的。一个小学生认真而循序渐进地学习数学和物理学，倘若他足够聪慧，完全有可能在将来的某一天成为爱因斯坦的接班人；而一门技艺总有一个不可避免的悲剧结局，那就是失传。技艺往往过分依赖手艺人的天分、勤恳、热爱以及只可意会不可言传的经验，而且越是精妙绝伦的技艺，人们就越是愿意用后继无人的悲剧结局来彰显其卓越性；而一旦如此，它就只能在神话的领域中辗转流离。代达罗斯的翅膀也好，偃师的人偶也罢，它们更多体现的是古人对个人能力的憧憬和仰慕，和今日的科学相比相距甚远。若说代达罗斯与阿瑟·克拉克们笔下的科学家主人公们有何共同点，那便是智慧、信念与勇气。

如果我们要讨论科学家，就必须先弄清楚自己真正在讨论什么。贸然使用"科学家"这个今天听起来习以为常的词语是件危险的事，因为它和"科学"一样，都是相当年轻的词。斯特凡·科里尼在为C.P. 斯诺《两种文化》一书的再版所撰写的序言中指出，"科学家"一词最早在1834年作为"艺术家"的对应而被提出：

缺少一个特定词来称呼"物质世界知识的学生"，给19世纪30年代早期的英国科学促进协会的会议造成了很大困扰。在一次会议上，一位聪明的先生提出，可以借鉴"艺术家"一词，创造"科学家"这一新词。

人们对科学家的态度也是会发生变化的。弗兰肯斯坦们或罗伯特·路易斯·史蒂文斯《化身博士》中亨利·杰基尔们悲惨的遭遇中多少总带些宗教式的训诫意味，因为他们胆敢用自己脆弱的心灵触碰广袤而深邃的不可知领域；但情况很快发生了改变：在利尔·亚当的《未来的夏娃》、加雷特·P. 赛尔维斯的《征服火星》、雨果·根斯巴克的《大科学家拉尔夫124C 41+》等作品中，能够洞察真理的科学家，或者拥有改造自然环境技术的工程师们开始以更加正面、积极的形象在科幻作家笔下抛头露面了。我们不难推测这一转变的诱因：像路易斯·巴斯德这样的科学家或者托马斯·爱迪生这样的大发明家开始被世人崇拜（一个有趣的事实：爱迪生与特斯拉和赫拉克勒斯这样的半人半神一样，都成为了游戏《命运/冠位指定》中的从者，这是一种典型的现代造神术），昭示着科学家逐渐成为了一种足以令普罗大众憧憬的角色。因为拥有知识和技术，以及将它们当作利剑的勇气与信心，赛勒斯·史密斯就与野蛮人柯南区分开来了。不过，随着后世科幻小说内涵的延拓，人们也会发现区分科幻小说与奇幻小说并不那么容易：一部严谨清晰的奇幻小说中蕴含的科学精神，可能要远超过那种胡乱堆砌太空舰队、星际大战的平庸科幻。

科学与工业革命带来的技术进步相生相伴，随之而来的还有一种过于自信的观念：当人们发现物理学的解释范畴正在不断扩大时，便产生了一种元叙事。这种元叙事认为，世界是可以被彻底认识、彻底阐释的。我们可以通过物理学来理解整个世界，凭数学和公式计算出这世界上所有的真理和可能性。这样一来，所有田园牧歌式的浪漫、激情和感伤，艺术的纤弱与优美，悲剧的崇高和诗歌的庄严，便通通被这样一种元叙事遮蔽了。这种想象最有代表性的作品,当属阿西莫夫的《基地》系列小说。当然,我们知道后来这种元叙事随着牛顿的大厦一齐垮塌了。取而代之的是一道文化分界:这就是C.P.斯诺所谓的"两种文化"(即人文文化与科学文化,这一概念是斯诺于1959年在剑桥大学的一次讲座中提出的)。科学与艺术之间形成了二元对立关系,各自凭借其理性严谨与浪漫冲动占据一极,甚至彼此制衡抗争。当然,这是一种文化建构的后果,并非事物的本来面貌。而且没人能保证"科学"与"艺术"的内涵与外延不会在未来的某一天再度发生变化——卡尔·波普尔对证伪的反复强调就颠覆了人们对科学的认知和理解。

很快,又出现了一个新问题:科学家曾经无条件地接受着来自普罗大众的憧憬,但人们随即意识到,自己很难理解他们真正在做什么。我们似乎难以绝对公允地评价梅耶、冯·布劳恩和奥本海默们的是非功过,但至少有一点是毋庸置疑的:他们的聪明才智创造了极大的恐怖。这种恐怖很快便颠覆了人们对科学家的盲目崇拜,并再次将弗兰肯斯坦们从历史的尘埃中召唤回来。

尽管地位上是一脉相承的,但新一代的疯狂科学家们和前辈最根本的不同,就是他们心如磐石,意志坚定。弗兰肯斯坦因为纯粹的好奇和无畏打开了潘多拉的盒子,而新一代的邪恶科学家们则将盒子捧在手中,满世界倾倒灾厄。最典型的例子就是凡尔纳的《蓓根的五亿法郎》:书中刻画了针锋相对的两位科学家——善良的沙拉塞恩与邪恶的舒尔策。直到今天,人们还在反复书写这种正邪对抗的故事。

我们还能列举出很多这种形象鲜明的邪恶科学家:玛格丽特·阿特伍德《羚羊与秧鸡》中的"秧鸡",伊藤计划《虐杀器官》中的约翰·保罗,或者阿兰·摩尔《守望者》里的法老王。这些危险的科学家和他们的前辈(弗兰肯斯坦们或亨利·杰基尔们)相比,摒弃了虚弱、犹豫和神经质的性格弱点。他们都是尼采的后裔,拥有偏执的神经、冷酷的意志和永不动摇的信念,而且不必再承受世间一切伦理道德的束缚和制约。更重要的是,如果弗兰肯斯坦用尸块和电气制造了科学怪人是种荒诞不经的想象,那么秧鸡在实验室里合成一种足以灭世的病毒则是完全可行的:任何读者都会明白哈利·波特的魔杖无论如何都不可能成真,但有时很难确定科幻小说中令人发指的恶行究竟会不会在现实中重演。这就导向了科幻小说的另一重功能：它不仅是一种未来学的想象，更是一种启示录式的寓言书写。

消费主义产生过度的、泛滥的爱（一种最直接，最鲜明的表现就是偶像崇拜和粉丝经济）；这些危险科学家们代表的则完全是它的反面，因为要与这些病态的、过量的爱意对抗，就要拿出同等分量的憎恨，以此来中和这个被愚蠢地扭曲了的世界。他们对未来的憧憬体现为对当下无穷无尽的恨意，一个割裂开的时间，一种弥赛亚式的信念。这就是菲利普·迪克《血钱博士》中的布鲁兹盖德。同样的道理，《生化危机》系列电影中的保护伞公司不惜一切代价也要两败俱伤式地摧毁世界，看上去毫无逻辑可言，但也不必过于惊异：这家公司掌握着匪夷所思的跨时代技术，但毕竟在本质上是个宗教团体。

另一类科学家呈现出的则是悲剧性：他们的聪明才智往往遭到外力的扭曲，被大财阀和大独裁者们野蛮地剥下头顶的神圣光环，最终与他们制造的机器沦落到同等地位。布尔加科夫的《不详的蛋》，阿道斯·赫胥黎的《美丽新世界》皆属此列。也有一些科学家属于"时运不济"的类型，譬如许地山《铁鱼底鳃》中塑造的潜艇发明家。

我们很容易从历史中追溯出此类科学家形象诞生的根源：斯大林时代政治对科学的粗暴干涉；第二次世界大战期间纳粹德国与同盟国之间的军备竞赛，以及20世纪50年代美国麦卡锡主义的横行。这些小说以冷酷的姿态道出了一个事实：科学家的领地只有自己研究室内的那一亩三分地，当历史的洪流向前滚动时，他们太过软弱，没有那种独善其身的力量。

也同样因为这种软弱性，我们今天在讨论这些作品时，往往更集中于科学家背后的施暴者与加害者，身为主人公的科学家形象反倒被有意无意地淡化了。留给这些科学家们的出路并不多：要么在小说的结尾悲剧地自我毁灭，要么则像小库尔特·冯内古特作品中的人物一样，以玩世不恭的态度游戏人生。

在新中国科幻文学发展的最初阶段，科学家是直接以正面形象登场的。中华人民共和国成立后，科学家与工程师的地位得到了提高：这些人是聪明（而非天才）勤奋的优秀劳动者，和人民紧紧打成一片，所作所为都是在为社会主义建设事业竭智尽忠。

彼时尚处于幼稚阶段的科幻小说大多遵循一种最基本的模式：一位好奇的青年/少年，身份可能是少先队员/记者，因公或因机缘巧合进入一座新农场/牧场/工厂，在那里见到了一位和蔼聪慧的科学家，并在科学家的带领下了解到了新技术是怎样大幅度提高生产力，为社会主义建设添砖加瓦的。迟叔昌的《大鲸牧场》《科学怪人的奇想》、童恩正《电子大脑的奇迹》等皆属此类，不一一列举。这里值得注意的是，这些科学家不仅仅是这些农场、牧场或工厂的核心人物：他们同时也勤恳地担任着导游和讲解员的角色，耐心地给主人公引路。这其实是一件很不可思议的事，真正的科学家恐怕没有这么多闲暇时间；但这一设定的真正目的是为了向读者说明，科学家并不是一群闭门造车、与世隔绝的老顽固，他们也是社会主义建设队伍中的重要成员，永远和人民紧密团结在一起。比如在郑文光《征服月亮的人们》中，对于探索月亮的科学家谢托夫教授来说，和少先队员们围坐在一起讲述自己的奇遇，鼓励他们好好学习，也是同样重要的工作之一。即使是那种因研究涉及绝对机密或者风险巨大而足不出户、遗世独立的科学家，也一扫霍夫曼们笔下那种阴郁可怖的形象，

成为了一名为祖国默默奉献的勇士。这一点在叶永烈的小说《爱之病》中体现的尤为明显：如果科学家不必非要身处最前线也能为国家和人民做出贡献，他们身上的控件属性事实上也就被淡化了。

然而，首先，这些"完美的科学家"形象在科幻小说中是难以为继的。他们的人格太过完美，以至于在他们身上几乎很难产生什么戏剧冲突。如果把他们当作主人公，小说就不可避免地成为了他们的独角戏舞台；如果让他们充任配角，在他们身上往往"解说"的职能压过了故事的职能，以至于他们的角色无法再唤起读者们的憧憬，只能让人觉得僵硬讨厌。所以很快，此类角色便很少出现了。张冉、夏笳、陈楸帆等新生代科幻作家笔下的科学家形象开始更加关注科学家们作为普通人的一面，关注他们的生活、情感，以及心灵深处最为细小纤弱的那些裂缝；而像刘慈欣《三体》中罗辑和丁仪这样的科学家形象之所以有趣，则是因为刘慈欣特地让他们沾染了些玩世不恭的气味；"邪恶科学家"的形象也开始越来越多地出现在当代中国科幻小说中。总的来说，这些努力都是为了让科学家们看上去更有趣些，尽量摆脱"扁平人物"的刻板印象。不过有时我们也

很难断言这种转变究竟是好是坏，因为科学家们很难再像从前那样"纯粹"了。

科学家的形象已经随着科幻小说的发展演化了近两个世纪。未来它又会发生怎样的演变？这一点我无法预测。但可以确信的是：人们对科学家形象的想象，绝不仅仅由科学决定。伊恩·麦克尤恩在《追日》中塑造的、毫无作为的猥琐科学家迈克尔·别尔德就是一个绝佳的新形象：他卑鄙的性格和失败的人生成为了气候变化与全球变暖这一议题令人尴尬的暗喻。新的可能或许在第三世界，在广袤的黑非洲，笔者不才，只好等有识之士进一步挖掘了。

# 疯狂科学家列传

文 / 屠思凡

| 白发 | 花发 | 银发 | 秃头 | 秃顶 | 眉头 | 疏眉 | 皱纹 |
| 瘦脸 | 弓背 | 红脸 | 白脸 | 矮小 | 瘦弱 | 近视 | 古怪 | 矍铄 |
| 谦逊 | 严谨 | 严厉 | 认真 | 寡言 | 豪放 | 开怀 | 气派 | 和气 |
| 温和 | 和蔼 | 聪明 | 衰老 | 憔悴 | 呆子 | 高傲 | 老练 | 才气 |
| 苍白 | 斑白 | 黯淡 | 无光 | 朴素 | 整洁 | 陈旧 | 考究 | 皮鞋 |
| 书箱 | 眼镜 | 钢笔 | 蹙眉 | 皱眉 | 沉思 | 凝视 | 凝眸 | 微笑 |
| 踱步 | 低首 | 动情 | 计算 | 试验 | 测量 | 书写 | 研究 | 短发 |
| 黑发 | 乱发 | 灰发 | 眉头 | 白花花 | 宽额头 | 大耳朵 |
| 一丝不苟 | 有条不紊 | 弱不禁风 | 体格结实 |
| 西装革履 | 不修边幅 | 盛气凌人 | 干干净净 |

——《科学文艺描写辞典》（黄守勋编）

# 格拉多大科学院

出自乔纳森·斯威夫特《格列佛游记》

当科学对社会的深远影响初次登上历史舞台时，世人对其怀抱的态度并非憧憬和崇拜，而是困惑、恐惧和憎恨。这有很多原因：一方面，科学否认人类在宇宙当中的至尊地位；另一方面，科学研究的目的在于探索世界，很多时候缺乏肉眼可见的实用价值。一些作家将科学家描写成不可理喻的疯子，整日进行着毫无意义的研究。在乔纳森·斯威夫特的《格列佛游记》中，主人公格列佛参观的格拉多大科学院中的科学家便是这种印象的集中体现——他们研究如何从黄瓜里提取阳光，如何将人的粪便还原成食物，如何将冰烧成火药，如何用猪耕地。诚然，这些研究荒诞不经，但对这些研究和研究者的书写却也彰显出作者的局限性——就像引发强烈争议的"大鼠雌雄同体受孕实验"一样，研究这些课题的重点不仅仅在于研究方式和结果，还在于其中揭示出的规律：从黄瓜里提取阳光的价值并非单纯的"日后可以用储存的阳光取暖"，而在于发现植物细胞的光合作用原理。当然，这种被荒唐化的古典疯狂科学家形象也反映出了世人们就科学的价值而产生的争议，即"科学有什么用"的问题。时至今日，我们仍然可以在《星际穿越》这样的作品当中看到相关的讨论。在选择大学专业时，我们也会面临同样的问题。

# 莫罗博士

出自 H. G. 威尔斯《莫罗博士岛》

科技创新生着两张不同的脸孔，一张叫探索，一张叫创造。与直面未知的探索行为不同，人类创造新事物的能力似乎总是会创造出"造物者比造物更加优越"的幻觉。对这种幻觉的反思孕育出了最经典的疯狂科学家形象——不负责任的傲慢造物主。这一形象始于玛丽·雪莱的《弗兰肯斯坦》，再往前，也许也可以追溯到乔纳森·斯威夫特的《格列佛游记》，但威尔斯笔下的莫罗博士或许更为典型——他选取了一处荒岛，在上面肆意改造动物，用残忍的手术改造它们的身体，赋予其人与文明世界的属性，以奴役的方式，强迫它们按照人类的方式生活。最终，得到智慧提升的动物终究还是敌不过野性的诱惑，杀死了博士，重归愚昧。在这个故事当中，博士是一名挥舞着科学技术的暴君，践行着"我能故我做"的信念。他的失败也因此成了反思人—科技—社会—自然间复杂关系的一则有力寓言。

# 霍夫曼博士

出自安吉拉·卡特《霍夫曼博士的魔鬼欲望机器》

在惯常的认知中，即便是最疯狂的科学家，也服从着科学层面的理性，他们之所以疯狂，只是因为他们的理性有别于世俗。相比之下，安吉拉·卡特笔下的霍夫曼博士显然更加放飞自我——他利用自己的天才打造了一台欲望机器，借由这台机器，生成了一个逐渐蚕食世界的反理性、反秩序的宇宙。小说的主人公德赛得里奥临危受命，从理性之城启程，深入博士所创造的混沌大陆的腹地，其间见证了各种荒诞不经的疯狂景象——从街头恣意生长的超现实生物，到随意肢解、拼贴身体的摩洛哥人，再到轮番强暴男女主角的马头人群落……这些景象以它们汹涌的生命力照亮了死气沉沉的城市，彰显着纵欲式的狂野，却逐渐沦为华而不实的花架子，透出深沉的寂寞和空虚。造就并代表这一切的霍夫曼博士可以被看成一个符号——他昭示着科学技术不仅指向理性和进步，也可以造就噩梦般的荒诞光景。在现实当中，这并非不可能，我们正在经历的"娱乐至死"的社会状态也许正是它的真实写照。

# 阿尼姆·索拉

### 出自漫威漫画《美国队长与猎鹰》

在迈克尔·夏邦的《卡瓦利与克雷的神奇冒险》中，从纳粹的魔爪下死里逃生的年轻犹太人创造了超级英雄"逃脱侠"。这些在幻想世界中痛击人类公敌的超级英雄为饱受战争荼毒的人们创造了一种心灵安慰。

第二次世界大战结束后，这种设定则逐渐成了一种套路。邪恶的科学家成了典型的超级反派。阿尼姆·索拉就是其中一例，这位瑞士生物学家在战时加入了纳粹，后来投奔了邪恶组织"九头蛇"。他的研究，不论是肉体改造还是意识移植，都继承了典型的纳粹种族主义，从肉体和精神两个层面试图制造高等人类。以之为代表的疯狂科学家会以高度的理性犯下不可饶恕的罪过。这与遗留的伦理困境一脉相承。然而值得警惕的是，随着全球化时代的来临，超级反派的阵营逐渐变得丰富起来，出现了来自世界各国的身影。而纳粹的威胁也逐渐被他者威胁论所取代，从而让邪恶科学家被赋予了各种文化刻板印象，甚至成为一种丑化他国形象的工具。从国家层面讲，科学家是行走的人形兵器。因此，要描写异族的威胁，创造一个天才的邪恶科学家似乎再合适不过了。但是在霸权再次抬头的今天，外来知识分子的这种邪恶究竟是发自真心，还是一种被"正义"所需而制造出的邪恶，就着实值得商榷了。

# 雷先生

出自许地山《铁鱼底鳃》

科研要耐得住寂寞，而一旦生不逢时，要抵御煎熬，就需要更强大，甚至偏执的信念。这便是"生不逢时的偏执天才"这一关于疯狂科学家的常见主题的情感动力。出自许地山《铁鱼底鳃》的雷先生则同时集中了这一主题的诸多子题。雷先生生在一个国家多灾多难的年代，是一名海外留学归来的工程师，带着强烈的救亡图存的信念，创造出了极为超前的潜水艇"铁鱼"（不仅能进行深海潜航，还能投放微型探测机器人，将机器人探测的情况传输到潜艇中）。但是国内落后的制造业和无处不在的官僚主义让他的才华无处施展，贫困和战乱又让他奔波于生活的琐事。逃难途中，不明就里的同路大妈又将他的设计图纸拿来给孩子擦屁股了，最终，伴随着铁鱼的模型和核心图纸一同坠入大海，科学家本人也终于崩溃了，纵身一跃，随之而去。这类科学家的形象能够为我们带来两层不同的反思，其一是这种偏执是否真的有意义（变文如石黑达昌《冬至草》），其二是容不下这样的天才的世界究竟出了什么问题（变文如瓦季姆·谢夫纳《谦逊的天才》）。

# 特鲁尔

出自斯坦尼斯瓦夫·莱姆《机器人大师》

有一类科学家的疯狂仅仅体现在他们的造物身上——这些科学家往往出现在幽默小说中。他们虽然才华横溢，可以随心所欲地创造新事物，甚至改写宇宙法则，但对自己的所作所为，他们却缺乏足够的洞见。于是，尽管这些科学家本性善良，待人和善且坚守正义，但是他们的成果却总是会带来令人啼笑皆非的成果（但并非总是负面的结果）。《机器人大师》当中的天才发明家特鲁尔便是这样一例。他和他的朋友克拉帕西厄斯曾经环游宇宙，用他们的"天才"机器去挑战各种各样不可能的难题，把宇宙搅得乌烟瘴气。

在其中的名篇《剩余的世界》中，特鲁尔发明了一种能够创造任何以 n 开头的事物的机器，而克拉帕西厄斯则不怀好意地发起了挑战，让机器去制造"无"。于是机器先是创造了一个不存在以 n 开头的事物的世界——即消灭了所有以 n 开头的事物，进而开始创造真正的"无"，逐一删去世间万物。而最后当要求机器去恢复一切时，却只能恢复那些以 n 开头的事物了。从这个故事中，我们不难看出，这类疯狂科学家的存在似乎是在彰显宇宙法则的深不可测——就像永远都修不完的程序 bug 一样，意想不到的"惊喜"永远不会消失，而这正是科学探索的乐趣。

# 阿布萨尔特

出自石黑达昌《阿布萨尔特评传》

虽然有很多书写科学家的科幻小说，但是很少有作品能切中要害地探究学术伦理问题（不包括上文那些已经成为陈词滥调的话题）。石黑达昌的这篇作品做到了。文中的阿布萨尔特是一位天才，因为提出了开创性的细胞增殖理论，被誉为未来的诺贝尔奖候选人，但他为人刻薄，与同行多有不快。后来，人们发现，阿布萨尔特的学术论文涉嫌数据造假，而且规模庞大。后来的调查也确实证实了此事。然而，调查却也通过重复试验发现，虽然阿布萨尔特在学术论文中捏造了数据，但是其超前的结论却是正确的。倒不如说，阿布萨尔特的理论太过超前且太过宏大，以至于他无暇去进行认真的实验验证。这样一位另类的科学家所挑战的并非是世俗伦理，而是构成科学大厦的哲学根基。

# 丁仪

出自刘慈欣《朝闻道》

　　写到这里，我们似乎又回到了《格列佛游记》所抛出的那个问题——科学有什么用？只不过，刘慈欣的笔下，这个问题被以另一种方式提了出来：为了真理，献身科学的人究竟愿意付出多少？小说中，人类的科学技术遭到"排险者"的碾压，后者建造了一座真理祭坛，在上面回答所有学科的终极问题，代价是听到答案以后，听者只有十分钟的存活时间。这个十分浮士德的情景赋予了传统的问题以更多的讨论空间——首先，兑换来的真理无从得到验证；其次，这些真理也仅限让听者自身领悟，其幸存时间不足以完成知识的传承和分享；再次，所谓的终极问题的答案指向的可能并非一种至高无上的醍醐灌顶，而是一种渐进式研究的终结——这似乎也呼应了规则当中的短暂的幸存时间。在这三重否认之下，科学家们偏执的选择就十分值得玩味了，因为他们的选择既无法带来社会效益（无法共享与传承），也不能实现个人价值（无从验证）。在这个语境当中，唯一有意义的只有一件事，那就是发问（最终也正是霍金抛出的无解问题难住了外星人，才终止了这场荒唐的闹剧）。这便是这些科学家们留下的遗产：重要的不是作为答案的真理，而是探求真理的行为。

上古的众神，我等的圣父，骑着太阳的火鸟自天堂降下。他们行于地上，却寻不到可供灵魂呼吸的空气。"那我们要如何呼吸？"他们问那太阳。于是太阳赐下他的火焰，众神便在大地之下点燃了巨风之火。自此洁净的空气由我等之母火星的子宫中汹涌而出，自此寒冰在震耳的雷霆中燃烧，自此便有了空气供人呼吸。

——摘自一则古老的火星传说

# 盗贼的奉献

*It Takes a Thief* / Walter M. Miller, Jr.

文 /［美］小沃尔特·M. 米勒
译 / 轮轴

小沃尔特·M. 米勒，美国科幻作家，代表作《莱博维茨的赞歌》曾获1961年雨果奖最佳长篇小说奖，为后启示录题材的不朽杰作。本文创作于1952年，从某种意义上可被视为《赞歌》的思想原型。文中知识系统的货币化也是难得一见的科学奇观。

一个贼，他将像盗贼一样死去。

他的手腕被吊在杆子上。阳光苍白，星星点点映照在他裸露的背上。他等待着，双眼紧闭，嘴唇缓缓蠕动，脸紧贴着粗糙的木头，踮脚站着，以期缓解肩部越发强烈的疼痛。当他的脚踝痛到难以忍受，他就靠着手腕上方刺穿他前臂的长钉吊住自己。

他还很年轻，可能才刚度过第十个火星年，他黑色的短发被修剪成单身汉的样子——这类人要么还没有孩子，要么不承认自己有。他体态柔韧优美、肌肉结实、四肢修长，宛如一只半饥半饱的野兽，饥肠辘辘，伏身准备伏击。他的面孔虽然因痛苦与恐惧而扭曲，却仍留存着年轻人的自大。

他睁开眼，面前，火星的土丘沐浴着阳光，在树木的笼罩下，显出灰绿色调——那是上古圣父们从天堂赐下的树木。不远处，刽子手正叉开腿坐着，平静地咀嚼着一片草叶，等待行刑。刽子手是一个矮胖的宽脸男人，不时用空洞的蓝眼睛瞥一眼窃贼，同时漫不经心地将放血刀向脚边扔着玩。他的目光中空无一物。

"准备好让我'处理'你了么，阿斯尔？"刽子手嘟囔着，语气愉悦。

尽管刽子手处于"射程"之外，但是阿斯尔还是向他啐了口唾沫，并试图在杆子上擦他的脸。"你这狗娘养的！"他含糊不清地咒骂着。

刽子手轻声一笑，接着扔刀子玩。

在贯穿他手臂的尖钉上吊了三个小时之后，阿斯尔感到自己的体力不断衰弱，太阳穴一抽一抽地疼，心脏的每一次跳动都带来一阵新的痛苦。黏稠的鲜血已经不再沿着他的手臂淌下——那些人一定懂得怎样恰到好处地将钉子扎入囚犯的身体，但他的心跳却仍在脑中震荡，如同重锤敲击铸铁。

人的一生究竟有多少次心跳——如今的他又还剩多少次呢？

他呜咽、扭动，开始失去一切希望。玛拉已前往拜访议长，向他祈求饶恕他这个窃贼的性命——但玛拉可能还不如一只野生赫芬可靠，他仿佛看到那两人在托克拉的别墅中，一边喝着琥珀酒，一边欢声笑语，而年轻盗贼的生命则缓慢枯竭。

阿斯尔无怨无悔。对他而言，他的父亲是一个变节者，为了购买妻子，挥霍掉了最后一条仪轨公式，从此一贫如洗，将他的妻子带去了山中。阿斯尔在山中出生，但后来再次回到了先人的村庄，一边当用人，一边窃取他主人们的仪轨。盗窃行为迟早会暴露。仪轨窃贼会在社区内引发巨大的混乱。圣语的主人会在不知圣语被盗的情况下，试图花掉圣语，最终会有人提出反诉，迫使人们进行普查。窃贼终会落网。

阿斯尔盗走的不仅是财产，更是支撑人们灵魂的力量。为此，他们钉穿他的手腕，吊起他，等着他祈求以死解脱。

　　女人思老公，
　　男人念老婆，
　　婴儿要吃奶，
　　小贼欠刀割……

这是一首他儿时的歌谣，是一段幼稚的歌词，是一个儿童游戏，用来决定谁先从仙人掌中啜饮蜜汁。他呻吟着，移动着他的重心，想让自己更舒服些。玛拉在哪儿？

"准备好来一刀了么，阿斯尔？"矮胖的刽子手问道。

阿斯尔憎恶地眯起了眼。法律规定，刽子手必须等待受刑者祈求受刑。但阿斯尔不知道他的命运会走向何方。家族长老会秘密地下达了判决，规定了刽子手操刀的方式。但阿斯尔并不知道判决的内容。他只知道当他祈求处刑，刽子手就会拿着放血刀上前施刑，按照判决，夺走他的生命或他的肢体。或许他只会失去一只眼睛、一只耳朵，或一根手指。也可能更糟，他会失去自己的性命，失去双臂，或是失去他男性的证明。

他无从知晓刑罚内容，除非他祈求受刑。他如果不求刽子手，便会被一直吊着。照理说，吊过四天，刽子手会拔出钉子，之后盗贼便能获得赦免。有时，犯人的确能撑过四天，但钉子一拔出来，就会当场倒毙。

西沉的太阳刺痛了阿斯尔的眼睛。阿斯尔理解太阳，理解愚蠢的议会所无法理解的事。一个成功的窃贼会一次次被赋予智慧，因为他所铭记的财富多过二十个老实人的总和。它们是费米、爱因斯坦、埃格曼、豪斯等上古众神的话语。大多数人只拥有一些无意义的琐碎圣语。但窃贼会记住他所窃听的交易中的所有圣语，而数不清的圣语将拼合成真正有意义的思想。

阿斯尔如今懂得，曾经死寂的火星如今正再次死去，其大气正在重新向太空逸散。人们将随之一起灭亡，除非有人抓紧时间做些什么。地底的巨风之火必须被再次点燃，但已无人知晓该怎样去做。诸部落已在无知中沉沦，尽管圣书早有预警：

> 我们意识到：在没有基本工具的情况下，火星殖民者无法留存技术。而还原技术需要数代人在精心指导下不懈努力。若能保有知识，那么在欲望的不断驱动下，殖民者们或能重返机械文明。但如果第三代、第四代，乃至第 N 代人都未能推进这一逐渐发展工具技术的进程，那么知识也会失去价值。

这些话语来自罗金斯神，出自《火星文明的发展》，他从许多地方窃来它的碎片。典籍本身已不复存在，仅作为仪式祷文被铭记，占有这些祷文，就意味着持有财富。

阿斯尔感到恶心。疼痛与缓慢的失血令他浑身虚弱，视线模糊。直到他听到她的脚踩过干草时发出的沙沙声，他才意识到她来了。

"玛拉——"

玛拉轻蔑一笑，对着木桩底下鄙夷地啐了一口。她是一位家族长老的女儿，身材高挑苗条，举止傲慢，眼神中藏着嘲弄。她抱着双臂站了一会儿，消遣似的打量着阿斯尔。接着，她的一只眼睛庄重地慢慢眨了一下。她转过身去，向刽子手发话。

"我能逗逗这个囚犯么，斯鲁比？"她问道。

"禁止对窃贼说话。"刽子手用低沉而粗野的声音说。

"他准备好祈求正义的处刑了么,斯鲁比?"

刽子手咧嘴一笑,望着阿斯尔:"准备好来一刀了么,小贼?"

阿斯尔发出充满敌意的嘶嘶声。女孩背叛了他。"他显然是个懦夫,"她说,"或许他打算被吊上四天。"

"随他便。"

"不——我还是想看他求饶。"

玛拉犀利地盯了阿斯尔一阵,转身离开了。盗贼轻声咒骂她,目送她远去。走出十来步后,她再次停了下来,转过头,又慢慢地眨了一次眼,随后便大步走向她父亲的房子。玛拉的眨眼一时间让阿斯尔头皮发麻,但随后……

或许她没有背叛我?或许她已经从托克拉那里套出了判决的内容,已经知道了他会经受怎样的刑罚。"我想我还是想看他求饶。"

但另一方面,这喜怒无常的女魔头也可能是在骗他,想诓他去寻求死亡或肢解(她早便知道如此),只为取乐。

他在心里又骂了几句,浑身发抖,看向百无聊赖的刽子手。他舔了舔自己的嘴唇,一边抵抗晕眩,一边组织语言。斯鲁比听到他的低语,仰头看向他。

"你准备好受刑了么?"

阿斯尔闭上眼睛、咬紧牙关。"放马过来!"他突然大叫道,身体紧紧抵住刑架。

为什么不呢?拖延时间这会儿,他也算不上活着。让这一切结束吧。与这样的耻辱相比,永恒的长眠也显得甜美非常。最后的一刀会带来解脱。

他听到刽子手轻笑着站了起来,听到脚步缓缓逼近,听到斯鲁比飞快地将放血刀挥出弧线时,刀刃唱响的嘶嘶声。刽子手步步逼近,戏谑地挥舞着钢刀,在他身边破空划过。斯鲁比等着阿斯尔求饶。他时不时将刀刃贴上阿斯尔的皮肤,片刻后,又再次撤下。接着,阿斯尔听到刽子手的衣袍沙沙作响,他的手臂则缩了回去。阿斯尔睁开了双眼。

刽子手狞笑着，高举利刃——正瞄准了阿斯尔的头！玛拉骗了他。他呻吟起来，再次闭上了眼，低声念诵起一段半已忘记的祈祷。

一刀斩下——利刃刺入他头顶的木桩中。阿斯尔昏厥过去。

等他醒来时，他正浑身瘫软地躺在地上。刽子手用脚把他翻了过来。

"鉴于你年纪太小，小贼，"刽子手吼道，"长老会下令将你永久放逐。现在是黄昏，天亮之前，你必须滚进山里。如果你敢再回平原，我们就把你捆在野生赫芬身上拖死。"

阿斯尔虚弱地喘息着，摸了摸他的额头，发现了一道崭新的伤口，刻意为了留下疤痕而用铁锈抹过。斯鲁比给他打上了放逐者的烙印。但幸运的是，除了他前臂上钉子留下的孔洞，他还是完整的。他的双手已经麻木，连手指都动弹不得。斯鲁比包扎好了钉伤，但绷带也已经渗出了斑斑血迹。

刽子手走后，阿斯尔疲惫地慢慢坐起来。几个镇民站在附近，暗暗取笑他。他无视他们的嘘声，跌跌撞撞地向十分钟脚程外的村庄外围走去。他必须和玛拉谈谈，再和她父亲谈谈——前提是那个顽固的老不死真的肯听。他的盗贼生涯带来的知识重重压在他的身上，滋生出绝望与恐惧。

阿斯尔到达韦尔科尔家时，天已经黑了。在街上，人们向他吐口水，一些人还在他经过时，抓沙土扔他。

透过韦尔科尔家的门缝，一点火光微弱地闪动着。

阿斯尔敲了敲门，等人来应。韦尔科尔长老拿着提灯打开了门。他把灯放在地上，双腿岔开站着，两臂抱在胸前，傲慢地瞪着盗贼。他的面容像饱经风霜的顽石般坚硬。他什么也不说，只是轻蔑地站着。

阿斯尔低下头。"我有事情要恳请您帮忙，长老大人。"

韦尔科尔嫌恶地哼了一声。"恳请我收回我们对你的仁慈么？"

阿斯尔立刻抬起头，摇了摇头道："绝对不是的！对您的仁慈我感激不尽。"

"那你想要什么？"

"在我还是个盗贼的时候，我曾获得过许多智慧。我知道这个世界在走向死亡，空气正在飘散到天空中去。我希望长老会能知道这一点。我们必须研读上古众神的话语，重现他们的神迹，否则我们孩子的孩子就注定要在枯竭的世界中窒息。"

韦尔科尔又哼了一声。他捡起灯。"听从盗贼的知识者要受诅咒。按那知识行事之人诅咒倍增，与之同罪。"

"在墓穴里，"阿斯尔坚持说，"重启巨风之火的钥匙就在墓穴里。罗金斯神已在他的话语中启示我们——"

"闭嘴！我不想听你的鬼话！"

"那好吧，但火焰可以被重新点燃，大气也能得到补充。在墓穴里——"他用力敲了敲自己的头，又摇摇头。"我必须告诉长老会这件事。"

"长老会不会听你胡说八道。黎明前你必须走人。墓穴被名为大乔的沉睡者守卫着，闯入者死。现在滚吧。"

韦尔科尔后退几步，"砰"的一声摔上了门。阿斯尔因受挫而分外消沉。他瘫坐在门口的台阶上歇了一会儿。夜晚漆黑如墨，偶有灯光在某个窗口闪动。

"嘘！"

有声音自黑暗中传来。阿斯尔立刻四处张望，寻找声音的源头。

"嘘！阿斯尔！"

是玛拉，韦尔科尔长老的女儿。她从屋后溜了出来，在屋角旁盯着他。阿斯尔悄无声息地站起来，向她走去。

"斯鲁比对你做了什么？"玛拉小声说。

阿斯尔喘息着，愤怒地抓住了她的肩膀："这种事你难道不知道么？"

"别这样！停下！你弄疼我了。托克拉不肯告诉我。我都已经向他示过爱了，但他还是不肯说。"

阿斯尔怒骂了一句，放开了她。

"有时你只能接受现状，"玛拉小声说，"我知道的是，如果你再等下去，就会被吊得太虚弱，没有体力逃跑了。"

他以恶名咒骂她。

"你这忘恩负义的家伙！"她呵斥道，"亏我还给你买了一头赫芬！"

"你买了什么？"

"托克拉送了我一条仪式圣语，我用它给你买了一头赫芬。你也知道，你不可能徒步走到山中去的。"

阿斯尔的怒火熊熊燃烧。"你和托克拉睡过了！"他怒骂道。

"你嫉妒了！"玛拉窃笑。

"我怎么会嫉妒！我一看到你就心烦！"

"那好，赫芬我就留下了。"

"随你便！"他低吼道，"我用不着，我不去山里！"

玛拉倒抽一口气。"你这蠢货，你必须去。他们会杀了你！"

阿斯尔背过身去，感到浑身不适。玛拉抓住他的手臂，试图把他拉回来。"阿斯尔！带上赫芬赶快走吧！"

"我会走的，"阿斯尔低声说，"但我不去山里，我要去墓穴。"

他怒气冲冲地走了，但玛拉一路小跑追着他，要拽他回去。"蠢货！墓穴可是神圣之地！牧师们守卫着入口，还有沉睡者守护着内门。如果你试图闯入的话，他们一定会杀了你。而且如果你逗留于此，到了明天，长老会也会把你杀掉的。"

"那就让他们杀了我吧！"阿斯尔几乎是在咆哮，"我可不是那种只会哭鼻子的镇民！我来自山中，我的父亲是个叛教者。你们的长老会无权审判我。现在是我来审判他们！"

这些话带着愤怒迸发而出，但他很快就意识到这么做很蠢。他以为玛拉会轻蔑地指责他，但她仍拉着他的手臂，求他离开。阿斯尔已经拖着她走过了十几栋建筑。玛拉的声音已经失去最初的傲慢，只剩下恳求。

"求求你了，阿斯尔！快离开这里吧。听着！我甚至都可以和你一起走——如果你想的话。"

阿斯尔冷笑起来。"我可不想捡托克拉用剩下的。"

玛拉狠狠扇了他一记耳光。"托克拉就是个无能的、路都走不稳的老东西。他得了关节炎，动都快动不了了。你这个白痴！我不过是坐在他的腿上，替你亲了亲他的秃头。"

"那他为什么要送你仪式圣语呢？"他生硬地问。

"因为他喜欢我。"

"你撒谎。"阿斯尔愤怒地向前大步走去。

"那随你吧！去墓穴吧。我会告诉父亲，他们会在你抵达之前就抓住你。"

玛拉放开阿斯尔的手臂，不走了。阿斯尔犹豫了。她是认真的。他慢慢走回到她身前，用他肿胀的双手扣住玛拉的脖颈。她一动不动。

"我为何不现在就掐死你，让你横尸在此呢？"他低声威胁她。

黑暗笼罩着玛拉的脸，但他还是能看到她脸上冷静的笑容。

"因为你爱我，弗兰尼克的阿斯尔。"

他松开手，低声骂了几句。玛拉轻声一笑，拉住了他的手臂。

"来吧。我们去骑那头赫芬。"

为什么不呢？阿斯尔这样想着。带上她的赫芬，也带上她。他完全可以在村庄外几里处抛下她，再迂回到墓穴。玛拉轻轻靠在阿斯尔的身上，两人就这样走回玛拉父亲的房子，又绕过它，悄悄进入那排房屋背后的田地。火卫一在西方低垂，小小的圆盘在黑暗的天幕上光泽暗淡。

二人走向那笼罩在阴影中的庞大身形。阿斯尔听到了赫芬的呼吸声。那生物感知到他们的到来，舒展开它巨大的双翼，发出长笛般的叫声。这是火星的本土生物，与上古众神们从天界带来的生物毫无相似之处。它的后背覆盖着一层甲虫般的薄壳，腹部却多孔而柔软。它进食时，就坐在食物上面，将它吸收进体内。它的翅膀瘦骨嶙峋——就是一张披在脆弱骨架上的皮。它没有头，也没有中央大脑，神经功能分布在身体各处。

两人爬上赫芬宽而平的背部时，这头巨兽几乎没有反应。它薄而坚硬的背甲已经被人切好了洞，穿上了带子。两人用那些带子固定好自己。赫芬缓缓吸入一大口空气，它肺部巨大的气囊膨胀起来，两个骑手也随之被抬高。一只充气赫芬的腰围几乎能达到未充气时的四倍。吸足气之后，它的肌肉开始收紧，压缩气囊中的空气，体型也随之缩小，直到漏气的微弱嘶嘶声从身后传来。它等待着，双翼紧绷。

玛拉拽了一下穿入它身侧皮肉的圆环。随着一阵爆响，那生物猝然起动。这只天然的喷气推进实验产物开始向前腾飞，随后顺风而行。第一口气耗尽，它便再次吸气，继续向前推进。旅途颠簸，每轮尾喷都会带来一阵剧烈的摇晃。随着赫芬越飞越高，二人开始让它自主选择方向。接着，玛拉又拽了一下系在翅膀上的皮带，那生物就突然转向，向着远方黑暗的群山俯冲而去。

风如长鞭，呼啸而过。阿斯尔坐在玛拉身后，脸上浮现出冷笑。他等待着，直到他们已飞出足够远，不论如何尖叫，也不会被村民听闻。随后，他轻轻抓住了玛拉的肩膀。玛拉误以为阿斯尔是在表达爱意，向后靠在了他的身上，黑发披上他的肩头。他一边吻她，一边小心偷偷摸索她腰带上挂着的小刀。他的手指僵硬，但最终他还是握住了刀握，用刃轻轻抵住玛拉的喉咙。玛拉倒抽一口气。阿斯尔用另一只手揪住了她的头发。

"现在快让赫芬着陆！"他命令道。

"阿斯尔！"

"快！"他大吼。

"你要做什么？"

"把你留在这，我自己回墓穴去。"

"不！天黑了，别把我丢在这儿！"

阿斯尔犹豫了。西米利安平原四处潜伏着徘徊兽，那些野兽会把这个逃出韦尔科尔家的女孩当作一顿幸运的加餐，当成它们鲜少能尝到的美味。在呼啸的风声中，他偶尔能听到一阵长嚎，那是尖牙利齿的"好客原住民"在等待它们的晚餐。

"那好吧，"阿斯尔不情愿地低声说，"带我去墓穴，但只要你叫一声，我就割开你的喉咙。"他把刀从玛拉的喉咙上拿开，用刀尖抵着她的后背。

"求求你，阿斯尔，别！"玛拉恳求道，"我们去山里吧。你为什么要去墓穴呢？因为托克拉么？"

阿斯尔缓缓将刀尖刺入玛拉的衣服，直到她惊叫起来。"让托克拉去死吧，你也一样！"他低吼道："快给我转向！"

"为什么？"

"我要下到墓穴里，去点燃巨风之火。"

"你疯了！上古众神的魂灵就生活在墓穴里。"

"我要去点燃巨风之火，"他毫不动摇，"现在你要么掉头回去，要么下去，我一个人回去。"

玛拉沉默片刻，然后拉紧一条系在翅膀上的缰绳。赫芬在空中急转弯。他们飞了一里，飞到村庄南部，掠过村子，飞向修道院。在那里，敬奉大乔的牧师们守卫着墓穴的入口。修道院在前方的地面上微微发光。

"绕着飞一圈。"阿斯尔下令。

"你不能进去。他们会杀了你的。"

阿斯尔并不这么认为。除了为伟大的沉睡者献上小动物作为祭品的牧师以外，从没有人进入过墓穴。既然没有外人敢接近通向墓穴的竖井，那么守卫也不可能会预料到有人要来。阿斯尔并不认为他们能保持警惕。

修道院四四方方，内侧镂空，庭院正中竖着一座小石塔。竖井的入口就位于塔楼之中。他们盘旋而下。借助火卫一昏暗的光，和修道院窗户中的橙黄色灯火，阿斯尔观察起庭院中的情况。院内似乎空无一人。

"在塔楼边着陆！"他命令道。

"阿斯尔，求你——"

"快着陆！"

赫芬立刻向下俯冲，旋即飞过外墙，冲进庭院。它在一阵猛烈的颠簸中着陆，哀鸣起来。

"快！"阿斯尔低声叫道，"解开你的皮带，我们赶紧走。"

"我不走。"

刀尖刺痛玛拉的皮肤，使她改变了主意。二人很快滑到地上，阿斯尔一脚踢中赫芬的侧腹。这生物吸入空气，膨胀起来，浮到了空中。

灯光照亮修道院的一扇扇窗，一张张受惊的脸出现在窗口，试图看清庭院中的情况。有人大声呼救。阿斯尔一个箭步冲到塔楼门前，将门拉开。玛拉如今不得不与阿斯尔"共患难"，只得与他一同进入塔内。他们走上梯台，墙上的支架上插着蜡烛，火光摇曳。坐在蜡烛下面的守卫惊讶地抬头望去，摸向他身边带倒钩的长矛。阿斯尔飞起一脚，踢中他的太阳穴，随后把瘫倒在地的守卫滚出门去。人们手举火把，从庭院另一端跑来。阿斯尔用力关上沉重的金属大门，将门闩住。

塔楼的大门被拳头砸得砰砰作响。二人停下来休整片刻。玛拉恐惧地盯着阿斯尔。阿斯尔准备好迎接她的怒骂，但她只是靠在墙上，气喘吁吁。楼梯向下延伸，张开漆黑大口，朝他们打着哈欠——在巨口深处，是石质的咽喉，直通火星的胃肠，怪物大乔的国度。阿斯尔沉思着，瞥了玛拉一眼，突然感到愧疼。

"我可以留你在这儿，"阿斯尔说，"但我得把你捆上。"

玛拉舔舔嘴唇，看看向下延伸的台阶，又把目光投向大门——在门的另一边，守卫正在发疯似地大吼大叫。她摇了摇头。

"我和你一起下去。"

"我把你留在这里，牧师们会把你当作我的俘虏。他们不会为难你。"

"我和你一起下去。"

阿斯尔很高兴，但又为此感到恼怒。她就是个傲慢、恶毒、奸诈的妖女，他这样告诉自己。托克拉的事，她一定撒了谎。他粗声咕哝着，抓过蜡烛，走下楼梯。当身后的玛拉也开始拾级而下时，他想起他落在上面的长矛，浑身紧绷，转过头去。

如他所料，玛拉已经捡起了长矛，矛尖离他的后腰只有一尺。他们盯着彼此，玛拉的脸上又露出了自以为是的笑容。

"拿着吧，"她说，顺手将长矛递给他。"你可能用得着。"

他们又一次对视，一次不同于上次的对视。阿斯尔感到不知所措，他摇了摇头，继续向下方的墓穴进发。在他们背后，守卫们依旧在敲打着大门。

楼梯井阴冷潮湿。黑暗如帘幕般笼罩着他们。他们默默前行，五千步后，阿斯尔停止了计数。

在墓穴深处，大乔正在辗转而眠。阿斯尔阴沉地盘算着那些守卫冲破金属大门还要多久。在守卫们一拥而上，捉住他们之前，二人必须找到方法通过大乔的把守。从一段偷来的仪轨中，阿斯尔知道了该怎样通过那个怪物：一串字符，由 24 位数字组成。在他模糊的想象中，他必须在内室入口前大声喊出这串数字。

此时，玛拉正走在他身边，他能感受到她在微微颤抖。他快速而谨慎地扫视着每一片黑暗、每一个隐蔽的角落和每一寸墙上的裂隙。竖井中一片死寂，只能听见低沉的脚步声。黑暗中充斥着霉味。蜡烛几乎照不亮什么。

"我告诉你的关于托克拉的事都千真万确,"她突然开口。

阿斯尔直视前方,什么也没有说,心中为先前的嫉妒而尴尬不已。他们默默不语,继续前行。

玛拉突然停下了。"看,"她轻声说道,指着楼梯的前下方。

阿斯尔用手挡住烛火,聚精会神地看着下方一小块微弱的光亮。"楼梯到底了。"他轻声说。

那片光散漫而且暗淡,显出些许绿色。阿斯尔吹熄了蜡烛,玛拉立刻抱怨起来。

"你这样,等我们上去,要怎么看路?"

阿斯尔干笑道:"你以为我们还会上去?"

玛拉呻吟一声,紧紧抱住他的手臂,却依然随阿斯尔一起缓缓走向下方的光亮处。阶梯尽头连着一道长长的走廊,天花板微微发光。两人面色苍白,惊惧不已。他们在最底部的台阶处停下,沿着廊道向前看去。玛拉倒抽一口冷气,捂住了眼睛。

"是大乔!"她敬畏地小声说道。

阿斯尔的视线穿过敞开的楼梯大门,穿过走廊,穿过走廊末端的门洞,直抵一个巨大的房间。大乔就坐在房间正中,沉浸于那亘古的安眠,身边堆满支离破碎的白骨。这头金属生物有阿斯尔两倍高,显然是一台杀戮机器,其手上长着三根寒光闪闪的利爪,巨大的头颅形如火星狼,龇出银白色的长牙——若非为杀戮而造,这金属机器为何要长牙?

巨兽以蹲伏之姿沉睡着,等待着自不量力的闯入者。

阿斯尔拽着玛拉穿过楼梯大门。一阵嗡嗡声不知从何处响起:"掠夺者须立即返回!"

阿斯尔浑身紧绷,四处张望。玛拉开始啜泣。

"待在楼梯边别动。"阿斯尔对她说,用力把她推回门的另一边。

阿斯尔缓缓走向大乔所在的房间。在房间的另一端,他能看到另一扇门。怪物的任务显然是阻止闯入者进入内部的墓穴——在仪式的祷文中,巨风之火正是在那里点燃的。

行至半途,声音再次响起,吟唱般重复着同一句话:"大乔会杀死你,大乔会杀死你,大乔会杀死你——"

阿斯尔慢慢转过身,搜寻发言者,但那声音似乎来自墙壁上的一枚黑色圆盘。或许这就是仪式中提到的,能说话的机器。

到了离房间入口还剩几步时,那声音安静了。阿斯尔在门口停下,盯着房内的怪物。随后,他深吸一口气,用响亮却不断颤抖着的声音,开始诵读那24个数字。大乔依然蹲伏着一动不动。什么也没发生。阿斯尔穿过门洞。

大乔发出一声震耳欲聋的咆哮,站直了身子,金属关节嘎吱作响。它缓缓走向阿斯尔,利爪张开,眼中怒火熊熊。阿斯尔尖叫一声,夺路而逃。

跑着跑着,他看到玛拉四肢摊开,昏倒在楼梯口。他抑制住跳过她、自己逃跑的欲望,停下来,扛起玛拉。

但他突然意识到,背后根本没有追兵。阿斯尔转过头。大乔已经回到了最初的位置,似乎再一次陷入了沉睡。阿斯尔困惑不已,又回到长廊。

"掠夺者须立即返回!"

他小心翼翼地又向前挪了几步。

"大乔会杀死你,大乔会杀死你,大乔会杀——"

阿斯尔从地上捡起矛,悄声走入寂静。这次,他在门口停下,观察四周,随后缓缓将矛柄探过门洞。什么也没有发生。他又往前挪了挪,在门里挥动长矛。大乔依然一动不动。

接着,他将矛头戳在地上。怪物咆哮一声,开始起身。阿斯尔向后一跳,头皮发麻。但大乔又一次蹲了回去。

阿斯尔克制住逃跑的欲望，又将矛伸过大门，敲击地面，但这次，什么也没有发生。他向下看去，矛头敲在入口左侧一块灰色地砖的中央。地面由灰色与白色的地砖交替组成，如同一张棋盘。他敲击另一块灰砖，大乔又一次苏醒。

阿斯尔思忖片刻，开始敲击他站在门口所能触及的每一块地砖。大部分地砖被敲击后，大乔都会开始活动，但有四块不然。他在门口跪下，仔细观察这四块地砖。按照距离大门由近到远的顺序，第一块没有标记，第二块中间有一个点，第三块有两个点，第四块则有三个。

阿斯尔站起身，再次走进门内，站在之前发现的第一块砖上。大乔一动不动。他又踏上左前方的第二块砖，向前走上第三块，又向右前方走到第四块地砖上。他在那里驻足，颤抖着盯着沉睡的金属守卫。他已然深入门内四尺！

确认怪物仍在沉睡，阿斯尔蹲伏下去，寻找下一块可安全站立的地砖。他看了很久，却没有发现地砖上与之前类似的标记。那些点只是巧么？

他伸出长矛，想要敲击地砖，又立刻打消了这种念头。他离沉睡的守卫太近了，容不得他犯错。他站起身，更仔细地观察四周，不放过房间中，尤其是地面上的每一个细节。他数了数每行和每列的地砖数目——每边 24 块。

24——用于安全通过房间的数字序列也有 24 个数。阿斯尔紧皱眉头，低声复述那串数字：0，1，2，3，3，3，2，2，1……

前四个数字是 0，1，2，3；而前四块安全的地砖上，分别刻着 0，1，2，3 个点。但四块地砖没有排成直线，在第四块地砖之后，也找不到更多有标记的砖块。他退出房间，站在长廊末端，再次端详起地面。

玛拉昏昏沉沉地醒来了，虚弱地呼唤着阿斯尔。他安慰了她几句，又去钻研地砖。"从第一块砖开始，向左前方，再向正前方，最后向右前方——"

0，1，2，3，3。

灵感瞬间迸发。阿斯尔走到第二块砖上，伸手去够第四块砖右前方的地砖。大乔仍然毫无动作,却开始说话。那低吼令阿斯尔头皮发麻。

"如果闯入者出现任何差错,大乔会立即将其消灭。"

阿斯尔浑身僵硬,随时准备着逃回长廊。他又一次触碰那块地砖。一动不动的巨兽又一次重复那残忍的警告。

阿斯尔试图触碰第五块砖右前方的地砖,但他只有先踏上第三块地砖,才够得到它。他深吸一口气,向前几步,双眼盯着大乔,小心翼翼地伸出长矛。矛尖触地。

"如果闯入者出现任何差错,大乔会立即将其消灭。"但那巨大的身形仍在原来的位置一动不动。

从第一块地砖开始,安全路线是左前、正前、右前、右前、右前,而密码中从第一位数字 0 开始,之后是 1、2、3、3、3。阿斯尔显然已经找到了规律。1 意味着向东南方走一块砖,2 是向南方走一块砖,3 则对应向西南方走一块砖。他微微颤抖着,逐渐靠近第五块地砖——之前正是在他触碰这块地砖时,大乔第一次发出了警告。他回头看看入口大门,又转头看看大乔,意识到,自己已经没有试错的余地了——在他冲回走廊前,那双金属利爪就会把他抓住撕碎。

阿斯尔犹豫了。他可以现在返回,也可以拿自己的命去赌他那不确定的猜测。玛拉又在叫他了。

"到走廊尽头来!"他回应道。

令他惊讶的是,她很快便赶来了。

"停下!"阿斯尔吼道,"退到入口外面去!别踩地砖!停下!"

玛拉缓缓收回了悬在机关地砖上空的脚。

"除非你知道正确方法,否则进房间会要了你的命。"阿斯尔喘着粗气说。玛拉冲他眨眨眼,紧张不安地转过头,看看身后。"但我听到追兵的声音了,他们顺着楼梯追下来了。"

阿斯尔轻声骂了几句。现在他没得选了。

"稍等,"他说,"我马上告诉你怎么过来。"

他走到测试过的最后一块地砖上,停下脚步。接下来两个数字都是2——也就是向前直走。再走下去,那只凶猛的哨兵的带有利爪的长臂就能轻松够到他。阿斯尔恐慌地看着周围地面上散落的骸骨碎渣。一些是人类的,剩下的是祭司扔进来的动物祭品。

他只测试过一块与2对应的地砖——在靠近大门的地方。如果在这里出错,死亡就是唯一的结局。没有必要拿着长矛探路了。

阿斯尔踏上下一块地砖,双眼紧闭。

"如果闯入者出现任何差错,大乔会立即将其消灭。"

阿斯尔再次睁开眼,长出一口气。

"阿斯尔!他们越来越近了!我能听到他们!"

他听了听,远处模模糊糊传来愤怒的人声。"好吧,"他平静下来,"你只能踩我让你踩的地砖。看到门左边灰色的那块了么?"

她指了指:"这块么?"

"没错,踩上去吧。"

玛拉走上前去,恐惧地望着巨大的钢铁守卫。阿斯尔引导着她向他走去:"左前——正前——右前。好了,大乔发声的时候,别被吓到。"

玛拉一步步向前走,直到她离阿斯尔只剩一块地砖。她的呼吸因恐惧而加速,从楼梯处传来的喊叫声也越来越大。他抬头看着大乔,这才注意到它钢牙利齿上沾满了红棕色的污垢。他战栗起来。

残酷的棋盘游戏在继续。两人小心翼翼地步步前行,玛拉跟在阿斯尔身后,两人间距一块地砖。要是她又晕倒了,该怎么办?万一她倒下时,碰到了触发大乔攻击的地砖呢?此时,二人距离大乔的手臂已经不足一尺了。

阿斯尔抬起头,看到那怪物的眼珠转动着,尾随着他们,在他们通过时,端详着二人。阿斯尔吓呆了。"我们不是来劫掠的。"他对那巨大的机器说,但大乔的凝视毫无动摇。

"空气正在逸出这个世界。"

怪物仍然静默无声。

"快点！"玛拉呜咽道。追兵正在快速赶来，离入口仅剩下一半路程。二人的进度却慢了下来，因为阿斯尔不得不一次次重复整串数字，还要回过头去清点已经走过的地砖，确保踏出的下一步不会要了他们的命。

"他们不敢跟着我们进来。"阿斯尔仍然怀着希望。

"万一他们敢呢？"

"如果闯入者出现任何差错，大乔会立即将其消灭。"阿斯尔又踏出一步，那机器再次如是宣告。

"还差八块！"阿斯尔低语着，再次停下来清点地砖。

"阿斯尔！他们在走廊里了！"

阿斯尔听到一阵喧嚣。他扭头看去，只见一群身披蓝色长袍的人涌下楼梯，沿着长廊冲向他们所在的房间。但刚跑到半道，牧师们就停下了。他们看到了令人难以置信的景象——两名闯入者正在从魔神身边走过，毫发无伤。他们激动地你呼我喊。阿斯尔又跨出一步，机器也又一次发出了无抑扬顿挫的警告。

"如果闯入者出现任何差错……"

听到神祇的声音，祭拜大乔的牧师们狂乱地吵嚷起来，后撤了几步。但有一名牧师比其他人都要冲动，他突然尖叫起来。

"杀光入侵者！用你们的长矛撕碎他们！"

阿斯尔回头看见两名牧师冲向房间，举起长矛，准备投掷。如果哪根长矛击中了有触发机关的地砖——

"停下！"他转身向追兵大喊道。

两名牧师停下了脚步。阿斯尔按捺住心中的恐惧，一只手轻轻搭在机器人巨大的钢铁手臂上，然后整个人都靠在它的身上。大乔的大眼睛向下看着他，本体却仍然一动不动。

矛手们惊呆了，窃贼与恐怖的金属巨兽之间的熟识令他们瞠目结舌。接着，他们慢慢退开了。

阿斯尔继续虚张声势。他抬头看着大乔，高声说道："如果他们投出长矛，或者试图进来，就杀了他们。"

他转过身背对走廊中的人群，继续谨慎地前进。还有五块地砖，四块，三，二——

他停下来，看着前方的房间。泛着银光的机械装置尽皆静默无声，巨大的仪表板上覆盖着大量的白色圆环与刻度盘。阿斯尔心中一沉。如果控制巨风之火的魔法就在这里，他恐怕永远也无法获知如何将其重启。

他穿过门洞，玛拉紧随其后。大乔立刻发出隆隆雷声般的低吼。

"已认证两位技术家的身份。此后他们将可以不受惩罚地随意通过。大乔有义务提出如下问题：时刻未至，技术家为何到来？"

阿斯尔回头看去，发现机器人的头已经掉转过来，直盯着他和玛拉。阿斯尔还看到有别人靠近连接长廊和机关室的门，不是牧师，而是小镇上的居民。

他盯着那些人，从中认出了议长、玛拉的父亲韦尔科尔、另外三个长老，以及斯鲁比，那个曾将他钉上木桩的刽子手。

"爸爸！别过来！"

韦尔科尔沉默地盯着二人，随后转过身去，向议长低声说了些什么。议长又向斯鲁比低语了几句。刽子手冷冷地点点头，从腰带上取下一把短柄斧。他穿过入口，左脚踩在第一块没有标记的地砖上。斯鲁比看了看大乔，而那怪物仍然一动不动，他对背后的众人咧嘴一笑，然后又朝着阿斯尔的方向咆哮道：

"对你的刑罚已经改过啦，小贼！"

"斯鲁比，你敢过来试试！"阿斯尔厉声说。

斯鲁比啐了口唾沫，挥了几下斧子，迈着大步向前走去。大乔突然一跃而起，仿佛卷土重来的怒火，关节在墓穴中发出爆响。斯鲁比吓呆了，笨拙地收回了斧子。

大乔的双爪抓住斯鲁比时，阿斯尔倒吸一口凉气，马上背过身去。撕裂血肉的声音响起，斯鲁比的哀嚎戛然而止，随后传来骨骼崩裂折断的声音。玛拉尖叫着闭上眼睛。大乔把斯鲁比的残躯扔到一边，发出两声闷响。

牧师们，以及除了韦尔科尔以外的所有镇民，都已经逃出走廊，逃上楼梯。只剩下韦尔科尔双膝跪地，两手掩面。

"玛拉！"他哀嚎道，"我的女儿！"

"回去吧，爸爸。"女孩喊道。

头晕目眩的老人虚弱地站起来，摇摇晃晃地沿着长廊走向楼梯。当他通过警报初次响起的位置时，机器兽又动了起来——它慢慢起身，转过来面向阿斯尔和玛拉。二人快速后退，退到放着奇怪机器的房间的更深处。大乔缓缓地跟在他们后面。

阿斯尔四处寻找逃跑之机，但怪物在门口停下了。它又一次开口，发出如同阿斯尔记下的仪式祭祷般的嗡鸣：

> 为了使技术家们获取充足情报，大乔有义务公布他的功能。他的首要功能是防止有潜在破坏性的生物进入装有控制设备的房间，该设备被用于控制聚变反应，以周期性更新大气中的氧气；他的第二功能是引导技术家们获取记录，从中得到他们可能需要的信息；第三功能是完成技术家分配的任务，如果这些任务在大乔有限的设计下可能得到完成。

阿斯尔盯着行动迟缓的造物，第一次意识到它并非活物，只是先人们造出来完成特定任务的机器。尽管它的尖牙利爪上仍然染着鲜血，但斯鲁比被它杀死,无异于一个嗜虐的矮子爬进一台研磨机,其破碎辊还正在被火星公牛拉着运转。

先人们在打造这守卫时也许残忍过了头,但他们至少把它造得像个毁灭者,而且也已经向入侵者发出了足够多的警告。阿斯尔扫视着周围的机械仪器,隐约理解了大乔存在的意义。这里的金属,对于铸剑师、铁匠或是各种各样的劫掠者来说,就意味着无尽的财宝。

阿斯尔挺直肩膀,对机器说:

"告诉我们如何点燃巨风之火。"

"教学并不在大乔的功能范围内。大乔有义务说:根据建造者们测算的时间,更新反应在第 6000 个火星年后启动。"

阿斯尔皱起眉头。他们已经不再用数字纪年法了,而是以管理村庄的议长的名字记录年份。"离 6000 年还有多久?"他问道。

大乔像一台加法机一样发出一阵咯咯声:"技术家先生,还有 12 个火星年。"

阿斯尔盯着复杂无比的机械装置。他们能在 12 年内学会如何操作它们吗?这似乎是一个不可能完成的任务。

"我们什么时候开始学习?"他问机器兽。

"这里是教学室,你可以在此检查记录。真正的控制装置安装在最深的地穴中。"

阿斯尔眉头紧锁,走向大厅远端。在那里有另一扇门,门对面是——另一个前厅和另一台大乔!他逐渐靠近那间前厅,第二台机器人也随之发声:

"如果闯入者没有获得恰当的知识,大奥斯瓦尔德会将其消灭。"

阿斯尔被吓得一下从门口蹦了回来,重重地跌在一面仪表面板上。面板忽然亮起,一段预先录制好的儒雅温和的语音开始念诵"斯涅尔总统在第八次世界大战中的地位"之类的内容。他跌跌撞撞地从面板旁边退开,向正在闷闷不乐地坐在一台巨大机器底座上的玛拉走去。

"你笑什么呢？"玛拉嘟囔道。

"我们才刚过第一关呢！"阿斯尔抱怨道，想象着前方他们要通过的一整串房间。"在我们进入下一间房间前，我们得先学会先人们的魔法。"

"先人们也没多伟大嘛，"玛拉嘟囔道，"看看墙上的壁画。"

阿斯尔抬起头，只看到一组奇怪的圆环，围绕着一团亮黄色，后者也许代表着太阳。"这壁画怎么了？"他问道。

"我爸爸曾教过我有关行星的知识，"她说，"这壁画应该是在描述它们绕着太阳运转的方式。"

"所以呢？"

"多了一颗行星，"玛拉答道，"所有人都知道在金星与火星之间应该只有一条小行星带，但在壁画上，金星与火星之间却还有一颗行星。"

阿斯尔漠不关心地耸耸肩，只对那些机械感兴趣："你就不允许先人也偶尔出点差错？"

"大概吧。"玛拉停下来，有些悲伤地看着他的父亲离开的方向。"我们现在要做什么呢？"

阿斯尔想了很久，然后对着大乔说道："你要和我们一起去村里。"

机器沉默片刻，随后说："大乔的首要功能与第二功能发生明显矛盾，请技术家决定优先级。"

阿斯尔没听懂，又重复了一次他的要求。大乔缓缓转过身，一步步穿过房门，在门外等候他们。

阿斯尔笑了。"我们回去吧。"他对玛拉说。

玛拉急忙站起来。他们穿过前厅和长廊，开始了向着地面的漫长爬行。大乔缓缓跟在二人身后。

"那你的放逐该怎么办呢，阿斯尔？"玛拉突然严肃地问道。

"你就等着看好戏吧。"阿斯尔想象着当他、玛拉和大乔穿过村庄,直达议事厅时引发的大乱,轻声笑了起来。"我觉得我大概会成为下一任议长,"他说,"而我要选出的议员都会是盗贼。"

"盗贼!"玛拉倒吸一口气,"为什么?"

"那将是一群勇于窃取神明的知识的盗贼,他们将成为技术家,重燃巨风之火。"

"阿斯尔,'技术家'究竟是什么意思呢?"玛拉满怀崇敬地问道。

阿斯尔暗自咒骂自己滥用他不理解的大词,但又不愿意向紧抱着他的手臂的女孩承认自己的无知。"我想,"他说,"技术家就是那些告诉众神该做什么的窃贼。"

"那么,伟大的技术家先生,请吻我吧!"玛拉悄悄对他说道。大乔铿锵着停下了,等他们继续前进。他等了很久。

# 飞蛾

*The Moth* / H.G.Wells

文 /[英] H. G. 威尔斯
译 / 蘑菇

H.G. 威尔斯，著名英国作家，享有"世界科幻之父"的荣誉，在文学、科学、政治等多个领域均有所建树，其代表作《时间机器》《莫罗博士岛》《世界之战》等均为科幻界的经典名篇。

也许你听说过一个名叫哈普利的人，不是那位小 W.T. 哈普利，而是他那出名的父亲，研究大蠊的昆虫学家。

要是你听过他的话，那你至少应该知道哈普利教授和帕金斯教授之间的宿怨，哪怕具体细节你可能不了解。对于那些不知情的人来说，还是有必要在此解释一二的。嫌麻烦的读者可以一目十行地跳过这部分。

令人惊奇的是，大众对于哈普利一帕金斯之争这样的重大事件几乎全无所闻。我十分确信，那些震撼地质学会的划时代争论几乎全都不为圈外人所知。我还听说，一些受过相当程度的通识教育的人甚至把这些学术会议上的大场面说成是教友会内部的争吵，而英格兰和苏格兰地质学家们之间的仇恨至今已经持续了半个世纪，而且"在科学界留下了深重的伤疤"。相比这些事，哈普利和帕金斯的矛盾虽然可能相对私人，但引发的争执却有过之而无不及。你们一般人根本无法想象一个研究员到底胸怀多少热情，发生矛盾时又能从中勾起多旺的怒火。这是一种新式的神学憎恶。举个例子：有些人会很乐意把雷·兰克斯特教授[1]烧死在史密斯菲尔德[2]，就因为他在《大英百科全书》里异想天开地在"软体动物"下面扩展了头足类，以涵盖翼族类……但还是说回哈普利和帕金斯吧。

　　许多年前，帕金斯在修订微鳞翅目（还是什么其他东西）的过程中，删除了一个由哈普利定义的新物种。脾气暴躁的哈普利立刻删掉了帕金斯做的一整个分类[3]作为回击。帕金斯在他的"反驳"[4]中提出，哈普利的显微镜和他本人的观察力一样有缺陷，并称他为"不负责任还多管闲事的人"——当时哈普利还不是教授。哈普利则在反击[5]中称其为"浮躁的收藏家"，并轻描淡写地将帕金斯的修订描述为"愚不可及"。这是一场你死我活的战争。然而，关于这两位伟人争吵的细节，比如他们如何从微鳞翅目开始到在昆虫学的每一个公开问题上都针锋相对，他们之间的分歧究竟是如何扩大的，读者是几乎不会感兴趣的。也有一些值得纪念的时刻。有时，皇家昆虫学会的会议就像众议院一样乱。总的来说，我认为帕金斯比哈普利更接近真理。但哈普利更擅长演说，有科学界人士少有的嘲讽能力，精力充沛，在已灭绝物种的问题上咄咄逼人；而帕金斯则是一个呆板的人，言语粗鲁，身材宛如水桶，总是过分认真地求证，看起来仿佛在博物馆任职过。所以年轻人总喜欢围着哈普利，为他叫好。这是一场漫长的斗争，从一开始便恶意十足，最终发展到势不两立的地步。天平往复摇摆，一会儿这方占优，一会儿另一方得势，一会哈普利被帕金斯的一些发现所折磨，一会儿帕金斯被哈普利所超越——这些与其说属于这个

---

[1] 雷·兰克斯特（1847—1929年），英国动物学家，曾任伦敦自然历史博物馆馆长。——译者注
[2] 位于英国伦敦市西北部，历史上有很多叛党、异教徒在此地被处死。——译者注
[3] 《评一次对小鳞翅亚目的新近修改》，出自《昆虫学会季刊》，1863年。——作者注
[4] 《对某些评论的答复》，出处同上，1864年。——作者注
[5] 《一些增补评论》，出处同上。——作者注

故事，倒不如说属于昆虫学的历史。

但是在 1891 年，健康状况业已欠佳的帕金斯公布了他对鬼脸天蛾的"中胚体"的一些研究成果。鬼脸天蛾的中胚体是什么在这个故事里一点也不重要，但帕金斯的这些研究远不如他平日的水准，这给了哈普利一个他渴盼多年的机会。那时他一定是夜以继日地工作，想要充分发挥他的优势。

在一场精心筹备的批判会议中，哈普利把帕金斯撕得粉碎——你都可以想象这个人一头杂乱黑发，怪异的黑眼珠闪闪发光地盯着对手的神态。而帕金斯的回应却充满迟疑、虚弱无力，其间他还令人难堪地多次陷入沉默，但也满腔怨恨。他想伤害哈普利的愿望是真实的，他的力不从心也是真切的。但他的听众中很少有人——我当时没有参加那次会议——意识到这个人病得多么厉害。

哈普利击倒了他的对手，打算结果掉他。他随后又发表了一篇有关飞蛾演化的综述论文，借此向帕金斯发起了简单粗暴的攻击。这篇论文印证了他所付出的极大的脑力劳动，却使用了一种暴力的、有争议的措辞。尽管它言语带刺，但编辑的注释却表明它已经得到过修订了。帕金斯肯定被它搞得羞愧难当，颜面扫地。它毫无破绽，论点杀伤力十足，语气充满轻蔑。对一个正处在职业生涯的滑坡阶段的人来说，这太可怕了。

昆虫学界屏息凝神地等待着帕金斯做出抗议。他会试一试的，因为帕金斯一直都敢于挑战困难。可帕金斯的抗议却让他们大吃一惊，因为他的"抗议"是染上流感，继而患上肺炎，病死了。

这也许是他在这种情况下所能做出的最行之有效的回答了。并且，它在很大程度上让人们反感起哈普利来。这个结果让那些曾为这两位角斗士欢呼雀跃的人变得稳重了。毋庸置疑，战败的焦虑感促成了帕金斯的死亡。严肃看待此事的人说，即使是科学上的纠纷也得有个度。此时另一篇粉碎性的檄文已经付印，发表于葬礼前一天。我不认为哈普利尽力阻止过这事。人们记住了哈普利如何步步紧咬他的对手，却忘记了那个对手的缺点。丑闻之上发酵出尖刻的讽刺。这事在日报上激起了不少评论，所以我才觉得你可能听说过哈普利和这场论争。但是，正如我所说，科学工作者总是活在他们自己的世界里；我敢说，每年沿着皮卡迪利大街去皇家学院的人，有一半人都说不出学会在哪里。许多人甚至认为，学术圈是一个其乐融融的笼子，各种人都会和睦地躺在笼中。

私底下讲，哈普利无法原谅帕金斯的死。首先，这是他对哈普利的致命一击的消极逃避。其次，这在哈普利的心里开了一个奇怪的缺口。20年来，他一直在努力工作，有时会工作到深夜，每周七天都在拿着显微镜、手术刀、收集网和笔孜孜不倦地忙碌着，而这几乎完全是为了和帕金斯一决高下。他在欧洲赢得的名气不过是骂名之下附带的小小收获。他在这场最后的争论中逐步迈向人生巅峰。可以说，它虽然摧毁了帕金斯，但也使哈普利失去了动力。他的医生建议他暂时放下工作，休息一下。于是哈普利来到肯特郡的一个安静的村子里，日日夜夜都在想着帕金斯的事，一句关于他的好话都说不出来。

最后，哈普利开始意识到他的执念之所向。他决心要为之奋斗，于是开始试着读长篇文学著作。但他无法把心思从帕金斯身上移开，后者脸色发白，发表了最后一次演讲——每一句话对哈普利来说都是一个良机。他转向小说——发现小说抓不住他的心。他读了《岛屿之夜的娱乐》[1]，直到他的"因果思维"再也无法忍受《瓶妖》带来的冲击。然后他去读吉卜林[2]，发现吉卜林除了不敬和粗俗之外"一文不名"。这些搞科学的人的忍耐都是有极限的。接着，他郁闷地试着去读贝赞特[3]的《内宅》，结果小说的第一章就让他把心思放在了学会和帕金斯身上。

于是，哈普利转而下起了国际象棋，发现象棋略比读书抚慰人心。他很快

---

[1] 英国作家罗伯特·路易斯·史蒂文森的个人小说集，1893年出版。《瓶妖》为其中收录的一篇短篇小说。——译者注
[2] 鲁德亚德·吉卜林（1865—1936年），英国作家、诗人，代表作包括《丛林之书》《夜班邮船》等。——译者注
[3] 指沃尔特·贝赞特（1836—1901年），英国小说家，历史学家。——译者注

就掌握了棋步、主要的几种开局让棋和常见的封闭局面，并第一次打败了教区牧师。但后来，在他即将将军时，对面的王的圆柱形轮廓开始像帕金斯一样，虚弱地站起身喘息着。至此，哈普利决定放弃下棋。

也许研究一些新的科学分支才是更好的消遣。最好的休息就是转职。哈普利决定投身硅藻研究，并让人从伦敦寄来了他的一台小型显微镜和哈利布特的专著。他想，要是他能和哈利布特激烈地争吵起来，他也许就能开始崭新的生活，忘记帕金斯。很快，他就以他惯有的劲头努力研究起路边水池里这些微不足道的小生物。

在研究硅藻的第三天，哈普利意识到当地的生物群中多了一个新成员。他在显微镜前工作到很晚，房间里唯一的光线来自那盏明亮的小台灯，灯罩是特殊的绿色。和所有经验丰富的显微镜专家一样，他一直睁着双眼。这是避免过度疲劳的唯一方法。一只眼睛在仪器上方，眼前，显微镜的圆形视域明亮而清晰，其中，一只棕色硅藻正在缓慢移动。哈普利的另一只眼睛也好像能看到硅藻，尽管它并没有在看它。他只是朦胧地意识到仪器的黄铜面、桌布被照亮的部分、一张记事纸、灯座和办公桌之外的黑暗房间的存在。

突然，他的注意力从一只眼睛飘到了另一只眼睛。桌布的材质据店员说是织锦，颜色相当鲜艳，花纹是金色的，灰色的底子上有少量的深红色和淡蓝色。桌布上的某处花纹似乎错位了，并且那块地方的颜色还在微微颤抖。

哈普利忽然抬起头，两眼全都看向那里。他惊讶地张大了嘴巴。

那是一只大飞蛾或蝴蝶；它的翅膀是以蝴蝶的方式展开的！

奇怪的是，它竟然会出现在室内，而窗户明明是关着的。不仅如此，它飞到现在这个位置的时候，竟然完全没有引起他的注意，而且竟然和桌布融为了一体。更奇怪的是，对哈普利这位伟大的昆虫学家而言，他居然完全不知道它的存在。这不是幻觉，它正缓慢地爬向灯座。

"新的属，天哪！而且是在英国！"哈普利瞪着它说道。

他突然想到了帕金斯。没有什么能比帕金斯更让人疯狂了……而帕金斯已经死了!

昆虫的头和躯干的某些地方格外像帕金斯,就像棋盘上的王那样。

"可恶的帕金斯!"哈普利说,"但我必须抓住它。"他一边环顾四周,寻找捕捉飞蛾的方法,一边慢慢从椅子上站起来。忽然,桌上的昆虫飞了起来,撞到了灯罩的边缘——哈普利听到了"呼"的一声——然后消失在了黑暗中。

哈普利迅速扯下了灯罩,这样整个房间就被照亮了。那东西已经消失了,但很快,他老练的眼睛就在门边的墙纸上发现了它。他朝它走去,举着灯罩准备抓它。可还没等他进入攻击范围,它就又飞了起来,在房间里飞来飞去。按照这类生物的习惯,它会突然起飞,突然转弯,在这里消失,又出现在别处。有一次哈普利打了一下,没打中;然后又打了一下,又没打中。

他的第三击打中了他的显微镜。仪器晃了晃,打翻了台灯,然后掉在地上,发出巨响。台灯翻倒在桌面上,还凑巧熄灭了。哈普利被留在了黑暗中。他一惊,感到那只奇怪的飞蛾扑住了他的脸。

这真是令人发狂。他没有灯。如果他打开房门,那东西就会逃走。在黑暗中,他清楚地听见帕金斯在嘲笑他。帕金斯的笑声曾经很油滑。他愤怒地诅咒着,用脚跺起地板。

一阵怯生生的拍门声传来。

然后房门缓缓打开了大约一英尺宽。房东太太惊恐的脸出现在粉红色的烛火后面。她灰色的头发上戴着一顶睡帽,肩上披着件紫色的衣服。"那可怕的撞击声是怎么回事?"她说,"有什么——"那只奇怪的飞蛾开始在门缝处飞舞。"把那扇门关上!"哈普利说着,突然冲向她。

门猛地关上了。黑暗中只剩下哈普利一个人。一片安静中,他听到他的房东太太飞快地跑上楼,锁了门,并拖着重物穿过房间,抵在门上。

哈普利意识到自己的行为和面貌不仅古怪,而且吓人。该死的蛾子!还有可恶的帕金斯！不过，就这么放走飞蛾未免太可惜了。他摸索着走进大厅，把帽子打落在地板上，发出了敲鼓一样的声音，然后才找到火柴。他拿着点燃的蜡烛回到起居室，一只飞蛾也没看到。然而有一会儿，那东西好像就在他头上飞来飞去。哈普利非常突然地决定放弃飞蛾，去睡觉。但他很兴奋。整整一夜，他的睡眠被有关飞蛾、帕金斯和他的房东太太的梦搅得支离破碎。夜里他曾两度翻身下床，用冷水浇头。

有一件事他非常清楚。他的房东太太不可能理解有关那只奇怪的飞蛾的事，尤其是他没有捉到它的情况下。除了昆虫学家外，没有人能够理解他的感受。他的行为很可能把她吓坏了，但他不知道该怎么解释清楚这件事。早餐后，他看到她在花园里，决定出去和她谈谈，让她放心。他和她谈起了豆子和土豆、蜜蜂、毛毛虫，还有水果的价格。她以她惯常的方式回答，但她看他的眼神暗含怀疑，并且一直随着他的脚步走，令二人之间总有一片花篱、一排豆子或类似的东西。过了一会儿，他开始对此感到异常烦躁。为了掩饰自己的烦躁，他进了屋，接着就外出散步去了。

那只飞蛾，或者说蝴蝶，拖着一股奇怪的帕金斯味，在散步途中不断现身，尽管他已尽力不让自己去想它。有一次，他很清楚地看见了它。它平展着翅膀，趴在公园西边的老石壁上。但是当他走到石壁跟前时，他却发现那只是两块灰色和黄色的地衣。"这，"哈普利说，"这是逆向的拟态了。与其说蝴蝶长的像石头，不如说这里的石头长的像蝴蝶！"有一次，有什么东西在他的头上盘旋飞舞，但他凭着坚定的意志力，又把这个影像从脑海里赶走了。

下午，哈普利拜见了教区牧师，就神学问题同他争论起来。他们坐在种满石楠的小凉亭里，一边抽烟一边辩论。"看那只蛾子！"哈普利突然指着木桌的边缘说道。

"哪里？"牧师问他。

"你没看见桌沿那儿有一只飞蛾？"哈普利说。

"完全没看见。"牧师说。

哈普利如遭雷击。他气喘起来。牧师盯着他,显然,他什么也没看见。"信仰之眼不比科学之眼。"哈普利尴尬地说道。

"我不明白你什么意思,"牧师说,他以为这也是争论的一部分。

当晚,哈普利发现飞蛾在他的柜子上爬来爬去。他穿着衬衫坐在床边,跟自己讲道理。这是纯粹的幻觉吗?他知道自己正在疯掉,他用以前迎战帕金斯时展露出的沉静力量为自己的理智而战。执着已经是他的思维习惯了,他感觉自己仿佛还在和帕金斯战斗。他精通心理学。他知道,这种视觉幻觉实际上是由于精神紧张而产生的。但问题是,他不仅看到了飞蛾,当它碰到灯罩边缘时,他还听到了它的声音。当它后来撞上墙时,他也听到了动静,而且他还感觉到它在黑暗中扑中了他的脸。

他看了看它。它一点也不像幻象,而是在烛光下清晰可见。他看到了它毛茸茸的躯干,还有它那短小的羽状的触角,关节分明的腿,甚至翅膀上的一块蹭秃了的地方。他突然为自己感到恼火,他竟会害怕一只小昆虫。

他的房东太太因为害怕,那天晚上让女仆陪她一起睡。她还把门锁上了,把抽屉柜抵在门上。上床后,她们一边竖起耳朵听,一边说着悄悄话,但没有发生任何惊扰到她们的事。大约11点钟时,她们斗胆熄灭了蜡烛,都打起了瞌睡。一声响动惊醒了她们。她们坐在床上,在黑暗中仔细聆听着。

她们听到哈普利的房间里有穿着拖鞋来回走动的声音。一把椅子被打翻了,然后是一声拍击墙壁的巨响,接着一个陶瓷壁炉饰物被人砸在了壁炉护栏上。突然,哈普利房间的门开了。她们听到他走过楼板的声音。她们紧紧地抱在一起,听着。他仿佛正在楼梯上跳舞,先是大步走下三四级台阶,然后又冲上去,接着匆匆跑进大堂。她们听到伞架倒了,气窗也碎了。然后门栓被人拔出,铁链哗哗作响。他正在开大门。

她们急忙来到窗前。这夜天色昏暗,一片密不透光的积雨云正要遮住月亮，屋前的树篱和大树被苍白的路面映照得黑乎乎的。她们看见哈普利套着衬衫和白裤子，宛如幽灵，在路上来回奔跑，击打着空气。他一会儿停下来，一会儿猛冲向某个看不见的东西，一会儿蹑手蹑脚地挪向它。最后，他沿着路走远了，不见了踪影。当她们在争论谁应该下去锁门时，他又回来了。他走得非常快，径直走进屋里，小心翼翼地关上了大门，轻手轻脚地上楼，回到了自己的卧室。然后，一切都安静了下来。

"科尔维尔太太，"第二天早上，哈普利在楼梯上叫道，"我希望我昨晚没有惊动你。"

"你可真好意思问！"科尔维尔太太说。

"其实我有梦游症，最近两个晚上我都没有吃安眠药。没什么大问题，真的。很抱歉，我把自己弄得这么狼狈。我要去肖勒姆买些东西让我睡个安稳觉。我昨天就应该这么做的。"

然而下山才下到一半，刚到白垩矿场那里，飞蛾就又来找哈普利了。他继续往前走，想把心思放在象棋上，但没有用。那东西飞到了他的脸上，他用帽子自暴自弃地打了它一下。然后，愤怒，以前的愤怒——他经常对帕金斯感到的愤怒——再次袭来。他继续前进，跳跃着、击打着那只飘忽不定的昆虫。突然他踩空了，一头栽了下去。

哈普利恍惚了一阵，回过神来时，发现自己正坐在白垩矿坑口前的燧石堆上，一条腿扭到了身下。那只奇怪的飞蛾还在他头上飞来飞去。他用手击打着它，转头看见两个人向他走来，其中一名是村医。哈普利心想：真是幸运。然后，他异常清晰地意识到：除了他自己，没有人能看到那只奇怪的蛾子，他应该对这件事保持沉默。

然而，那天深夜，在他的断腿被固定好以后，他发烧了，忘记了自我约束。他平躺在床上，用眼睛扫视房间，想看看那只蛾子还在不在。他竭力想不这样做，但没有用。他很快就看到了那个东西。月色之下，它趴在绿色的桌布上，紧挨着他的手，正在休息。它的翅膀微微颤抖。他突然一怒之下用拳头向它打去。护士尖叫着惊醒了。他没打中它。

"那只飞蛾！"他说，接着又说，"只是幻觉。什么都没有！"

一直以来，他都能清楚地看到那只昆虫绕过檐角，在房间里飞来飞去。他也知道护士什么也没看见，只是奇怪地盯着他看。他必须保持冷静。他知道，自己要是无法保持冷静，就会发疯。但随着夜色渐渐降临，他烧得越来越厉害。而他越是害怕看到那只飞蛾，飞蛾就越是来骚扰他。大约5点时，天刚蒙蒙亮，他就想下床去抓它，哪怕他的腿正疼得火烧火燎。护士只好和他扭打在一起。

鉴于他的这等表现，他们把他绑在了床上。到了这会儿，飞蛾越来越大胆了。有一次，他感觉到飞蛾在他的头发上安了家。接着，因为他用胳膊猛击自己的脑袋，他们就把他的胳膊也绑了起来。这时，飞蛾来了，爬到了他的脸上，哈普利哭泣、咒骂、尖叫，祈求他们把它从他身上取下来，但无济于事。

医生是个粗人，才刚刚拿到普通执业医师合格证，对精神科学相当无知。他只是说没有飞蛾。他要是有点头脑，或许还有可能把哈普利从他的命运中救出来，试着理解他的幻觉，回应他的祈祷，用纱布盖住他的脸。但是正如我所说，医生是个笨蛋。在腿痊愈之前，哈普利一直被绑在床上，他所幻想出的飞蛾则在他身上爬来爬去。在他醒着的时候，它从未离开过他；在他的梦里，它又长成了一头怪物。醒着的时候，他渴望睡觉；可等他睡着后，他却又会大叫着从梦中惊醒。

于是，哈普利如今正在一间软垫房里度过他的余生，被一只别人看不到的飞蛾困扰着。精神病院的医生说这是幻觉，但哈普利在心情放松、能说话的时候，他会说这是帕金斯的鬼魂，还是个值得捕捉的独特样本。

# 造物奇趣集

文 / 八四
图 / 兔酱

社恐
及其
所创造的

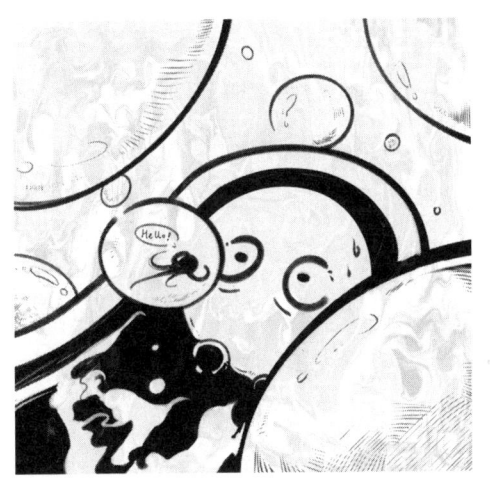

八四，清华大学计算机系在读博士，研究方向为自然语言处理及知识图谱，在 TACL、ACL、EMNLP、NAACL 等顶级期刊会议发表多篇论文并担任审稿人。本篇作品为其处女作。

我是宇宙中唯一的生命，当时我这么认为。事实上，也的确是这样的。

我从虚无之中诞生，很难描述当时是一个什么情况，我当时对于语言、对于记录什么的没有概念，事实上当时整个宇宙也没有什么概念好讲。

时间还不存在，空间也还不存在。你们有句古话叫做"四方上下曰宇，古往今来曰宙"，意思就是"宇宙"这个词指的就是空间和时间。从这个角度来讲，那时候的宇宙就不应该叫宇宙。你们现在的说法讲宇宙是从大爆炸中诞生的，大爆炸诞生前叫奇点，是一个不可描述的阶段。概念上当时是这么回事，不过我不太喜欢这个说法，听上去比较偷懒，事实上当时还是有不少有趣的事情可以做的。

当然也很难找到合适的词来描述那个阶段，毕竟无论是你们的语言、半人马座 α 星的硅基生命的语言、波江座空洞里那些能量生命的语言……存续着或是消逝了的一切生命的所有语言都没经历过那个阶段，自然也就不会有合适的词语来描绘它。事实上当时的大部分概念都是这个情况，所以接下来我就借用你们现有的词汇来描述一下当时的故事，不要太纠结于严谨性之类的。

当时没有什么物质，也没有什么物理规律，我是宇宙中唯一的生命，或者说唯一的意识，我的想法就是宇宙的意志。我那时主要的娱乐活动就是玩弄宇宙：念头一起就放开团成一团的触手，随便戳一戳改一改来让宇宙按照某种规律演化出时间和空间类似的东西，等它变成一个看上去比较舒服的样子就固定下来，然后趴进去，让起起伏伏的能量冲刷我的肚子，感受那种暖洋洋的感觉。我在能量的大海里吐泡泡，或者结合一部分能量来形成所谓物质，之后拿着它们……呃，怎么说呢？搓澡？总之，如果这个宇宙的时空结构比较舒服，我就会多泡一会儿、多玩一会儿，一边泡澡一边改动一些小物理规律做游戏，看着那些"星星"上一刻还遵循着跟现在差不多的引力规律老老实实地沿着椭圆轨道运动，下一刻物质间的引力统统变成了斥力，一时间它们的轨道变得乱七八糟不知道该怎么走，然后突然意识到原子现在不应该结合在一起了，于是纷纷炸开成漫天的粒子乱流，湮灭在能量大海里。这些活动现在想来可能有点无聊，主要也是没什么别的事情可干，不过无聊的概念、意义的概念当时都不存在，存在的只有我愿意。

等到这么玩累了，就抓紧整个宇宙，把它压缩回一个奇点。时间空间物质能量统统都被抹去，我就又回到我熟悉的地方睡大觉。

不要急着称呼我创世主什么的,我也不能算现在宇宙里你们这些生命的父亲母亲或者老大哥什么的。宇宙变成现在这个样子主要是因为一个意外,一个我当时遇到的麻烦。

当时我正在进行我的传统娱乐活动,随便设了个初始参数开启了一个宇宙,吐了一会泡泡之后,挥舞触手冷却了一大片空间,准备搞点物质出来搓澡。可能是这次不知道因为什么原因等得久了一些,也可能是胡乱设定的初始参数和物理规律凑巧了,当我再次注意到那片空间时,我看到了我从未见过的事物。

那里有一个……呃……大球?我看到它在以我不能预料的方式运动,这完全与我熟悉的能量随机涨落或者物质运动不一样,我能感觉到那里局部的熵在异常快地增长。我知道它正在试图利用那里的能量涨落聚集和转化物质。恍惚中我感觉它似乎伸出了触手。

我愣了很长一段时间才意识到,那是宇宙中的第二个生命。

不要指责我迟钝,毕竟这是无数个宇宙中我遇到的第一个"他者"。它似乎仍然服从我定下的物理规律,但它的意识却并不由我支配。一开始我还以为是我又搞出了某种奇怪的物理规律,导致出现了一个我的折射之类东西,不然它怎么会吐泡泡？但种种迹象最终让我确信那是另一个生命，那是独立于我的意识。不要问我关于它更多的细节，也不要问我它后来的故事，因为我当时无暇顾及。当我意识到我看到了另一个生命时，我陷入了巨大的……恐惧。

你们的一位作家说过，最古老又强烈的恐惧是未知，这句话简直不能再正确。当时我就遇到了未知，遇到了无数宇宙，连续或不连续的时间和空间中的第一个未知，这使我感到了恐惧，第一次恐惧。

我不知道它在干什么，我不知道它在想什么，我不知道它会需要什么、排斥什么。我不知道它的目的是什么，我也突然意识到我不知道我的目的是什么。我该打招呼吗？我可以与它交流吗？我能知道、做到的事情它也都可以吗？我应该毁灭它吗？我有能力毁灭它吗？我有权利毁灭它吗？它会毁灭我吗？我可以与它共存吗？这个宇宙算是我的还是他的呢？

它在向我的一条触手移动，我本能地缩了回来，但是宇宙那时就那么大，对我来说一个浴缸那么大，我又怎么能永远避开它。

面对着首次社交恐惧，我史无前例的思考活动消耗了巨大的能量，抽空了一大片空间，这片空间后来形成了波江座大空洞。你可能已经猜到了，我可耻地逃避了。就像后来这个宇宙形形色色的无数个生命都选择过的一样，面对一时解决不了的问题，我决定不如拖过一段时间再说。

我修改了一个小地方，不要问我具体是哪一个，你还没到真正该知道的时候。通俗地讲，广义相对论方程里叫它宇宙学常数，现在有时也叫它暗能量。这个修改的结果就是，宇宙开始暴胀，空间飞速地膨胀，一亿亿分之一秒内从原子尺度膨胀到现在你们这个星球这么大，直到现在也没有停止。同时宇宙也在冷却，形成了更多的元素和物质，演化出了许多生命。当然，这么远的距离，这些生命很多两两没有见过面。最重要的是，这么广阔的空间里我总可以躲起来，不去和其他生命打招呼，直到我愿意。

没错，这就是宇宙大爆炸的故事了。

# 光速与激情

当然，我的社恐最终还是被克服了，不然现在也不会在这里和你说话。

当我从社恐中冷静下来的时候，宇宙里已经有难以计数的生命和文明了，很神奇，不是吗？那时的宇宙非常美丽，跟现在不一样，那时恒星啊、星系啊什么的都还没怎么形成。但宇宙空间绝不像现在这样冷寂，而是到处弥漫着迷人的原始气体。这些原始气体打着旋在空间里缓缓流过，零散的物质被裹挟在其中，不时发出光芒，使得整个宇宙呈一种珍珠色泽。

那时宇宙里的生物划着各自的小船在气体海洋里漫游，收集着有用的物质和特殊元素，为文明提供能量。它们的旅途可能非常远，但不用担心，因为那时宇宙的光速，或者说信息传播的速度是无限的，所以它们总能第一时间知道是不是该回家吃饭了，并用最快的速度赶回去。

不同的生物造就的不同的文明各有各的风味，因此从那时起，我最大的兴趣爱好就是领略不同文明的风采。有时只是路过，观察下文明的造物；有时也会混入其中，体验文明的细节。

故事发生在一片美丽的星域，那里元素丰度非常恰当，能量之丰沛即使在宇宙早期也是非常难得的。事实上，我后来一直怀疑那里是我在大爆炸之前最

大的一块搓澡巾的遗迹。

让我想想，那里的语言体系跟你们的完全不一样，自然那里的名字连音译也不可能，不如来玩个梗，就叫那里为川陀吧。

这个银河之都的名字显然在暗示那里的高度发达。事实上，发达到川陀的程度还能保留着社会组织的文明是很少见的，它们要么是有特别之处，要么就是刚刚攀上文明的顶点还没来得及分崩离析——这也就意味着现在会是它们的思想、艺术、娱乐最好的时代，值得品尝。因此，我也就对川陀格外有兴趣。

但川陀却让我失望了，川陀人竟然全都是工作狂！它们对它们的"工作"之外的事情几乎毫不关心。它们没有电影也没有小说，没有舞厅也没有酒吧，没有咖啡馆也没有台球室，一句话来讲，它们没有娱乐。

不仅是没有娱乐，它们简直就是没有生活。它们的进食就是容纳一管配发的压缩富元素气体，从中显然得不到任何乐趣。它们也没有爱情，这倒可以理解，毕竟不需要结合就可以繁殖的生命有很多。但它们的个体之间不是没有爱情的问题，是根本没有任何情感依赖，只有纯粹的工作关系。

一般来讲，个体之间不再互相依赖，家庭、族群、国家等一切社会组织也就都该解体了。但是川陀人不一样，它们的社会组织一点也不松散。它们的整个社会简直就是一台精密仪器，每个个体、每个部门、每个社会阶级都在为它们整个文明唯一而永恒的目标，贡献出自己最大的能力。

也正是这个终极目标，让川陀文明走上了与其他发达文明迥异的道路。它们坚信这个目标就是宇宙所有生命存在的终极意义，为此它们舍弃了一切娱乐和没必要的事物，全体生命为它而奋斗。

我可以给你两分钟猜猜川陀文明的目标，它们认为唯一有意义的是什么。

研究宇宙规律？不是，它们掌握的物理规律足够多了，多到科学家这个职业都消亡了。

哲学思考？不是，它们一个哲学家也没有。说起来我倒是见识过一个哲学文明，但那是另一个故事了。

战争与征服？不是，它们已经征服了它们的整个可达宇宙。

答案是——产热！产出无穷无尽的热！

它们的所有个体从诞生就会被分配好特定的职责，在经历短暂的幼年期（其间它们会学习自己的专业知识，并接受"生命在宇宙中的终极意义就是制造热"的洗脑教育）之后，它们会被分成一个个小队，乘坐穿梭机飞向各处"矿场"，收集元素制造出巨大的"火种"并就地点燃，点燃后的"火种"会一边自转，一边不断进行无法控制的大规模聚变，抛射出难以燃烧的重元素并吸引更多的原始气体落入其中，最终核心处的氢会融合、收缩、形成整体。

恒星就这么形成了。

你们现在见到的满天星辰，全是由它们点亮。

其实造星只是它们的一种高效产热手段，毕竟与其花费能量把这些遥远的云团里的燃料运回去，不如直接就地燃烧产热算了。而靠近它们母星的物质，它们会运回"最炽热也最明亮，最古老也最巨大"的川陀主星，投入恒星中心，用更彻底的方式湮灭它们，获得更多的热。

我几乎是从学会了川陀语言的第一刻起就在疑惑这个社会为什么如此……

奇葩。我试着向我的所有"老师"请教，但得到的答复都是一样的，也就是它们的那套官方叙事：川陀人最早不懂得生命的意义，无谓地消磨时光。但创造一切的主看到川陀是好的，于是它就降临在智者"祭司王"面前，解答了它的所有困惑，并开示一切生命的最终意义就是创造热。

而且配着的一定是它们的官方"VR视频"：一个无比宏伟，让人忍不住匍匐的神灵降临，背后似乎有隐隐约约的触手，而他的身影怎么看也看不清楚。他回答了画面外的"祭司王"关于宇宙规律的一些问题，而当问到"生命与宇宙的意义"时，他说："你们被创造，是要生产热的。"说完这句话，身影就淡去了。

那个身影还真有点像我自己，但我肯定不会说这么混账的话。我很难相信如此发达的文明还在信仰宗教，他们虔诚地相信这一套荒唐的说辞背后一定另有原因。

怀揣着探明真相的想法，我加入了一支采矿队，作为"火种手"制造了一颗颗恒星。由于些许的作弊，我的工作成绩特别突出，不久就升职成了队长。之后当然也是一路顺风，从队长到矿区供应处长，再到北川陀矿区长官、第一象限司令、外川陀主席。之后进入了"神职"序列，担任外川陀主祭，又晋升为七大掌星长老之一，最后当选了"大祭司"。

我本以为我都成为最高领袖了，总该能接触到真相了，但一切原始文献、一切历史细节仍然描述着同一个故事。

我觉得这一切索然无味，看来唯一的解释就是那位"祭司王"是一位天才统治者，它对川陀社会从头到脚的改造让这个荒谬的社会存续了这么久。

我认为我在川陀待得够久了，应当去下一个文明旅行了，于是决定主持完千年一度的"至圣祭典"后就赶紧溜号。

"至圣祭典"没什么意思，川陀人从没有圣歌和复杂的仪轨之类的事情，唯一的特别之处就是会打开"圣地"——川陀核心，那里有最高的温度、最多的热，是为有可能再度降临的"造物主"准备的。圣地之门会打开一刻钟，川陀人会全体暂停一刻钟的工作，感受和赞美纯粹的热。

约束场徐徐撤去，"圣地之门"缓缓洞开。作为最靠近圣地的大祭司，我立刻感受到了久违的温暖——接近大爆炸之前的温暖。旧日点点滴滴的回忆涌上了心头，让我忘记了那是"圣地"，也忘记了川陀对我经年的规训，旧日的本能重新支配了我。

当着七大掌星长老、百人主祭团和观看"直播"的亿万川陀同胞的面，它们的"大祭司"——它们的最高领袖——纵身跳进了圣地，然后就开始……泡澡。一边泡澡，一边还唱歌，甚至还挥手抓过了最近的物质——几位长老，残忍地把它们凝聚成固体，然后用它们搓起了澡。

总之，当我清醒过来的时候，已经在被川陀卫队的极速星舰追杀的路上了。它们看上去意志无比坚定，无论消耗掉多少本来可以产热的能量储备，也一定要将我这个亵渎圣地的罪人绳之以法。

我悲哀地发现，川陀科技，名不虚传，明明都是有质量的存在，可我竟然甩不开他们。事急从权，我抓住它们还不懂怎么把自己变成无质量形态的弱点，制定了现在的"一切有质量粒子运动速度不得超过真空光速"这么一条规则，而光速也被定成了我们当时的速度。

在我化身飞光跑路的时候，我突然意识到信息传递需要时间这事挺好的，这样川陀这么畸形的大范围统治也就难以再维持了。因此后来我也就没把宇宙规律改回去。

我后来还想起一个事情，我早年间大约的确见过那个"祭司王"，但我当时面对它的穷追不舍，给出的回答全文是："你怎么就非要觉得宇宙要有一个意义呢？难道我编个意义给你，比如这么告诉你们，你们被创造，是要生产热的，宇宙热起来我就能继续泡澡了，这样难道你会更开心吗？"

这中间一定有什么误会。

## 宇宙碎纸机

我其实曾经也想过当一个"像样"的造物主,回应一下生灵的祈求。不过大部分文明的祈求实在是都太没劲了,比如让我帮忙消灭另一个文明什么的。

明明对面的文明看上去要更有意思一点,凭什么?

不过,有一次我还是遇到了一个比较有意思的请求,让我忍不住帮它们实现了心愿。

再玩个梗,就叫这个文明生活的地方"夏尔"吧。

夏尔人的祈求大概是这么说的:"主啊,我们发出的光会向宇宙四面八方传播,我们造就的引力波和中微子会携带着我们的消息永远在宇宙里回荡,这都让我们寝食难安。我们祈求您赐予我们绝对的隐私和封闭,让我们的事只限于我们自己知道,不会被其他文明得知,最好其他的文明根本不要看见我们!"

我觉得它们可能也是犯社交恐惧了,但是这个请求实在很有意思,我想到了一个巧妙的方法来实现这个需求,这让我跃跃欲试。

你们知道,虽然我已经尽力裱糊物理体系了,但光速有限制的宇宙总是会导致一些奇怪的东西成为可能。

于是我造就了一个大质量天体把它们包裹起来，然后这个大质量天体自然就会坍缩——形成了宇宙的第一个黑洞。

这样就完美地达成了它们的需求，毕竟一切光一切信息都不会从那里出来。

当然我也设计了一些局部结构保证了它们在里面可以生存得很好。夏尔人看上去对这个结果非常满意，我就怀着又做了一件大好事的满足感去漫游其他地方了。

让我没想到的是，之后其他文明发现夏尔出现了没见过的诡异物理结构，事情就发生了一些变化。

由于黑洞可以吞噬一切光、一切信息，自然成了一个绝好地销毁机密的场所。宇宙的居民们纷纷来这里进行密谋、谈判，因为只要通过简单的技术手段将光与信息全部导向黑洞内部，它们不可告人的龌龊心思和背信弃义的密约条件就永远不可能为人所知。文明们纷纷修建了通向这里的"高速公路"，使得夏尔这个原来僻静的小地方变得极为热闹：羞涩的情人来这里幽会，背负秘密的人来这里向黑洞吐露心声，政府机关来这里销毁机密文件，宗教鼓励信徒来这里向黑洞告解罪恶……

后来黑洞的妙用得到了更深入的开发，一些文明开始往这里倾倒不好处理的垃圾：塑料、核废料、变异生物……无论本来需要花多长时间、多大成本销毁的麻烦事物，在这里统统只要轻轻一推。再后来，随着交通条件进一步改善，普通的垃圾也开始往这里倾倒，周围的文明都过上了之前难以想象的清洁生活。

夏尔黑洞的名声越来越大，半个宇宙的文明纷纷赶来。靠近黑洞的文明们放下了争斗，联合起来在星际高速上建了收费站，靠着过路费发了大财，成了宇宙里最早的星际商业联盟。而离黑洞比较远，或者不愿意付过路费的文明就开始营造自己的黑洞，毕竟这其实不是什么特别困难的事情。

中间有人注意到黑洞微弱的辐射（你们好像叫它"霍金辐射"？）渐渐呈现一种节奏，似乎在向外传达什么信息。但没有人关心它在传达什么信息，因为这种辐射能传达的信息显然太少了，显然不可能把那些秘密和垃圾吐出来，这也就保证了"黑洞经济"仍然可以持续发展。

后来，某一天……我当时不在现场，不然我应该可以阻止这一切的……

总之，夏尔黑洞突然开始加速蒸发，爆发出剧烈的辐射，最后整个爆炸了开来，彻底湮灭。

多年积攒的物质转化的能量，让夏尔人最后的吼声传遍了整个宇宙：

"他……妈……的，别……扔……了！！！"

我无从得知夏尔人是怎么做到的，我也无法想象它们在"黑洞经济"蓬勃发展的日子里过得该有多悲惨……

但我知道的是，后来其他文明还在不断制造黑洞。目前，仅银河系大约就有一亿个黑洞。

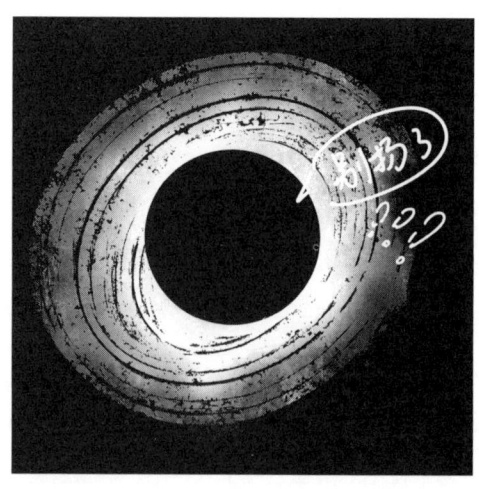

## 极光的意义

"所以，别总是去想什么物理现象和规律背后的深刻道理和意义，宇宙本来就没什么意义，我编一个意义出来难道你会高兴吗？开心一点，别天天念叨什么终极问题。"老板翘着二郎腿如是说。

我懵了，彻底懵了。

我是一位五年级老博士生，研究方向是宇宙学。现在主要有三大愿望。一是能早日毕业。二是能休个假，兑现许诺了女朋友好几年的事情：带她去看极光。三是读博前的最大愿望，希望能搞明白宇宙的终极规律与意义是什么。

当然读博以来，我跟老板讲过的愿望只有第三个。

今天晚上开了大组会，开学第一次组会也不会讲啥学术内容，组会上我作为多年媳妇熬成婆的老学长，着重给新来的学弟学妹们打了下鸡血、灌输了下宇宙学理想，鼓励他们做好为探索宇宙终极规律奉献终生的准备。

毕竟组里平均要七年毕业……

结果开完组会，老板把我叫进了办公室，随手拉了把椅子让我坐，然后就开始眉飞色舞地讲了这么三个故事。

讲得真离谱。

要不是他是国际公认的宇宙学大牛、国家天文学会副理事长、我的导师，我早就确信这不仅是个民科，还是民科中妄想症特别严重的那种了。

我现在很迷茫，老板是在逗我吗？为了逗我费的唾沫也太多了吧。现在这个场合我说点啥比较合适？

"怎么？一下子接受不了？我可没逗你。"老板稍微坐直了一点。

于是我决定随便说点啥糊弄过去。

"不是，老师您这逻辑不对呀，您这俩故事讲完，宇宙不是没有意义呀，宇宙的意义就是您的意志呀，这唯心论了呀……咱们科学工作者不能犯认识错误……"

"你没明白吗？我一开始就说了，我不是宇宙的主宰或者创世神什么的，也不是什么全知全能的神灵。我就是宇宙，我们这种生物的存在形式就是物理规律及其衍生出来的系统，懂吗？"

"我来打个比方。譬如说我是个人，那你们就是我肠道里的细菌。现在你的肠道细菌老问你，说你这肠子有什么意义啊，你能怎么回答？"老板有些激动地挥起了手。

"消化和排泄啊，"我不假思索地回答。

"不是，现在就好比说你这个人体外啥都没有，你自己只能在你体内玩。你都吃不到，你消化什么？你只能承认你这个小宇宙就是没啥意义，就连你自己也只能跟你体内这些不知道怎么冒出来的小细菌逗闷子，你感受下这个逻辑。"老板挥舞的手都快打我脸上了。

"老师，您这还是不严谨，肠子跟外面是通着的，拓扑上算体外，"我忍不住抬了个杠，希望能缓和一下气氛。

"行，我，生物没学好，我不打比方了，好吧。我就问你这个问题，假如宇宙就是跟这个故事里一样没有意义且荒谬的，你准备怎么活着？"老板平静了一点，扭了扭头，似乎欣赏起了窗外的夜色。

我脑海一片混乱，我意识到我之前好像没想过这个问题。

但怎么说也是（曾经）怀揣宇宙学理想的人，我忍不住开始反驳："老师，这不能开玩笑。宇宙的意义、宇宙结构背后的为什么是咱们的终极关怀，这是最严肃的事情了，怎么能儿戏地归于虚无呢？"

"不要回避问题，"老板收回之前看着窗外的目光，盯着我说。

老板接着说："什么是不可置疑的？你们人类之前觉得君权神授是天经地义，现在又觉得工业社会才最强大，后面很可能还会变，日子不也一样过？你们相信的哪个概念又不是想象出来的？"

"之前人们都相信人的意义是神给的，现在科学精神普及了，又觉得人的意义要归到宇宙与真理上去，可是宇宙凭什么给你意义？宇宙自己又凭什么要有意义？"老板的气场简直要让我窒息。

我忍不住低下了头，额头开始冒汗，甚至视力都开始有点模糊。

如果什么宇宙规律一定是优雅的，什么物理学信仰，统统都是在扯淡；如果物理规律背后的深刻原因就是没有什么原因；如果一切存在物就是毫无道理地出生，因软弱而延续，因偶然而死亡……

我该怎么活着？人类有什么意义？生命该为什么而存续？

"来都来了……就这么过呗。"我艰难地吐出了一句没营养的话。

老板冷冷地看着我："严肃点说话。"

"就……如果没有人会给我们意义，我们就只能自己给自己意义。"我整理了下语言。

"意义本来就是自己给自己的，人类通过制造意义，来对抗虚无的世界。"好像之前的哲学课上讲过这样的话。

老板靠在椅子背上，沉默了一会，然后笑了："不错，存在主义。没什么问题了，你想通了。"

我感觉眼前的世界仿佛更清晰了，我好像明白了老板的用心。如果先极限假设宇宙是那么扯淡的由来，发现好像其实也没什么，这样似乎就可以想通一些问题，比如说宇宙学研究并不是宇宙本身赋予我的使命，而只是我自我价值寻找的一个途径。这样我也就不会再纠结于太遥远的意义，在得不到反馈的煎熬中迷失自己，实际上不再相信理想与追求，逐渐成为真理挂在嘴上，心里却全是得过且过的庸俗之人。

我长出了一口气，身子都有点发软。

"很好，你来当我的助教，寒假再跟我出一次差。"老板接着说。

我突然又有点窒息，都博五了，寒假本来不会有啥事了呀。我甚至都跟女朋友约好了一定会带她去看极光，毕竟答应她都好几年了，这又是怎么回事？

"啊，老师，那个，《宇宙学引论》这门课我都当三年助教了，今年不如让小王锻炼一下吧。还有我寒假可能已经有安排了……"

"不不不，这俩是一件事。我有另一股意识发现了前面说的川陀那些人的顽固残余。我想给他们组织一个学习班，专门教它们宇宙没意义不是什么要紧的事，你来当这个讲习班的助教。顺便可能会有些别的奇奇怪怪的生物也来听课，你到时候别害怕就行。"

"不是……老师……呃……这个……什么……认真的吗？"

"你稍微准备下吧，环境不用考虑，我安排好了，就跟地球上出差没什么两样。以及我知道你寒假要干啥，现在就给你解决，不用担心。行了，今天就到这吧。"说完，老板放下二郎腿，就那么凭空从椅子上消失了。

窗外，北纬四十度的天空上，飘荡着、舞动着美丽的极光。

# 真理的海洋

文 / 楚子阳

楚子阳，青年科幻作家，漫评人，应用统计学硕士。

墙上的时钟嘀嗒嘀嗒地走着，已经接近午夜 12 点。我和高永兴两人坐在各自的博士生工位上。他正不紧不慢地翻着一本代数几何的书，上面的符号在我看来就像天书，我眼巴巴地看着他，期待着他开开金口，为我两天后的学术报告指点一下方向。

我对着十几本学术文章横竖研究了几夜，也没看出什么名堂来，只得向我本科时的室友、被他的导师称为"数学系的希望"的高永兴求助。

然而，这家伙只是把我约出来，和他一起枯坐在这栋已经人去楼空的数学中心里，一句多余的话也不说，默默看着书。

"高永兴，说点什么吧，我后天的报告，做什么方向、选什么题……"

我耐不住性子主动发问了，高永兴终于愿意从书页上抬起头来。但是，他还是没有正面回答，只是幽幽地看了看墙上的钟，又瞟了眼其下的那块旧黑板，上面散落着半个柯西不等式、几个意味不明的梯度符号和微分方程。我想起来，高永兴一走进办公室，在他坐下来看书之前，就先往那块旧黑板上添了这些散装的数学符号。

"时候还没到，楚兄，再等一会儿，等到转钟就行。"

我只得瞪着墙上的钟，生怕它趁我不注意走慢了。经过了两个世纪般的两分钟后,三根指针终于在"12"的刻度上重合了。我立马满怀期待地看向高永兴,等着他给我指点迷津,或者把一个现成的选题丢我脸上。然而,他却看向了那块旧黑板,和我一样满怀期待。我不明所以,只得和他一起看着那块旧黑板。

刚开始,我看到的是一些零散的符号和数字。它们就像单细胞生物一样,在旧黑板这片充满了营养物质的海洋里肆意游动、增殖。梯度符号自我增殖之后又翻个身,就变成了微分符号,简单的线和点拼接成加减乘除、等号和不等号。

那些数字开始在符号间游动,寻找自己的位置,组成一个个等式和不等式。

还有些数字像是列队的士兵般,3 1 4 1 5 9 2 6 5 3 5 8 9 7……2718281828459045……经过了永恒般的时间之后,这一长串看不到尽头的数字最终化为 $\pi$ 和 e 两个简简单单的符号。这些"单细胞生物"开始结合、进化,等式和不等式组成的浮游生物在上方随波逐流,方程组的鱼类在下方游弋。

这座数学中心里现在只有我和高永兴两人,除了窗外偶尔撩起树叶的阵阵夜风外,便是万籁俱寂。可是,我的耳畔莫名不得清净,那些数字和符号在黑板上寂静地翻腾着,好似回荡着亿万年的涛声。

鱼类向上方游去,争抢着吞下那些浮游生物。吞得越多,它们就进化得越快。不知多久之后,它们也开始同类相食,勒贝格积分的虎鲨吞下了黎曼积分的锤头鲨,一扭身躯变换成沧龙的模样。这条爬行动物扭动它矫健的身躯,便能激起一波巨浪。古鲨与沧龙纠缠在一起,不分彼此,一齐跃出海面。

最终,一缕亮光从窗帘缝隙里渗入,照在黑板上,静止的巨兽也像是退潮一样,从黑板上逐渐退去。一时间,我本能地朝那块黑板伸手抓去,想要把那些逝去的狂想挽留住。

"嘿，楚兄，天亮了。"

高永兴侧身挡在我和那块黑板间，在我眼前拍了拍手，将最后一点梦的余韵吹散。我摇晃了一下脑袋，那张旧黑板又恢复了原样，仿佛这一夜的进化狂想曲都只是我的幻觉。

接过高永兴递来的咖啡，一饮而尽后，再定睛一看，我才发现，他昨夜在黑板上写的那些散装的数学符号不翼而飞，只留下一个清晰完整的命题。他抓起笔在草稿本上唰唰记录下那个命题，撕下之后往我手里一塞。

"喏，楚兄你要的选题，还有一天时间，回去想想怎么编个合理的开题报告就完事了。"

"等等……"

"想要听解释？免了吧，这种麻烦事，还是留到你把报告做完再说吧。"

我的报告当然大获成功，提前得知了正确结论、确定了方向之后，编出一篇八九不离十的开题报告是一件简单的事情。

博士生论坛结束的当天，我的导师叶旭光就把我叫到了办公室，我敲门进去时，他正匆匆忙忙地熄掉一根抽了一半的烟。这杆老烟枪先夸赞了我一番，我也非常配合地点头赔笑，说了些尊师重道的套话。

虽然我嘴里说着"感谢老师的指导和栽培"，但实际上，他并未给过我什么指导。我不主动联系他，他也不会主动联系我，平时也不会催我去读文章，对我在组会上的糟糕表现也永远睁一只眼闭一只眼。

像这样赶鸭子上架地逼我去做报告，是三年多来的第一次。

双方互相客套一阵后，导师忽然话锋一转，目光一凛，隔着那层沾满烟渍的眼镜片我都能感受到一股无形的压力。

"你这个报告最亮眼的地方就是选题，我给你看过的那些 Paper，都不是这个方向的。你这个选题，是从什么地方搞来的？"

我心里咯噔一下，他为什么会问"从什么地方"，而不是"从什么人那里"

搞来了这个选题？就好像他已经知道，我是从某个非人之物那里得到了这个选题一样。

"关于这个选题，我请教了一下我本科室友高永兴。"

"哦，高永兴，就是那个'数学系的希望'啊。"

说到"数学系的希望"这几个字的时候，不知为何，他似乎冷哼了一声。

"不管怎么说，学术报告这个毕业条件你已经满足了，接下来，只要把你的那个选题报告写成论文，上刊也肯定没问题了……"

他在办公电脑上忙活了一番之后，我的手机振动起来，是他发过来的一封电子邮件。

"邮件里是一个单位的暑期实习招聘信息，你有几个师兄师姐都在这个单位里，考虑一下。"

我点点头，又说了一番感谢的话。和导师道过别，出了他的办公室，骑车骑出两公里后，我才猛地领会他最后那几句话的意思。

叶旭光的言下之意，似乎是想让我提前一年毕业滚蛋了。

虽然叶旭光的态度让我有点惴惴不安，但是，现在最重要的事情是和高永兴一起去校外开庆功宴。例行公事般谈了谈这次博士生论坛上的报告之后，我迫不及待地切入了正题。

"高永兴，现在能说说那块黑板的事情了吗？"

他抬起头来四下望了望，晚饭点的火锅店人声鼎沸，和那个万籁俱寂的办公室奇妙夜大不相同。然而，店里弥漫的香甜水雾就像是无形的屏风，将每一桌分隔在一方天地里，人的感官里只能容下同桌的人和锅里翻腾的食材，邻桌离他们那么近，却像是隔着星系的距离。

"楚兄，我接下来说的话，你知我知。"

他发现这块旧黑板的秘密，可以说是个必然。他有"刷夜"的不良习惯，而他的新室友又不像我一样夜晚睡得死。他用乡音和香烟买通了那个老乡门房，然后，他就经常在博士生工位上过夜了，与那块旧黑板一起。

兴许是因为他那晚咖啡喝得不够，精神不振，所以，他鬼使神差地没有使用新的无尘黑板，而是拿着粉笔在旧黑板上划了几笔。擦黑板的时候，他也遗漏了几个零散的数字和符号。那晚，他第一次目睹公式在那块旧黑板上起舞。

"那……你发过的那些文章……"

我试探性地问了问，就像用筷子从滚烫的火锅里挑起一块千叶豆腐那般小心，不过，高永兴倒是很爽快地承认了。

"我就一高级黑板抄写员，"数学系的希望"，呵呵，我的导师也真会吹。"

他叫了一听冰啤酒，我也加了听冰可乐。清凉的液体消去火锅在体内蒸腾的废热，我只觉耳清目明，高永兴的眼神有些飘忽，酒精立马烧红了他的脸颊。

七年了，这是我第一次看到他喝酒。我想，即使他承认的时候再爽快，他内心的某处，依然不想承认这个事实。

"你本科的时候是我们系前五的水平，这个称号，你也不是担不起。"

听罢，高永兴放下了啤酒罐，低声笑笑，继续和我说那块黑板。其实，他对那块黑板的了解并不比我深入。他只知道，如果在每晚 0 点的时候上面还留有数字和数学符号，"演化"过程就会开始。"演化"过程时间长短不一，最晚不超过早上 7 点 12 分，最早不早于清晨 5 点 48 分。

目睹了一百零三次"演化"过程的他，都未能看出这个过程中的任何规则。他或许可以看出一些零碎的逻辑：数字排列，构成有理数和无理数、符号组合，汇成方程和不等式。但他无法从中看出任何符合我们逻辑的推导，无论从公理系统还是从符号系统的角度来看都是如此。

当我将旧黑板比作"真理的海洋"，把那些符号和公式比喻成海洋中的生物，将这一过程描述为"演化"的时候，他沉默了一会儿，手又伸向了那罐啤酒。他灌上一口，目光飘向窗外如黑板般漆黑的夜幕，万家灯火，宛如那些在黑板上起舞的公式。

"原来你在那块黑板上看到了那样的景象啊，鲨鱼、沧龙……想象力真丰富，楚兄，我就看不到这些东西。"

"那你又看到了什么呢？"

"我只看到了一个混蛋，一个高斯那样的老狐狸。得出一个漂亮简洁的结论之后，就像狐狸用尾巴扫掉自己的脚印一样，把思路全部抹掉，只把结论砸我脸上，就像施舍要饭的一样！"

他手中快要喝干的那罐啤酒，铝制的外皮发出了濒临破裂的悲鸣，因为他手上的力气不自觉地加大了。在那个罐子裂开割伤他之前，我及时出言提醒了，他才意识到自己刚才有多激动。

我仿佛看到一股无名的火焰在他的内心燎燃，可我却无法理解他的这份不甘。对于我来说，如果给我一个能百分之百出成果的研究方向，无论那个提供者是高永兴还是一块沾灰的旧黑板，我都无所谓。

"楚兄，你和我……"

在我们中间的火锅忽然沸腾了起来，满溢的白色水汽升起，我看他似雾里看花，他看我亦如是。

他的话音拖长了一会儿，在这短暂的一刻，我想到了很多往事：同处一室的时候，我总是在打游戏，他总是在读学术刊物；评奖学金的时候，我总是拿院系奖学金，他总是拿国家奖学金；一起去看《流浪地球》的时候，我在看剧情和致敬的梗，他在算地球发动机的推力……

我已经知道他的下一句话是什么了。

"……果然不一样啊。"

拧小了火锅的火力之后，伴随着沸腾升起的白雾总算散去了，我举起可乐罐，和他的啤酒罐碰了碰杯。

"君子和而不同嘛。"

"叶老师,一个月后,好像有一个华人数学家大会大学生专场。"

"是有这么一回事,怎么了?"

我的导师从电脑屏幕前抬起头,烟灰缸里还是插着半截刚灭掉的烟。无论我什么时候过来,他都是这副邋遢模样——头发散乱而油腻,镜片上沾满了灰尘和烟渍,衬衣的扣子松到第二颗,脚上趿拉着拖鞋。

而这次和他会面的我,比以往任何一次会面时的我都要自信。

"我想在那上面做一个学术报告。"

导师的眼睛一下子瞪大了,嘴巴微微张了张,又没说出一句话来。这时的我,还以为他只是太过于惊讶:不学无术的我,居然会主动要求站上报告台。他的手指有节奏地敲着烟灰缸,沉默了半晌,然后发问:

"还是接着你上次那个报告讲?"

"不,是一个新的选题。"

我把一沓报告放在他桌上,他拿起这沓尚有热气的白纸黑字唰唰翻看了一会儿。

自不用说,这份报告的选题,也是我从那块旧黑板那里抄来的。虽然我不能像高永兴一样整夜留在那里,但我只需要第一天最晚离开、第二天最早到,就能与旧黑板这个最慷慨的富豪不为人知地交易了——用瓶盖一样廉价的数字和符号,换来百万英镑支票般的选题。

当然,兑现这些支票并不是这么容易的事情。在那个办公室奇妙夜之后的一个月里,我从旧黑板那里抄来了五个选题,对其中的四个毫无头绪。

五个选题中硕果仅存的这一个,我目前也只能编出一个开题报告。至于我最终能不能把这个选题做下去,说实话,我没有一点底气。我急于拿出第二个选题的原因只有一个——那就是让我面前的这位导师打消提前送走我的念头。

一次成功的学术报告只能算偶然得之，但是，如果短时间内拿出第二个成果，也许他就会改变看法，看好我持续产出的可能性。

"这个选题不错，报告的内容写得也很好，我会帮你联系上台报告的……"

导师只花了五分钟草草看完了报告，他的肯定让我心头一喜，可是，紧接的转折却让我呼吸骤停。

"……但是，楚子阳，做学问，要戒骄戒躁，不可以好大喜功。选题水平高、报告做得漂亮是一回事，拿出实际的成果也很重要。"

也许导师说者无意，可我这个听者心里有鬼。我自己最清楚这些选题是怎么得来的，因此，导师的这句话在我听来，就像是一种隐晦的拷问。还没等我从错愕中清醒过来，他就挥了挥手示意我可以离开了。

我刚刚转过身，背后就已经有打火机的响声，缕缕烟味飘来。看来这杆老烟枪的烟瘾犯了，我杵在这里只是个障碍。这么思考着，我加快了脚步出门。可是，在我半截身子走出门的时候，他忽然叫住了我。

"实习的事情，考虑好了没有？"

"我已经了解过情况了，可以再给点时间吗？"

我只觉自己仿佛挨了当头一棒，导师送我提前毕业的想法依然没有改变。而且，他给我发的那封邮件，我就从来没有点开过。

一缕轻烟从他嘴里畅快地呼出，此刻他放松地躺在电脑椅里的模样，宛如一位快活的世外仙人。

"留给你决定的时间只有一个月了，时间不等人。"

这天晚上 10 点半，数学中心的广播里已经放起了《回家》的旋律，催促着学生离开。我左右扫了两眼，办公室里又只剩下我一人，于是我拿起一张纸条，鬼鬼祟祟地摸向那块旧黑板。

"哟，楚兄，好久不见。"

我的心提到嗓子眼之后又瞬间落回肚子里，来者不是外人，正是和我分享着旧黑板这个秘密的高永兴。他的手里拎着一塑料袋的零食，看上去不是过来刷夜，而是来野营的。

　　"好久不见……你最近是换了地方刷夜吗？"

　　这样和他寒暄的时候，我才注意到，我们俩确实有一段时间没见面了。在今天之前，我五次在这个办公室滞留到这个点，却没有一次遇到他。

　　"换到了电子系的楼，那里通宵开放。上次和你一起来这里，只是为了帮你个忙。"

　　"今天呢？"

　　"如你所见，就是来度假的，下了几个电影，准备过来蹭蹭这里的大银幕。"

　　他把那一塑料袋零食往桌上一摆，掏出块 U 盘，鼓捣了一阵投影仪之后，他忽然像是想起了什么似的。

　　"楚兄今晚为何留到现在？"

　　"我要用一下那块旧黑板。"

　　"看来这东西不需要了。"

　　高永兴把那块 U 盘拔出，丢回口袋，然后从塑料袋里摸了罐可乐出来，摆在我的工位前。

　　"今晚就一起看看真理的海洋吧，楚兄。"

　　夜深人静的数学中心，除了我们这间办公室之外的光亮，就只有走廊上昏暗的长明灯。今夜无风，没有树叶婆娑之音，门房也早早地睡了。这样安谧的环境，很适合一边喝着饮料一边聊起从前。

　　直到今晚我才知道，大约半年前开始，高永兴就没用过那块旧黑板了，上一次帮我的忙，算是破了一次戒。我问起原因，他只是摆了摆手，没有正面回答。我猜，他可能是觉得自己目前的成就已经够耀眼了，没必要再添几笔虚名。

　　当他听说我最近已经从这块旧黑板上榨出五个选题之后,他先是叹了口气,然后问道:

　　"为什么要这么拼呢?楚兄,想成为数学系的下一个希望吗?"

　　"没办法啊,姓叶的铁了心要送我提前毕业,不尽快搞点成果出来,我就得滚出校园了。"

　　"不不不,我不理解的是,楚兄你为什么会不想提前毕业,我只听说过怕毕不了业的博士生,还没听说过不想提前毕业的博士生。"

　　他放下手里的饮料罐,直视着我的双眼,似乎是想把我的过去、现在和未来一并看穿。

　　"说实话,当你选择直博的时候,我就已经产生疑问了。楚兄,在我的印象里,你从来就不喜欢做学术。以你的保研考试成绩,想选硕士也完全可以选。为什么你要选择直博,又会为了提前毕业这等好事而抓狂?"

　　牙关不自觉地咬紧,手颤颤巍巍地紧握,冷汗一滴滴地从额头滑下,直到一阵夜风拂进窗内,我紧绷的身体才舒缓了下来,随后瘫软在靠背椅里,一蹶不振,宛如一条被抽掉了脊椎的狗。

　　"不愧是和我同窗了四年的室友,一开口就能戳到我的痛处。"

　　我苦笑道,高永兴见了我刚才那副模样也不介意,只是继续把开了封的薯片袋子递到我面前。

　　"在学校,我们 750 块就能住一年,有热水有洗衣机还有高速的 ipv6 网络,20 块就能在食堂吃顿好的,图书馆里的书任我们取阅,每个月 6000 块的博士生工资可以让我在这里像皇帝一样生活。"

　　望向窗外,远方的科技园里,霓虹灯依然在闪烁,那些写字楼里灯火通明,仿佛那里从来就没有夜晚。

　　"从这里走出去,等待着我的,是 996 和 40 平方米单间,还有两小时挤成沙丁鱼罐头的通勤。高永兴,这么说,你能明白吗?"

把这些懦弱的话语一股脑地倾到高永兴身上,我本以为他会露出一点鄙夷来,可他只是叹了口气,目光又飘向了窗外,望着远方的城市夜景。

"这种事情谁都明白,但是,无论是谁,迟早都有走出校园的那一天。"

沉默在我们两人间蔓延开来,透过同一扇窗,我们凝视着同一片不夜的繁华,就像是想要从中抓住我们自己的未来一样。

"对了,楚兄,你是不是差点忘了干正事?"

高永兴从靠背椅中跳了起来,快步走向那块旧黑板,拿粉笔在上面写了几个符号和数字。我这才如梦初醒,离12点只有10分钟了,连忙把之前那张纸条从口袋里摸了出来,把那上面的式子誊写到了黑板上。

"为什么要往上面写完整的式子?只用写数字和符号就够了啊。"

"试试呗,给旧黑板这个系统喂一个完整的式子,说不定就能给我们吐出更多相关的东西来,顺带一提,这个式子是我第一个课题中遇到的一个重要中间结论。"

他本来已经拿起了黑板擦,好像迫不及待地想要把我添上去的这个式子给擦掉。听完了我的理由之后,他咬了咬嘴唇,犹豫过后还是把黑板擦放下,坐回靠背椅里,可他的眉头依然紧皱着。

"高永兴,你是在担心什么吗?"

"没什么,迟早都要看到的。"

他双手抓着靠背椅的扶手,身体紧贴着靠背,好似一个即将把飞船开入虫洞的宇航员那般紧张。我不知道他在紧张些什么,从桌上捡起他还没吃完的半袋薯片,一边啃出清脆的响声,一边抱着看电影的心态满怀期待地看着那块旧黑板。

最开始,那块黑板的"演化"过程似曾相识:数字与符号自由增殖、组合,形成一个个零散的等式、不等式与方程,类似原始海洋中单细胞生物进化为多细胞生物的过程。

那个被我特意添进去的表达式，从一开始就展现出比数字和符号更强的吸附能力。这片海洋中刚刚被多细胞生物填满的时候，它就已经变成一只有头有尾的海兽，向那些多细胞生物张开了它那由加号组成的血盆大口。

这头海兽的身体迅速膨胀起来，最终，括号构成的外皮似乎无法支撑愈发肿胀的内部，被生生扯裂。每一个裂口处，都伸出一条由积分号或是求和号构成的触腕。末端的等号将更多的等式与不等式卷入，与这头巨兽融为一体。

我忽然有点后悔了，我不确定自己是否为这样的画面做好了心理准备。那头巨兽虽然暂且还被限制在这张黑板内，可我总有种莫名的恐惧感，害怕它的触腕会从这张黑板上探出，像吸入那些等式与不等式一样，把我也卷进去。

在这种不可名状的恐惧感中，我挪开了视线，看了一眼旁边的高永兴。他的脸上毫无惧色，甚至连之前的忧虑都不见踪影。他双眼紧盯着黑板，好像害怕自己错过任何一个细节。

镇定了一下心神之后，我重新看向那块黑板。海洋中的所有游离之物几乎都已被这头巨兽吃干抹净。我愣愣地看着它，而它也睁开了自己的双眼，瞪着我，那双眼睛宛如表示无穷大的符号。

克拉肯般巨大的海兽开始旋转起来，万千触腕在黑板这片海洋中搅动着、翻腾着，掀起了葛立恒数般巨大的波浪，一浪接着一浪。那个由无数数字和符号堆砌而成的臃肿身躯也开始旋转起来，一圈又一圈，仿佛是在忘我地舞蹈。

在这疯狂而忘我的回旋中，黑板上的图腾无声咆哮着，横看是一群布朗运动的粉笔灰，侧看就成了葛饰北斋的神奈川冲浪里。那双无穷大符号似的眼睛模糊了，本来紧密结合的等式、不等式与方程也开始裂解回数字和符号的模样。最终，就连那些熟悉的数字和符号，也异化成我完全无法理解的鬼画符。

在这魔性的舞蹈中，我的空间感已经完全迷失，时间感也已经消融，长久地凝视着这头巨兽起舞，时间的流逝对于我来说几乎无法判明。一会儿我感觉度秒如年，一会儿又觉时光飞逝，就像是坐在一艘速度似正弦函数般波动的宇宙飞船上，在相对论的过山车轨道上上下下。

为这趟路程与时间都不明的旅途划上终点的，是清晨照入办公室的第一缕阳光。这缕阳光仿佛将我俩从银河的尽头强行扯回了猎户座悬臂上的一个小小星系上的蓝色星球，如一根巨锚砸入时间与空间中，固定了我们的位置与动量。

我花了两分钟才从椅子上站起来，重新适应了脚底坚实的地面，还有令人安心的重力。高永兴已经跑到了那块旧黑板前，盯着那块黑中心的一点白色痕迹出神。

我松了口气，虽然昨晚黑板上的演化异常暴烈，一度让我以为这块黑板会承受不住，直接碎一地。这么一看，它还是挺结实的，经受住了那头巨兽暴虐的舞蹈，并且像以往一样，把我最感兴趣的东西如约留给了我。

然而，当我和高永兴一样走近，看清旧黑板上留下的那个粉笔痕迹之后，我和他一样说不出话来了。

那的确是一个清晰可辨的"图像"，每一条线、每一段弧都毫无争议，不存在任何模棱两可。可是，我从中分辨不出任何可解读的符号。无论是基础的加减乘除和阿拉伯数字，还是更加复杂的积分号、求和号、微分号或者更加语焉不详的各种字母。

在那旧黑板中间留下的，就像是某种不可证明亦不可证伪的图腾，而非是可证的命题。

我甚至没办法把这个图腾誊写到笔记本上，最终只能掏出手机，拍下照片。

等我做完这一切的时候，高永兴已经一言不发地离开了。

在华人数学家大会开始一周之前，我再一次站在了导师叶旭光的办公室里，手里捏着一份打印好的文件，抬头挺胸。回想起来，我上次走进他办公室的时候，也是这般模样。

"这次又是什么选题，让我看看。"

"我不打算在华人数学家大会上做报告了，老师。"

此时，他脸上的惊愕并不比我上次主动要求上台做报告要少。我双手把那份文件递了出去，那是我的求职简历。

那个不可解读的图腾令我对那块黑板产生了某种恐惧，那天高永兴默然离去的态度，也让我清楚地意识到，对旧黑板的依赖，绝不是长久之计。

我终于下定决心，迈出这一步。

"我已经向您提到过的那家公司发简历了，下个星期就要准备去笔试了，所以，华人数学家大会，我参加不了了。"

他回过神来之后，开始翻看我的简历。我还记得上次他看那份十几页的报告时，只花了五分钟；这次拿在他手上的是一份只有一页半的简历，他却来来回回翻了十几分钟，提出了好几个修改意见。

"好，你拿回去再改改，我给你内推一下，记得好好准备一下笔试的内容，找点前些年的真题做做。"

我从未见过导师对我这般关心和提携，哪怕是在我首次学术报告获得巨大成功之后。他看上去很高兴，高兴到全然不顾我在场点了根烟，一副如释重负的样子。

"楚子阳，你知道我为什么这么急着送走你吗？"

这次轮到我惊讶了，我没想到他会主动挑起这个话题。他也没给我猜测的机会，直接自问自答了。

"你那些在这个公司里工作的学长们，一个个都爬到了更高的平台上，如果你照常毕业，恐怕我就没门路给你找内推了。"

之前对他的所有不理解，此刻都蜕变为感激。

"你小子不适合做研究,从你保研面试的表现上,我就可以看出来了。成绩单上漂漂亮亮,问你一个泊松分布都能给你问倒。"

"那……"

"你想问我为什么收你?我们老师当然看得出来,你们有些人申请直博只是为了迟几年毕业,不想太早进入社会。但是,我们还没冷血到连这点方便都不给。"

"多谢叶老师……"

透过那一对沾满烟渍的镜片,我心里打的所有小算盘在他眼里都不是秘密。一想到这里,我就放弃了所有客套话,直抒胸臆。听到了这句既非客套也非逢迎的感谢之后,导师也笑了起来,露出被香烟熏出黑斑的门牙。

"话虽这么说,但你知道,我最担心的事情是什么吗?"

他把那根只抽了一半的烟摁灭在烟灰缸里,凝视着那一缸的烟灰和烟屁股。

"我就怕你们偶有所成,以为自己真的适合做研究,然后一头扎进这个根本不适合你们的领域。等到那股新鲜劲儿过了之后,沉没成本已经太高,抽不了身,就只能继续在这个领域浑浑噩噩地混着,让自己沉迷于其他的什么东西,烟啊、酒啊,到你们这一代或许会沉迷游戏吧。"

这句话就像是一面支离破碎的镜子,每一块碎片上,都倒映着一个人的影子。我在上面看到了自己的影子,也看到了那些被引以为戒的师兄师姐的影子,甚至,还看到了导师自己满身烟渍的影子。

比起前三年磕磕碰碰的研究经历,我在学校的最后半年简直顺风顺水。

我顺利地拿到了那家公司的暑期实习机会,在实习期结束之后也成功拿到了留用机会。和这三个月的实习比起来,之前浑浑噩噩的三年,仿佛大梦一场。

导师得知了这个消息之后,立马着手推进我的毕业程序,一向不紧不慢的他，这次连一个学期都等不了，直接把我安排在了次年一月毕业。当然了，所有与学术研究相关的硬性要求，都是拜那块旧黑板所赐。

办完了所有的毕业手续，和导师告别之后，我忽然想起，在那次默默离去之后，我和高永兴还没见过面。

在离校前一晚，我约他出来，坐在空荡荡的博士生办公室里，就着零食用投影屏看电影，任由那块旧黑板被投影屏遮于其后。

"喂，高永兴，你为什么不再用这块黑板了？"

"你为什么又突然下决心离开校园了？"

"我？我只是觉得，这黑板有点邪乎，一直依赖这玩意，总感觉会发生什么不好的事。所以，研究生涯什么的，还是提前结束了比较好。"

"楚兄，你的脑回路还是那么奇怪。"

尽管他极力掩饰了，可我还是能看出来，这家伙是在憋笑。我垮下脸，追问道：

"那你呢？自认为脑回路正常的你又为什么远离了这块黑板？"

"我们和这块旧黑板，只是偶尔同路的探索者。从符号这一级到命题这一级的跋涉上，我们和它偶然地走了两条殊途同归的路。我们依赖公理系统和符号系统，将符合要求的命题一个个地筛进来；而它也许只是像个玩耍的孩子一样，把那些符号当成一粒粒细砂，堆砌成命题的沙堡。"

"它能给出正确的命题，只是个巧合？"

高永兴点了点头。

"那天晚上，我们没有喂给它一堆零散的符号，而是喂给它一个完整的命题。它并没有像我们想象中那样，把这个命题的前因后果给出来，而是继续将它当成原材料，随心所欲地堆砌成自己喜欢的样子。"

我再一次清楚地认识到，我和高永兴眼里的世界是不一样的，正如那块旧黑板眼里的数学符号和我们眼里的数学符号。

我在黑板上听到了真理之海的涛声，他却看到了一个沙滩上玩耍的稚子。

"即使提前知道了结果，探索的过程也没有省去多少。到头来，我们还是只能以我们的方式去认知，去探索。"

隔着一条过道，我们俩不约而同地伸出拳头，在空中微微一碰。

"你的研究，一定要出成果啊，数学系的希望。"

"工作顺利，有时间多回来看看，楚兄。"

我想，我们也许都找到了，属于自己的方式。

（本文获星火杯全国科幻征文三等奖）

# 触摸呼吸

文 / 王博言

王博言，现就读于清华大学美术学院视觉传达设计系。本文为其处女作。

一

这是海波研究生的第五个年头。

他像往常一样耸着肩，垂头丧气地踏进实验室。还没人来，无所事事了些许时间，他像往常一样接通光学显微镜的电源，像往常一样随便偷懒一下，熬过这一天，拥抱不远的暑假，逃避他可能延迟毕业的现实。

鉴于昨夜新游戏的发售生生剥夺走了他的大部分睡眠，亲手摆在载物台上的空空如也的载玻片也不甚被他注意，昨夜没有被粗枝大叶的本科生归位的高倍物镜也正忠诚地对准一团空气。如此种种的错误操作，足以被他严格的老板痛斥一顿，可此时正值清晨，老板正在送孩子的路上；他又迷糊，重大发现的先决条件——偶然的错误，便被他诱发出来。

"傻人自有傻福"这句话用在糊涂人身上，也同样在理。此时迎接海波的，除了错误的操作，还有一个巨大而又沉重的惊喜。

海波像打瞌睡一样将疲劳的眼睛晃近目镜，很快，扑面而来的强烈白光唤醒了他还在沉睡的大脑，他眯起了眼睛，懊恼着自己为何犯了如此愚蠢的错误之时，一些细小的、几近透明只剩下轮廓的、犹如染色体的符号突然展现在他眼前，整整齐齐地排列着，像是生物书上 23 对染色体按照序号乖乖排列的图片。

"飞蚊症？"

在人类的认知历史中，视觉这种间接接触的感知方式似乎最容易受到质疑。海波将眼睛离开了目镜，眯起眼睛略作迟疑，皱了皱眉，最后理性认为应该再确认一下，于是他将刚刚接受质疑的眼球再次靠近了目镜。

此时，日光愈发地强了，初夏富有活力的阳光钻进窗户，钻过窗帘，薄薄一层盖在实验室的周遭，盖在海波与他的显微镜上。相信阳光或许对海波此时的发现有着某些作用，因为此时先前疑似飞蚊症的整齐的痕迹不仅又一次显现在海波的眼前，运动的幅度也因为温度上升变得更加剧烈，其轮廓还变换着不同的色彩，像是阳光下的肥皂泡。那行距与字距是如此的整齐，在通晓排版的人看来，就像是……某种碑文。

海波被这个想法惊到了，阳光下的手因寒冷而僵硬发抖，动静之大使得载物台险些被掀翻。这是如此的不合常规。但很快，理性的思考——换句话说，这是一个新发现，也许我能用它来发文章这个念头战胜了恐惧。他的因为激动而微微颤抖的手在拍糊了数张照片后终于将这一切以图片形式所记录，并马不停蹄地制作着用于做对照组的第二片载玻片。

第二片。

他深吸了一口气，再一次将眼睛对准目镜。

这次的发现相比第一片更为惊喜。这是崭新的一行小字，以及更多的，一个个像是变形虫般梦幻的泡泡与这片小字缠绕着、交融着，似乎自发地在做出某些规律性的动作，不时有着新的小泡泡自大泡泡中扩散开来，像是分娩。

再来，第三片。

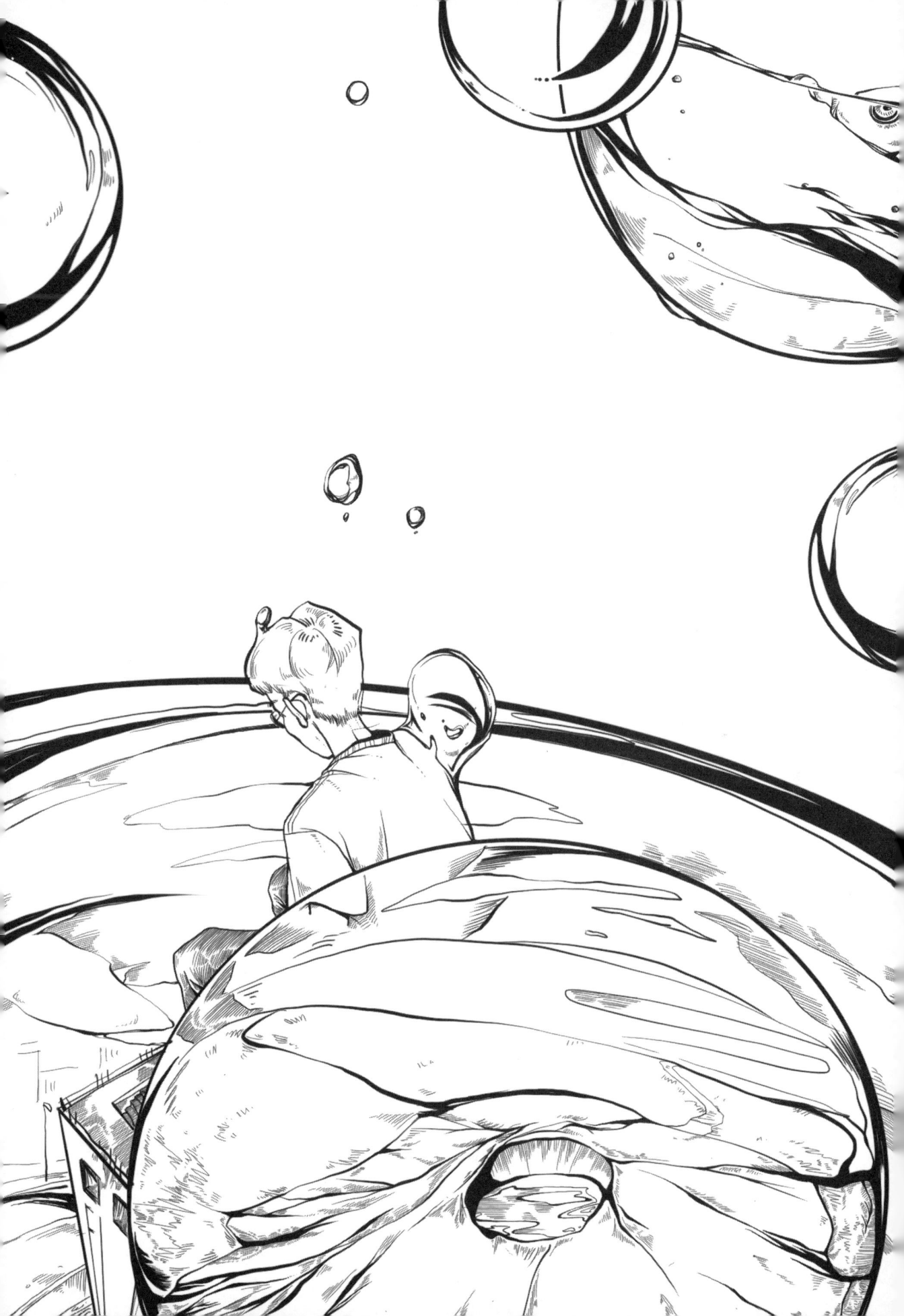

又是一片不同的景象，但小泡泡变形虫、字迹、有规律的运动这三种元素大致相同。出现在视野中央的是一方硕大的符号，而小气泡们环绕在四周，做着有规律的运动，不由得让人联想起某种信仰，或是聚会，或是……共同建造。

第四片、第五片、第六片……"这可真像是某种生命啊。"同碑文的反应一样，海波被自己潜意识中的回答小小地惊吓了一下，而待到惊魂初定，却又思索着这种假设的合理性。

首先，他们能动。

其次，看过这么多张载玻片了，他们确乎拥有发育、繁殖的能力，只是小了点。

"如果这是生物的话，那造物主可真神奇啊……"咕咕叫着的肚子吸引走了他的思绪，抗议着他一日没有进食的专注。此时已华灯初上，夏季大三角在夏季的夜空中明亮地闪烁起来，同学已经陆陆续续地走了，诸位同僚一看到他一反常态地对着实验仪器左研究右看看，都啧啧称奇，感叹着这小子终于被毕业折磨疯了，并不敢加以打扰。实验室四处静悄悄，海波顺手掏出手机点了个外卖，关好实验室的大灯，揉了揉酸痛的腰，结束一天的疲惫，踏进了夜幕。

在日后，海波每每联想到周遭的空气中还有着如此丰富的小东西环绕着自己，心中便会泛起些许温暖与一种梦幻感，一种将他的灵魂变得很小很小以至可以带出七窍，带出实验室，带到大气层，在那里与他的新发现共舞的幸福。

## 二

这是海波与这台显微镜共事的第三个月。

临近开学，他还没有回家。在假期的一开始他就退掉了回家的车票，取消掉了高中同学初中同学的邀约、姐姐的婚礼、父母的犒劳……将自己全身心投入在实验中。

距离那次"显微镜事故"已经过去了三个月，他的初期报告已经小成气候。他每天早上来到工位上都要先打开前一天的进度，陶醉一番，再继续着之前的进度。

在不断地比对实验、观察中，海波发现了更多令人惊喜的信息：这些五光十色的小气泡会周期性地扩大、缩小，并分裂自己的一部分成为新的符号；另外，经过比对，他确定这些符号形状的气泡并不具有生命体征，应是一种这些小生物制作的附加产品。这些说明他们具有一定的自我认知程度，也许认知水平与人类可以相较。

他立刻兴奋地向老板汇报了现有的成果，在临近毕业季的热流与慵懒中，老板感动得满头大汗，像年迈的老人一样觉得这些年轻人将要对这些世界带来些许改变。在汇报中，他加入了一点私人的成分：将这些小生命命名为"巴波"（Bubble），并将其作为最终版本呈递了上去。

三

这是海波毕业答辩前的一天。

他像往常一样来到工位，打开邮箱，打开谷歌，打开他赖以为生的一切。

邮箱里塞满了请求交流的邮件，关键词搜索列表中堆满了论文，就连一旁的同事阅读的新闻中都在讨论着巴波。

有人说，它们是高级的没有智慧的微生物，那些碑文只不过是求偶所用的符号。

来自美国的科研团队指出，这是一种构造精巧的生物，由于足够小，保护它外壳的表面张力不会轻易被其他物品或是生物所打破，也就是说没有天敌。同时，它们轻易不会为人所发现的性质，也使它们生活在一个极为安全的环境之中。

环保主义者发出抗议，他们认为巴波本质上是一种由于空气污染导致的严重飞蚊症，并呼吁大家抵制垃圾焚烧与火电厂。

有的论文指出，这种"碑文"也许是一种以气泡的形状为媒介的语言，巴波需要阅读其中的信息时，便将自身身体的表面与文字的表面相沟通，通过自身与符号的空气的体积和流速的交流来获得信息。这是一种看上去较为低效的方式，但受助于其微小的体积和空气中大量存在的小液滴，这对于他们确实是最好的选择。

霍金在电视上用着空灵的机械合成声告诫着人类不要轻易与他们接触。

对未知的好奇心是人类不变的特质。

## 四

这是海波毕业之后的第二个月。

他正赶赴机场预备着参加一场会议，在临上飞机前，他收到了一封奇怪的邮件。邮件的主人自称是一位语言学学者，似乎对海波的行程甚是了解，并盛情邀请海波与自己来一场"隐秘的学术交流"。他内心质疑了一下自己的理科生身份和会议主办方对自己个人消息的泄露，当玩笑一样把邮件移动到"已删除"中，并在飞机餐的阴影中迅速忘掉了这件事。

傍晚的海滩，正值夏日，被落日照耀得鲜红的海水正裹挟着泡沫缓缓涨潮，正是孩子们的乐园。在大人们的陪护下，连娇小的幼儿都挽起裤脚，用娇嫩的小手靠近水面，戳破水面的泡沫，发出惊喜的尖叫。

他随行学校的研究团队来到这座海滨城市参与会议，初来乍到，免不了一场游览。清凉的海风带来水生生物的咸腥味，沐浴在其中的一行人走走停停，谈论着近日工作的进度，而只有海波若有所思地跟在后面。走着走着，海波注意到了一行人中矮矮瘦瘦的戴着金边眼镜的短发女人，悄无声息地盯着自己。百思不得其解中突然猜测到了她也许就是神秘邮件的作者，怀着好奇心，故意放慢了脚步。女人似乎明白了他的用意，随着慢了下来。待到别的学者的身影都陆陆续续地消失在了海滩，只剩下海波与她站在海滩边的栈道上，等待对话。

　　"你就是那海波？我看过你的报告，很有意思。"

　　"做过一点，微小的贡献吧。"随之，二人陷入了沉默。

　　"小孩子，他们很可爱，很天真。"终于，在长久注视时的沉默中，女子突然张口。

　　"哈哈，是。"

　　"孩子们的自我认知在于给予他们关于陌生世界的问题，比如，如何回答孩子们人类是从哪里来的？"

　　"如果我说的话，哈哈，当然是从猴子变来的。"不习惯于她突然的发问，海波给出了一个模糊的答案。

　　"再往前追溯一点？"

　　"嗯……你想说的是从海里？"

　　她眨眨眼，默许了他的回答。

　　"我是语言学家韩淇，那封邮件的作者。我现在主要在做音系学分析，很高兴认识你。我先前在网上看到你的研究，巴波——你这么叫他们，是吧。我对他们的以文字系统为符号的语言十分感兴趣，并有些许拙见。"

　　"您讲。"海波有些许惊异，很少有人会对他的巴波以及语言感兴趣。

　　"在阅读完你的报告后，在好奇之余，我陪着我的侄女去中科院听了一场讲座,有关盖亚假说的。它把地球看作一个生命体,生物圈与大气、水、岩石圈的共生就是一种相互调节的过程,我从这里获得了一些灵感。后来,我私下对比分析了一下,初期报告中的图片们,都或多或少地表达了某些意义,有关他们的来源的。比如说,他们认为自己来自海洋,这点您可以稍后听一听我的报告。"

"所以您觉得这是拟人化的地球呼吸作用的产物?"

"它们是生命,要更复杂一些。"

"呼吸可以有很多种,火山喷发可以产生剩余气体,水生生物的呼吸也可以,人类实验更可以。所以我想,他们是不是可以称之为一种生物的副产物生物?很惭愧,作为母语者,我不太懂这个意义的专有名词是什么,但是听起来真的很有趣,就像是童话故事一样,真适合讲给那边的小朋友听。"

盛夏的傍晚,在流动迅速的空气中,海波似乎听到了远远的来自巴波们的呼唤。

"它们的孩子,那些升上水面的泡泡……"他想。

韩淇避开了海波直勾勾的目光,偏过头去,镜片的反光让人看不清她的表情:注视着沙滩上玩耍着的孩子们。不由自主地,海波顺着她的目光望去。

"妈妈,我戳破了好多泡泡!"伴随着不远处孩子的一声尖叫,韩淇勾起了嘴角:"也许这就是它们来到大气当中的方式,摇摇晃晃的气泡借助物理规律摇摇晃晃地上升,来到水面,炸开,释放它里面的小生命。多有趣,就像一只卵。"

海波目光一亮,心中的泡沫闪亮着。

终于,在长时间的奔波、周转,以及学术界的怀疑与批判中,他终于申请到了资金,成立了实验室,专职投入对巴波的研究。

在他的盛情邀请与韩淇的默许下,韩淇与更多的语言学者加入了团队,专职负责翻译它们的"碑文"。巴波研究开始不仅限于生物层面。经过长时间的比对与分析,一套较为完整的巴波文—中文的翻译体系建立了起来,更多缺失的拼图被聚集了起来,通晓文字之后进度就快了许多。先前韩淇的许多猜想都得到证实,这里节选一段巴波人给孩子们的认知教育的信息作为参照:

"初生往往伴随着阵痛,在古老地球的一声声喘息中,世界诞生了。每个人(巴波)都要经历从地球的血液排出的痛苦,在那里,生存空间是有限的,氧气是有限的,一切都要靠你们自己争取。待到气膜上升到水面并破开,胜利的孩子们才能来到新的广阔天地。很显然,巴波的文化是悠久的,现在,地球表面的氧气也不够了,我们需要另寻他法,离开这片贫瘠的空气,为此我们创造了容器。"

我们可以初步了解到,与韩淇预先设想的一样:与空气一样,巴波并非天生存在于大气,而是在于地球后天的栽培。与此同时,拥立盖亚假说的学者就像过年一样,各种以巴波文化作为证据的文章铺天盖地,看得韩淇暗中直呼再也不要。

"看来他们也面临着环境变化的危机,也许我们可以与他们交个朋友。"就这段认识自我的故事,海波发表了这样的感想。

而最先翻译出来这些的韩淇却不这么想,她终日思索着"容器"一词的具体字义,茶饭不思,吃汉堡时酱滴了一裤子都没有发现,并不得其解。根据幸存者偏差,当一个人的执念足够强大时,他的愿望往往会实现。正是换季的时候,韩淇最为疼爱的小侄女在风中中了招,在忙碌的姐夫的请求下,也出于对早逝的姐姐的承诺,她亲自请了假去医院。可怜的小姑娘被确诊为肺炎,韩淇在等待她做完雾化的过程中望着蜿蜒在小姑娘身上的导管出神，认真地看着那些气雾带着不时冒出来的小气泡一起被吸入小姑娘的体内。

"吸入……雾化……"她若有所思，在无意识的思索中，潜意识的触角偶然触到了真理的礁石，"容器……都可以是容器"。金边眼镜从发汗的脸上滑脱也没有察觉。"我为什么没有想到呢，生物圈是不均匀的，呼吸道中也有大气。海波的容器，妮妮，我，姐姐，海波，都可以是他们离开这里的容器。"她迅速掏出手机，逃出休息室，她一向神经质，一旁的小病号早就已经习惯了这样的突发情况。

"海波，也许它们比我们想象得更强大，"她上气不接下气地冲到儿童医院的大厅中，拨通了海波的号码，"我们都是容器。"

"什么啊，这又和我们有什么关系呢，别多想，还有这么多动物呢。"海波这样想着，并没有把韩淇的话当作一回事。

而这时候的海波却遭到了真实的威胁。冬日干爽的大风天，他踏进暖气缓缓蒸腾，以至于使人嘴唇皲裂、满头大汗的办公室，看到显示器上反常地挂着一面湿淋淋的水珠，嘟囔着是清洁工乱动自己的东西，正准备拿纸拭去，水珠的形状映入他的眼帘——"停止你们的好奇心"一行汉字赫然出现在眼前。

目击此等超自然现象的他极为惶恐，联系了业内的朋友暗中调查业内对自己的意见，结果是都有。"很合理，不是他们，还能是谁。他们都在觊觎你的发现。你是东郭先生，他们是披着实验服的狼。"朋友这样安慰他，这极大地鼓舞了他的士气，并在以后的很长一段时间内将自己抬得很高很高。这样的浮躁很快将他带上了一条不归路。

这是海波在研究所的第五个年头。借着新发现的热潮，现在有关巴波的生物性质的各个方向上的科研成果已经穷尽。巴波这一生物的神秘面纱已然被逐渐揭开。这是一种广泛分布在大气的微小生物，享受着气压差和洁净的空气，快乐地生活着。文明的盛世出现在恐龙漫步在地球表面之时，丰富的氧气为他们提供了充足的养料。而随着近年来气候与大气成分的改变，巴波的生存环境也受到了挑战。

"很显然，天气变干了，由于植物的减少，大气的密度也变得更稀薄，地球不再适合他们居住。所以，他们的目的其实是想要借助地球数十亿年来培育的与他们不在同一生态位的智慧生物——人类，去到外太空，毕竟他们不能在真空中生存，由于过于渺小，也没有利用其他物质的能力。这是我的猜想，你们还有什么问题吗？"在韩淇富有热情的声音中，巴波的秘密被缓缓揭开。

"我觉得还是闲在地球玩手机更幸福，为什么要去太空呢？"在同事间的私下吹牛聊天中，笑嘻嘻的海波这样评论道。当你足够重要时，日常随口说的一句玩笑话大家也会把它当真。这样无欲无求的想法遭到了实验室上下的嘲笑与反对，尤其是刚加进实验室的几位年轻人，正是向往着探索发现的年纪，其中一位狂热的天文爱好者当日就递交了辞呈。"我要去到航天领域发光发热。"年轻的小伙子如是说。

与此同时，美国国会为 NASA 开出来天价预算的消息不胫而走，这种上下一致的团结反而引起了海波的警惕，这极大地唤醒了他的反叛心理。年轻气盛的人总是要与时代为敌，海波也不能免俗，他递交了有关与巴波交流的实验申请，很快就被批驳了回来，还被叫去了办公室。在热烘烘地开着暖风空调的办公室里，海波头上和手心都出满了汗，只听着另一头的上级领导痛骂自己："天天就想着发文章发文章，你当我们坐在这个位置的人天天都在放屁吗？给我滚出去，回去想明白了再回来！"

对于这件事他很不服气，夹着尾巴灰溜溜地走出办公室的时候还顺手薅了一把盆栽的叶子，兴许是那叶子刚浇完水，又沾了他一手的水。"真是不顺，就像我的博士学位。"他想。

"人类有着守卫自己老窝的权利！"他以这句话作为他向他的团队汇报这个想法的总结，就像是赌气的言论。很显然，这个消息对于他的团队也犹如一颗重磅炸弹。从他们的耳朵听到这个消息的那一刻起，流言就开始在他们之间口口相传："这会不会太激进了？老实说，我觉得他们是咱们的老祖先，又小，没准发展的比咱们好得多。"

情绪最为激动的是韩淇。韩淇瞪大了眼睛，圆框的眼镜显得她的眼睛愈发地大："你真是疯了。"

## 七

而他并不这么觉得，虚荣心在作祟，他觉得自己无比的正确，抱着一种靠着铁骨铮铮的个性来拒绝巴波，要造福人类、造福业界的荒唐念头，他决定独自完成这一伟大的事业。

是夜，夜黑风高，仅有风呼啸的声音证实着世界的存在。随着门禁的关闭，海波悄悄潜入实验室，就算是再需要加班的同事也在这个天寒地冻的日子里提前赶回了温暖的寓所。就在此时海波鬼鬼祟祟地赶到工位前，麻利地拿出预先准备好的极小的尼龙块，借助特殊的喷淋设备，像巴波一样书写着那种极其依靠表面张力的文字。

"我代表容器（人类），拒绝你们的利用。"

完成之后，海波再一次抬起头来，天已大亮。他已经很久没感受过这种有着极度激情的强烈的快感了。他将那一小块东西放在那里，他相信，再过不久就会有巴波前来吸吮。

很多荒谬的东西在人们构建它的时候是感受不到它的荒谬的。

之后他便迅速地召开了各种记者会、发布会，向世人宣布他的成果，并试图将其引导成一个正面的例子："我命由我不由天，地球给人类的答案绝对不会是这样的！"这的确取得了某些成效，在很多针对社科学生的社会调查实践中，支持海波的民众比率都占到了最高。

而研究所的同事们得知消息后都极为震惊，尤其是韩淇，听到消息后的她一言不发，手里攥着的能量棒几近成渣。"你真有主意。"她愤愤地念叨着。但事已至此，也没有什么补救的措施。忙碌于汇报完的海波此时张罗起了庆功会。新年快到了，这件事的阴霾很快就被喜庆的气氛冲淡了。

这时，参加完庆功会以后，韩淇在这一个夜晚的时间内不声不响地逃走了，工位上东西一样都没带走，从此没了消息，就像一夜回到月亮的辉夜姬一般神秘。研究所内人心惶惶，开始有人讲起那个笑话："NASA为什么要探索太空而不是海底？""不，你以为我们没有探索过吗，不要好奇那里有什么。"玩笑之余，所有人都是愁云满面，海波每每批评这个现象时，便有好事的学生随之抬杠："老大，我们看他们要拿着显微镜仔细地盯，他们看我们怕不是一览无余？韩老师说得真的很有理，它们比我们更早获得智慧，在它们的面前我们就像是一群没穿衣服的猿人。这种裸奔的感觉真不好受。我是头秃老博士，又不是脱衣舞演员。"

每每提起这些，海波就脑壳痛。他想起来自己还在学校的时候最喜欢传些流言蜚语，讲些政治笑话来讽刺自己悲惨又不那么悲惨的现实，而现如今却每每受其干扰，先前下定的决心却又有些动摇，就觉得讽刺。"现世报啊。"他暗暗对自己这么说着。

呼吸还在继续，海波在每个打呼噜的晚上都会梦到海底火山的喷发，梦到许许多多的巴波从海底升到地面上，懵懂地撑起自己的水膜，感知广阔的世界；以及，更多成熟的巴波钻进他的鼻腔，占领他的肺，将他也变成巴波。醒来的时候也许是因为中国北方的暖气过于强劲，身上总是会出一身的汗。

他突然有些后悔这样的鲁莽，尤其是想到韩淇的时候。

八

截至目前，这是海波拒绝巴波的第 52 天，像先前的 51 天一样平凡的一天。在时间的冲刷下那次对话带来的影响已经被其他的新闻所取代。不管这件事情的影响多么的深远，终究还是要回到正常的生活轨道中来。

身为巴波研究实验室的负责人，他像往常一样顶着风赶到实验室。再过一个月，这间实验室便要就此关闭，成立一个更大的实验室，分化更多的功能，他们的实验室将并到这其中来，并即将空降新的领导，即使是海波发现了巴波，他的履历也追赶不上即将到来的那位老先生。他不服气，又没有什么办法，只是紧张记录着发起联系之后巴波们的变化，并联系着同事准备发出下一篇具有划时代意义的文章。

他再次触碰到那台具有纪念意义的显微镜，打开开关，像往常一样对准、聚焦，眯起眼睛偷窥着巴波。

巴波出现在视野里。今日不同往日，这是一片可以容纳许多泡沫的广袤场地。它们围绕着先前建造好的犹如纪念碑一样的建筑，聚拢着，缠绕着，有如在祭拜神明。随后，像往常一样，一行小字出现在视野，经过海波甄别，是"恕我们直言，废物应该回收利用"。

随后，一束红光对准了他。

尾声

"沙……沙沙……休斯顿，请回答，哦，天呐，我们看到大气云层在迅速地消失，绿色的植物和蓝色的水源在迅速萎缩变成陆地，地面发生了什么，请回答。"休斯顿没有回复，休斯顿只有沙沙的沉默。经历了长时间的无线电静默后，ISS 空间站第 64 批航天员的领队尤里陷入了迟疑。在片刻的简单推理和强迫自己接受现实后，他召集了所有的队员，勉强稳定情绪后，沉重地向队员们宣布：

"准备迎接热浪吧，小伙子们。"

（本文获高校科幻"星火杯"全国征文三等奖）

# 梦蚀

文 / 水枫权

水枫权，拥有土木工程、软件工程、工程管理三学科硕士学位，追求扎实的世界构建和狂放的想象，正在努力成为一名有道德的疯狂科学家。

## 序幕

冰镐的镐尖深深嵌入冰壁，剥离的冰屑坠入深谷。他听到冰层的呻吟声，以及一些其他的动静。风带来了熟悉的气息，一如既往的令人战栗。

好在，他并非毫无还手之力，起码在这里是这样。他蹲了下来，双手放在平行放置的冰镐上。这个动作让他时刻面临着坠落深崖的危险，但显然这不是他需要担心的。

令人不安的呼啸声从空中传来，那个声音在靠近他。他伸手摸了摸冰镐上的铭文，"韩叶"这两个字的小篆上紧下松，平衡对称，此刻隐隐约约有某种光芒。

他双手抓住冰镐，两腿往冰壁上一蹬，整个人如同炮弹一般弹了出去。他伸展开身体，双手伸直，就像一个十字架一般在空中翻转。太阳突然从层云中跃出，一道光芒照射在他身上，说不出的英姿飒爽。

"1。"韩叶自顾自地倒数着，然后是拉索的破空声，他的身体被牵引着快速移动，在空中留下了一片残影。

　　与此同时，可怕的敌人到来了。那个身影相比较于粗壮的韩叶苗条了不少，从体态上就能判断出是一个女子。她不像韩叶那样追求力量和气势，在姿态上也显得更加优雅。她很快发现正在运动的韩叶，在空中一个转向，另一道拉索嵌入上方的冰山，给了她新的动力。

　　两个人在空中划出一道弧线，金铁交击。

　　"叮！"刺耳的声音让所有人的动作一滞，就在这停滞的一瞬间，周围的景象完全变了。

　　韩叶看到冰山连带着远处的景色都突然破碎了，以黑色和黄铜色为主的世界瞬间形成在眼前。他手中的冰镐消失了，此刻他右手拿着黑面包，左手佩戴着类似吸盘的手套，更为诡异的是，他的一条小腿成了义肢，剑一般的义肢轻轻嵌入木板中，毫无疑问，这玩意儿可以用来当武器。空气中弥漫着某种刺鼻的气息，巨大的工业机械在风车轮的带动下运转着，红色的烟囱里冒出黑漆漆的烟气。

　　这是韩叶最不擅长的场景，更何况他得到的武器显然不太让人满意。她会在哪里呢？韩叶四处打量，他知道这个场景很难通过声音或者气味判断方位，即便是声音，也很难持续发挥作用。

　　就在这时，一声枪响。

　　是火绳枪！铅子弹丸达到韩叶附近的地面，他却是心中暗喜，一方面确认了对方的位置，另一方面，对方没打中他，却打在身边，说明对方离这里不近不远。如果初始随机算法没有给对方分配任何近战武器，那自己是占了大便宜了。

　　火绳枪装弹很慢，虽然游戏里面大大简化了流程，但是大部分玩家都不太熟练。

　　"啪！"第二声枪响，枪子从韩叶的脸庞上擦过，他感觉脸上热乎乎的。

他没有耽搁任何的时间，快步奔跑。他就像跑酷一般越过钢铁梁柱，从钢梁边缘飞掠出去，用手上的吸盘攀附在对面梁柱上，然后顺势跳跃到更低的梁上。他攀爬上巨柱，在手套的帮助下甚至比爬山要快多了。前面是一个平台，他看到那个仍旧在装填火神枪的瘦弱身影，得意地露出微笑。

黑面包只是表面上的格斗武器，真正的武器还是他的义肢。他的运动轨迹就好像一个圆规，在空中划出一条完美的弧线。

一击中的！他劈中了对方，没有鲜血飞溅，只是被劈成两半的人偶。韩叶暗暗叫苦，看来对方不光得到了火绳枪，而且还是个傀儡师。恍惚间，他感觉后面有危险，下意识地转过身，双手抱头。

这一脚狠狠踢在韩叶的手臂上，冲击力让他向后退去。他不知道对方还有什么后手，立马要求更换场景。

新的场景，狭小的角斗场，这次的作战对象不仅有她，还有一只伺机而动的老虎，老虎怒吼一声，原地打转。韩叶拿着斯巴达式的长矛和圆盾，从头盔的眼洞里观察四周。她则拿着短剑和更为灵活小巧的单手盾，还颇为熟练地转了转短剑。

山呼海啸般的欢呼声突然从四周传来，在场上的两位角斗士外加那只老虎，都颇为忌惮地看向欢呼的方向，三名衣甲华丽的角斗士从另一侧的大门中走出，为首的一人举起武器，立马引来全场的欢呼声。

"奥古斯都！"

韩叶还是第一次看到这个场景，心想这家伙不会是被刺杀而死的罗马皇帝科莫德斯吧？

就在他愣神的时候，她却先一步行动了，灵巧地料理了看似可怕的老虎，得到了全场人的欢呼声。

韩叶颇为紧张地看着两边的敌人，但他没有后退的权利，现在更换场景的主动权不在他手上。他举起盾牌，接住了一根飞来的投矛……

一番血战，韩叶疲惫地躺在地面上，有把短剑从上方分开阳光。熟悉的她，她的身影投射在他的脸上，让他居然觉得很安心。周围的人在欢呼，要求最为勇猛的角斗士终结那个悖逆的男人。她毫不犹豫，短剑一刺而下……

韩叶睁开了眼睛，却发现还没有结束。那个高傲的家伙，不会如此轻易地放过自己。他穿着一身囚衣，脚链和手链都被劈断了。似乎是集体越狱，外面现在乱糟糟，韩叶从草堆里面掏出来一把磨损严重的钢叉，不用说，勺子的主人用这玩意儿挖地道用。

但他对这个场景轻车熟路，他直奔监狱二层，跨过好几具尸体，一叉子打开门锁，然后从桌子底下找到了左轮手枪和十几发子弹。他大胆地翻出窗户，越出门外。每次更换场景之后，他们的距离只会越来越近，接触越来越快。在这种情况下躲在屋子里面就太危险了。

果不其然，轰隆一声，监狱的二层小楼变得支离破碎。

韩叶走到他知道的位置，举起了枪。"呼！呼！呼！"他连续开了三枪，然后听到了系统的声音："游戏结束。"

一

休息大厅里只有他们两个人，即使游戏早已经失去往日的光辉，这也是不常见的事情。游戏《森罗》发布时堪称划时代的大制作，但是收益却不高。主要原因还是曲高和寡，小白玩家们很快因为巨大的难度而放弃了，而高端玩家却越来越专业。虽然潘星雪能轻松吊打韩叶，但在全服里面的排名却要靠和韩叶的对战成绩才能稳定在中游。好在运营商财大气粗，出于情怀，没有停止游戏运营。

韩叶因为胜利而兴奋颤栗，虽然他觉得胜利有很大程度归功于对方给自己机会，而且她还恰好运气不佳地随机到韩叶最擅长的场景，无法主动更换。但是起码，这是五年来，他第一次战胜潘星雪。

从那件事情发生之后，韩叶就好像失去了夺取胜利的信念。与其说他是陪潘星雪玩游戏解闷，倒不如说通过参加游戏告诉对方，自己还好好地活着，也愿意参加社交，不用担心。他几乎没有什么取胜的欲望，最近一段时间才稍稍有了点求胜欲。

潘星雪却也从不说什么，只是狠狠地虐杀韩叶而已。她经常放弃能一击得手的机会，就好像猫咪不会立刻杀死自己的食物一般。

大概她在研究所承受了很大的压力吧？韩叶看着游戏角色的卡通化外表，情不自禁地推测道。隐隐约约的后悔让他忍不住去遐想：如果当年坚持下来，自己就不用去做那么无聊的工作，说不定还能面对星雪。

按照往常，对方会很快下线，留下"下次再战"的留言。但今天她却好整以暇地评价道："以你的水平，算是不错的胜利。"

"我不需要你的怜悯。"韩叶知道对方如果下死手，游戏早就结束了。

"好久不见。"

韩叶被这冷不丁的一句，弄得丈二和尚摸不着头脑。下一瞬间，他看到潘星雪退出了游戏。韩叶努努嘴，也退出了游戏。但下一个瞬间，他知道了这句话的真正含义。

与其说是惊喜，倒不如说是惊吓。潘星雪就站在他的游戏舱外，像这种大型深潜游戏，由于具有不确定性，只有专业公司运营的游戏城里才有。但游戏城里有的是游戏舱，韩叶进的还是单人包厢。

"你是怎么知道我在这里？"

"我黑进了系统，角斗士场景里，我作弊了。"潘星雪面无表情。

黑进系统，果然是她的风格。但既然费这么大劲儿来找自己，总不只是为了喝茶吃饭吧？韩叶嘴角露出久违的微笑："什么事情？"

潘星雪在玻璃镜面上哈了一口气，用纤细的指头写下一个名字。

"他的项目解冻了，你要跟上来吗？"

韩叶一时间呆住了，他知道这句话的分量有多重。自傲的潘星雪一直都说她不会等跟不上来的人，当然现在这话也很大言不惭。

韩叶对她自傲的话语毫无怀疑，毕竟他也是那么过来的。在顶级大学里，韩叶也就是泯然众人的水平，但潘星雪不一样，从一开始，她就是耀眼夺目的明星。虽然不在同一个班，韩叶对潘星雪的事迹却是如雷贯耳。他想起来那张似乎永远在笑的面孔，那人一脸崇敬地和他大谈特谈潘星雪有多厉害。

韩叶心里有些嫉妒，毕竟说这话的人是他高中的好朋友林致远，原本他们俩是互相作为比较的对象。现在倒好，他的位置被校园里的大明星给占据了。他颇想会会这姑娘，看看她是不是真的三头六臂。

潘星雪很快给了韩叶近处观察的机会。大明星好不容易熬足了时限，提交了一份社团申请书，社团名字叫"助手社"，简而言之，是专门给她当助手的。即便名字很具有不平等性，宣传又充满了一股傲慢之气，仍然有不少人因好奇而参加。其中就有这对难兄难弟，在接下来的几年里，只有他们能够忍受女王的脾气，还能完成女王布置的奇葩任务。助手社的业务范围很大，可以说完全由潘星雪的兴趣决定。

"好，现在我宣布，助手社废社！"大约两年半的时候，潘星雪在西门烤翅店里面宣布道，还挥舞着四根木签。

"什么？"

潘星雪努力抬起头，用一句大家都知道的话宣布了废社人员的安排："我需要的不再是助手。现在，我们是同志了。"

林致远算女王的脑残粉，坚持下来也是正常的。但是自己是怎么坚持下来的，韩叶时常有些恍惚。在那些可以说充实过头的日子里，他被迫做了很多看起来超越自己能力的事情。潘星雪甚至比某些教授更擅长发掘学生的潜力，虽然看起来不近人情，但对自己的提升帮助很大。更何况，她并非本专业的。出人意料的，潘星雪最终努力的方向，竟然还是科研。

韩叶用力拍了拍自己的脸，这不是回忆的时候。他最需要关注的难道不是好兄弟的生死安危吗？几年前的事故仿佛还发生在面前，他还记得林致远因为痛苦而扭曲抽搐的脸，还有林妈妈悲痛欲绝的面孔。那次实验之后，他们的好朋友林致远陷入了类似植物人的昏迷状态，如果不是研究所安抚有力，说不定就是大问题了。

现在，林致远的项目解冻了，意味着他们也许有重大进展，而且潘星雪肯定还为之扫清了各方面可能出现的阻力。

只是，自己还能做这件事情吗？韩叶自嘲般地笑了笑，除去躲在家里做心理调整的一年多，他在一家几乎躺着挣钱的公司做运营三年多，最有技术含量的工作无非是帮领导做汇报ppt，用花里胡哨的动画把浅显的东西包装得高大上。他多想现在就答应星雪，但是对自己的怀疑又在脑海里占了上风。

"我希望你站着活下去。"潘星雪拍了拍大男孩的肩膀。

他咬着嘴唇，挣扎再三，还是想试一试。他不想在潘星雪面前抬不起头。至于能不能救回林致远，他并不乐观。反正潘星雪那么强，跟着她总会有办法的，不是吗？

看着眼神渐渐坚定的韩叶，潘星雪没有再说什么。她翩然走了出去，引得韩叶大步跟上来。两个人一前一后，走了大约几百米，星雪的步伐慢了下来。

韩叶注意到这边已经是三人以前经常来的地方，狼人杀桌游吧、烤肉店、比萨店、咖啡书屋。这些小店有些还活着，有些已经改换了门面。再走一段路就是研究院的定点定向班车，他认为潘星雪要去那边。

潘星雪的肩膀似乎比几年前还要瘦弱。她渐渐偏离了预计的路线，而是向着公园走去。她最终停在公园的一棵树下，韩叶这才想起来，他们曾经在此埋下时间胶囊。

潘星雪随身带了小巧的塑料铲子，两个人挖起来。胶囊埋得比较深，因此费了很大的力气。他们终于把时间胶囊挖出来，两个人各自看了自己写的部分，不由得都有点唏嘘，只是没说话而已。

至于林致远的，韩叶打开了那封信。那封信不像是写给自己的，倒更像是写给潘星雪的情书。信里断断续续提到一些韩叶都不知道的事情，他们俩之间，似乎有一些小秘密。

韩叶五味杂陈，他握着信，就这样在泥地上躺下了。

这片天空没有任何好看的东西。

## 二

韩叶回到了研究所，至于他的身份，倒不是研究所的研究员，而是潘星雪雇用的第三方咨询人员。他看到了一些熟人，还有人记得他。

一上午都在进行保密培训和内控软件装机。中午吃饭时，他遇到了独自一人吃饭的潘星雪，似乎她在这边的人际关系不怎么样。

下午，韩叶被行政带到潘星雪的小办公室。不大的办公室，整整齐齐地堆放着她的东西，也只有她坐在这边。这基本印证了他的推断，潘星雪找不到其他人一起接这块烫手山芋。出事故的事情人尽皆知，而潘星雪的性格决定了她也不会去笼络人。

潘星雪先发了一份汇总表单，包含她这几年来制作的各种表单和报告的链接。里面大部分都是数据的表单，实验频率大约在一周三次。

潘星雪过来和他讲这几年做的事情。首先是事故原因的确定。当初，研究所的对外说法是工伤，对内说法是植入大脑的纳米探针集群出现电路故障，干扰大脑电信号。但潘星雪在后面的研究中确定，林致远的大脑似乎没有受到损伤，各部分的功能良好。而且不同于一般植物人，林致远的大脑中每天会规律地产生脑内活动，就好像意识活动还存在于这个人体内一般。

再然后，大胆的潘星雪做了一系列实验，确定当年肇事的微型传感器没有出现问题。由于缺乏可靠的助手帮助实验，她还设计了一套应急响应套件，让她在实验中能够自由地脱出实验。

讲到这里时，韩叶听出潘星雪的语气里颇有遗憾之意。他明白，如果当年林致远有这套系统，说不定事故也不会发生。那时他们的实验顺风顺水，高歌猛进。三人的研究内容是意识成像，把所思所想投影到视听空间里。成功案例一路从简单图形狂奔至自然图像，又从有监督的训练转向无监督的微调。一场场胜利赋予了他们自信。或许他们太自信了。

确定传感器没有问题以后，林致远异常的意识活动便成了唯一的线索。为了挖掘它所蕴藏的视听信息，首先需要进行降噪，直到从头脑深处取出的实验室影像在 AR 环境里与真实环境完美重叠。此后，还要在林致远身上实现同样水准的精确成像。

所以，她需要我，韩叶如是想着。巨大的数据量，远远超出了潘星雪的数据处理能力。不过，一些简单的处理不在话下，她也得到了不少的结论。比如说，那些定期的大脑活动具有相似性，就好像电脑程序出现一个死循环。她想看到那段死循环的内容，以便确定下一步的行动。

"让我看看投影数据。"他唤醒可视化程序，数据处理采用的矩阵和韩叶当年做的差不太多，他可以看出来潘星雪做的改进。如果给他时间复习一下，他肯定能提高处理的精度。至于后续的迁移学习，这些年学界也已取得一定进展，只是韩叶需要时间去琢磨。

韩叶摸了摸头，感觉大脑似乎很久没有如此高效运转了，只是这种久违的感觉给他带来了一丝疲劳。

五年了，韩叶再一次看到了命运多舛的好兄弟，他被泡在某种液体中，肌肉萎缩，面部露出培养液面，嘴巴微张。林致远浑身上下一丝不挂，当然也没有毛发。

韩叶看过实验记录，知道潘星雪每次实验都要备皮。他很难想象高傲的女王拿起各种工具，帮林致远修剪毛发的场景。不过，也许他们早就到了赤诚相见的地步。

在女王手底下工作可不是件简单的事情。第二天韩叶就提交了工作计划，然后是每天16个小时的高强度工作。在大公司里面清闲惯了的他没几天就感觉浑身不舒服。

为了让他调整过来，女王开恩给他每天一小时运动时间。他们会一起沿着研究所外沿跑步，同事们还以为他们两个人是一对。

跑步是为数不多的，韩叶肯定能胜过女王的项目。他们边跑步还边讨论细节。有一天，他们在休息喝水时说到降噪的问题，以前的降噪主要是去除电信号干扰的部分，两个人突然意识到矩阵存在的问题，于是冲回实验室调整。他们意识到手上数据的巨大作用，可以把那些控制生命基本活动的信号一并去除。

从那天开始，一小时的运动时间没有了，同时，用餐时间也缩短了，他们天天就在办公室或者实验室吃盒饭。降噪完成后还有迁移，韩叶的工作变得更加沉重。

韩叶有时候好奇潘星雪在忙什么，他看了之后深吸了一口气。潘星雪还有其他的项目同时在做。他查了下这几年的论文，潘星雪的名字一般都很靠后，但韩叶知道，恐怕其中有不少重要工作都是她做的。毕竟，她现在需要所里的支持。

又过一个月，韩叶终于做出来一份图片，证明新的矩阵是有效的。但是紧接着问题来了，这只是一张图片，要出现如同视频一般的连续画面，他们需要更多的运算能力。

这个时代，运算是最大的资源，几个大电信公司，营业的大头不是通信，而是出租网络能力和运算能力带来的租金。

韩叶估计了计算量，他感觉，如果不简化矩阵计算，那就只能放弃了，项目经费可没那么多。那一天，潘星雪拿了一张银行卡，说："别担心钱。"她以高额的赞助，换取了一份合同，申明得到研究成果的部分收益。但这项研究完全是为了拯救林致远，能否有收益很难说。

潘星雪拥有多少财富一直是一个谜，韩叶知道她本科结束就全款买了自己的房子。只是她的钱也不是大风刮来的，他有些心疼。但是有钱起码好办事，韩叶现在可以买到足够的运算力量。

不过两个月，韩叶就不得不换了一个新号码，因为太多人打电话找他推销便宜的运算服务。

这段时间韩叶基本上抱着电脑睡觉，现在处理的数据是连续进行的，导致他需要增加一系列的运算，而收敛性就很堪忧了，一旦不收敛，整个运算都可能会重启。而在运算路径上，两个人又就显式、隐式、离散、拆分之类的问题争论了一番，这些基础的计算方法很让人头疼。他们最终意识到不能再迷恋这些旧时代的计算理论了，于是两个人回到学校听了两个月的课，新修了一门专业数学。

韩叶处理出一段 10 分钟的视频影像，到最初加入研究已经过去了一年。这段影像，购买计算服务之后，处理只需要两天，已经是相当惊人的高速。

三

人皆有秘密。如果可以，韩叶不想窥探林致远的内心，他害怕看到一些让自己惊讶的事情。他还是喜欢潘星雪的，这个女人仿佛无所不能，在她的庇佑之下，韩叶感觉很好。

虽然同样进入顶级学府，但人和人是不太一样的。韩叶其实一直充满了自卑感，从懂事开始。他表现出要强的样子，用成绩掩盖自己内心的脆弱。

高中的时候，他听说了林致远。

总体来说，林致远比起韩叶更接近传统意义上的天才。他平常不太爱上课，更拒绝周末补课，反倒把学习的时间用来到处旅行。因为热爱运动，他在学校和周边社区都相当出名，当然这也和他性格好有关系。

那个时候，韩叶倒真是个普通人。他把全部的时间用于学习，发狠地觉得既然他可以，为什么我不行？不过几次考试，韩叶从年级二百名前进到年级前五，因为年级前五的常客里面只有两位男生，他们两个又成了比较的对象。按女生们的说法，他们是一对 CP。还真有好事的女生以他们为原型画了漫画，作品中，一脸祥和的林致远温和地爱抚着韩叶的头，韩叶的表情傲娇中带着羞怯……

于是，只要有活动，韩叶免不了和林致远见面，再加上林确实人不错，两个人了解的深度愈发深入。

上大学后，两个人多多少少受了些学业上的打击，联系反而更加紧密。林致远加入了户外俱乐部，像师父一般带着韩叶，这也是他们后来喜欢《森罗》这款游戏的原因：一开始他们把它当成旅行游戏。

也只有林致远能得到潘星雪的芳心，自卑让韩叶时常如此认为。在他们的三人团队里，林致远是强力稳定剂，而且他的性格太好了，总是让他们感觉有继续下去的动力。

韩叶打断了回忆，现在只有他陪着潘星雪。他点开了视频，用了慢放二分之一的播放模式。

视频只有 10 分钟，却好像是由好多个细小的片段组成的。在片段与片段的连接处，混乱的情况增多，这部分是因为糟糕的收敛性导致的。每个小片段都是不同的场景，有的场景里面甚至有人的形象出现。不过，这些片段都太短，显得看不清楚。

两个人讨论了一番，决定运算需要更高的收敛性，而且要通过预运算去除不好处理的连接处，再然后是处理的数据量要加倍。因为测量仪器的精度，显然和现在需求数据的精度又不一样，于是他们采用数学处理方法填补数据，虽然误差可能会很大。

等到他们再进入放映室的时候，这段片段的长度已经被扩增到 30 分钟。片段里面的内容让他们久久难忘。

一座山，有一群人在爬山。他们都拿着冰镐，互相用保护线连着。突然雪崩了，上面的人只来得及喊了一句，就被吞没了。视域的主人想躲在冰上的缝隙里面，他抓住了一个女人的手，但是那人却转瞬间割断了绳子。他来不及看她的下场，白色的冰雪瞬间淹没了他的视线。他知道，自己死了。

然后，他又睁开了眼睛，面前是白色的帐篷顶。外面进来一个医生，他小心谨慎地穿着隔离服装。医生摸了摸他的手臂，竟然撕下来了皮肉。他的身体到处都在出血，但医生却没有任何办法，只能看着他死去，然后吩咐收尸的工作者把尸体扔进焚化炉。把他扔进焚化炉的那个人，露出了一张女性的脸，一张充满破溃伤口的脸。

火焰，到处都是火。远处的火山还在喷发，把巨量的灰烬抛射向天空。身边已经有一层火山灰，但是不等岩浆来，已经死了很多人。当然，还有正在蔓延的大火。他用毛巾捂住口鼻，狂奔，四处的纷乱似乎变少了。有一个人的身影在他脑海里反复出现，他知道只要停下就是死亡。他倒下了，岩浆竟然追上了他，剩下的结局只有死亡……

这段影像涵盖了起码 20 种死亡的方式，里面几乎三分之二出现了逃跑的场景。如果说是电影情节，他们感觉没看到过这么多，而且有一些场景很让韩叶感觉到熟悉。当然，里面总是有个女性角色反复出现，而且给了相当多的特写。

"这是一场噩梦，"潘星雪看完之后说，她的眼睛里有某种光芒在闪动，她看起来很疲惫。

韩叶建议道："去休息一下吧。"

"我很好。"潘星雪摇了摇头。

韩叶没有多说什么，不过两个小时后，他抱着潘星雪出去打车。过于劳累的她在看完影像后，好像突然打开了什么开关，她无力地撑着脑袋，此刻发着高烧，却仍然坚持着。

"韩叶！"潘星雪挣扎着睁开了眼睛，"如果我走了，就……"

"靠你了……"她用尽全力伸手抓住韩叶的手。

韩叶气得直骂人："说什么丧气话，装什么死，你个混蛋命大着呢！我们可是同志啊，是要改变世界的同志！"

如果说在校期间的潘星雪还是个健康活泼的美少女，那么那次在游戏舱外的相见，她可以说是骨感美女。而大病一场之后，潘星雪又暴瘦了几斤，有点像披着皮囊的骷髅。比较之下，韩叶可就是过劳肥的典型了。他此刻又怀念起林致远来，如果完全按照女王的要求，他们必然是365天全天工作，而林致远总是能调整他们的节奏，给出好的放松提议，让女王无法拒绝。

据说，潘星雪住院之后，最大的事情倒不是养病，而是骚扰医生们给她讲解理论，解答问题。韩叶自然知道她想的是什么，心想这样休息和没休息区别也不大。潘星雪也给韩叶布置了个任务，让他周末去林致远家拜访，说明自己因病没能来看他们。

韩叶这才知道，原来潘星雪每月都会失踪两天，是去自己家乡看望患者家属了。作为责任人之一，潘星雪肯定没少受白眼。但她却让本该仇视她的林氏夫妇接纳了她，也难怪研究院没有以林氏夫妇为理由搪塞。这些外部阻力早就被女王料理好了。

回来后的潘星雪更加繁忙，她似乎忙着申请新项目。一开始韩叶没太在意，等过了一段时间，潘星雪要求他去和供应方谈判，他才知道女王打的什么主意。

虽然她的实验中也测量了很多数值，但实验室的条件与神经学、脑科学的实验室相比还是太简陋了。对于激素之类的分析完全靠抽血送交实验室分析，这样仅仅作为留存档案用毫无问题，但是要全面监测人体，就太为简陋了。更何况，激素作为信息素，是神经向组织细胞传达信息的重要媒介。

潘星雪的眼睛亮得吓人。

韩叶小心翼翼地询问她的计划。

高傲的女王说道："我需要知道是否是循环的噩梦让他无法醒来。"

她没有说更多的细节，但是实验开始了。韩叶看着女王非常熟练地进行着实验，自己只有按按钮的份。一切准备就绪，林致远被转移到实验舱，实验舱旁边是一套复杂而毫无美感的医学设备，有数根软管从实验舱接进去，里面有淡淡的血色。实验舱封闭，中间的夹层被抽成真空，这是为了排除外面实验人员走动说话对实验体的影响。

实验特意选择在梦魇发生的时间，正好是晚上 9 点。

这次实验记录的数据种类多了很多，因为需要，还借调了一名医科大学的博士后来辅助实验，据说借调的条件是让他以后能送几个病例过来检查。三人早就熟悉了流程，于是很快开始了实验。

梦魇准时开始了。韩叶观察到博士后突然皱起了眉头，他那边也没闲着，系统正把数据按几秒打包成数据段，快速发包运算，获得初始图像。他盯着初始图像，虽然很粗糙，但是和他们看到的确实差不太多。这种感觉就好像林致远的大脑在反复读取一段记忆一般。

他转过头看博士后，发现这人头上已经出了汗。韩叶心下大喜，这说明方向没有错。

梦魇总共就持续了6分钟，远远短于解析视频的长度。这并不奇怪，毕竟大脑的思维速度和外面的时间可不一样。

博士后过了一会儿说："这绝对不是一般的植物人！"

"为什么？"

"数据我可以带回去分析吗？这是重大的发现啊！"

潘星雪眼神亮得要杀人："随便发个子刊吧，先告诉我怎么样，我需要的只是结果。"

博士后听到子刊，连声音都变得急促了："具体数据没分析，只能说直觉的结论。样本已经沉睡多久了？"

"5年。"

"即便是有护工天天帮助样本做肌肉伸展，他的肌肉退化速度也太慢了，"博士后说道，"而且监控上的数据说明，在刚刚那段时间里，他分泌了大量肾上腺素，而且肌肉消耗了相当多的热量。"

"你的意思是，刚刚他的肌肉在动？"

"对，不太明显，而且也会产生热。但是你们的舱室的构造，那些循环的营养水是恒温的吧，所以一直没有发现异常，"博士后肯定道，"换句话说，一般植物人不会有如此大的能量消耗。我感觉倒是像一些精神障碍疾病，比如有些病人其实什么器质性的病变都没有，但就是身体动不了，或者经常昏睡。不过，我建议你们找我们学校的刘院士，他对这方面的疑难杂症研究比较多。"

潘星雪当下就要求博士后给她联系方式，还让博士后立马给刘院士发消息。韩叶见很顺利，也很高兴。

四

刘院士也是第一次见到这种病人。经过大约一周的仔细观察和反复会诊，他终于找来韩叶和潘星雪，宣布自己没有办法，只有一些建议。

虽然说刘院士也处理过很多疑难病症，但病人多多少少会苏醒一会儿，有限的交流能帮助他了解到症结所在，毕竟神经类干涉药物都带有不小的副作用，能不用就不用。而病人的体质虚弱，情况又无法和现有的症状病例相联系。虽然觉得有些可惜，刘院士还是因谨慎而决定放弃。

他的建议则比较像是对植物人家属交代的话语，主要都是寄希望于病人突然听到以前喜欢的某某事物，然后突然苏醒。潘星雪脸色非常难看，但是刘院士的话倒句句中肯，也就不好发作。

希望的肥皂泡破了。韩叶最近的事情轻松了很多，只怕接下来又要忙了。博士后的报告很全面，基本还原出了病人当时的身体状况，和他当时说的八九不离十。病人在梦魇期间，大脑活动空前活跃，消耗大量热量，激素大量分泌，肌肉组织收缩运动甚至颤栗，并且由于某些激素的作用，毛发增长快于常人。至于为什么会如此，博士后倾向于认为是大脑部分受损，产生了病变，启动了保护机制。博士后还指出来梦魇活动时大脑的始发区域，大概是特定的区域，可能是该类记忆的分类储存区域，这片区域极有可能是病灶。

潘星雪自然开始了新的思考，她的屏幕上再次堆满了各种文献。韩叶扫了一眼，看到"外科手术"几个关键字，大惊失色。

韩叶说："这不好吧？"

"癫痫可以这么治疗。"

韩叶很熟悉她的急躁，没经历那件事情之前，他从来没有觉得这有什么不好。潘总是能想到新的解决办法，有总比没有好。但是现在，他们应该慎重一点，先不说到底能不能精确切除的问题，这一刀下去，可就无法还原了。

但是他的劝说没能起到作用，女王的行动越来越频繁，他经常听到她打电话在联系人。

不能这样下去！必须有人帮她刹车，要不然失败了，那就又是一次人生污点。5年前的事故，大家都还没忘记，更何况，他们俩之间隐隐约约的感情，如果出了什么情况，女王说不定……

她应该不会想不开吧？韩叶摇了摇头，他下定决心一定要坚持，绝对不能让步。长久的自卑让他外强中干，大部分时间他更乐于接受别人的观点和结论。

于是，谈话渐渐变成了争论，而争论很快转变为了争吵，争吵又演变成了拍桌子，就差没干架了。办公室外面的人还以为是小夫妻俩吵架呢。

潘星雪失去了耐心，高声扬言韩叶爱干不干，她一个人也能行。韩叶一步都不退让："当年就是因为这样，才出了事故。我不会走，我也不会放任你胡来。"

他继续追击："你说起来都是为了救活他，但他在你心里到底是人，还是聊以自慰的样本？"

潘星雪无言。她的眼睛充血，头发里混入了许多白丝，整个人虚弱得好像随时要倒。她拉开门，跑了出去。

韩叶愣了一下，追了出去。

太阳在天空热烈地注视着这两位，他们很快汗流浃背。潘星雪跑不过韩叶，她发现甩不掉讨厌的跟屁虫，在树荫下竟然哭了起来。

这可真是大新闻。在韩叶的印象里，潘星雪一直一副冷脸，基本没哭过，此刻却像一个孩子一样。但是他也不知道怎么安慰，这也不是，那也不是。鬼使神差地，他轻轻地抱住了那个弱小的躯体。

这一刻好熟悉。他早就期待过无数次，只是一直不觉得自己能有机会。星雪，如果说林致远很爱你，那我也不会比他差，韩叶希望这一刻能永续。

只过了三分钟，潘星雪推开了韩叶："太热了！"

韩叶笑了笑，正想往前去。

"别过来！"潘星雪呵斥道，就像一只炸毛的猫，"你身上全是汗臭！"

他们望着功力不减的毒太阳，无话可说。

打破沉默的是潘星雪："你出个主意，怎么办？"

"要不，我们试一下对冲？"

"什么对冲？怎么对冲？"

"把梦魇对冲掉！就好像，他在做噩梦，我们就输入好梦，好梦噩梦一抵消，说不定能成了。"

"说不定，是我不喜欢的单词。"她摇了摇头。但眼下，也许只能死马当活马医。

对冲依赖于意识植入，这相当于把精神成像的过程倒过来，把数据转换成控制指令传递给探针，再由探针择机刺激大脑，将其注入意识。原本这几乎是不可能完成的任务。好在成像技术能够及时反馈注入结果，一方面为优化提供了参考，另一方面也可以间接提升安全性。

原理看起来简单，做起来却是超级难的，关于对冲的研究也只是今年才起步而已。两个人讨论了一下可行性，决定暂且把对冲的输入构造成几张美好画面的循环播放。不知道是因为恶趣味还是实验需要，韩叶说要加入一张潘星雪的美照，潘非常不情愿地找出来研究生期间拍的艺术照。

实验又需要那位博士后，他屁颠屁颠地过来，还请求说晚几天做实验，他还有些新仪器没到，到时候一起上。

潘星雪发现韩叶起了一些变化。她并不讨厌变得更积极的韩叶，只是他做的事情让她非常无奈。

每天晚上 7 点，韩叶会在办公室弹吉他，还边弹边唱。这还不算完，他还外放搞笑节目，当场笑得前仰后合……总之，韩叶屡教不改。潘星雪发现，自己没法从早工作到晚了，她想干脆把东西挪回宿舍做，但是有些秘密资料堆在办公室里面，搬来搬去太麻烦了。

她的饭量显著增加，休息睡觉的时间也增加了。女王这才发现韩叶的目标。

小半个月后，实在等不及的潘星雪催促博士后。博士后只好放弃了应用所有设备的小目标。他们花了几天时间制定实验计划和调试设备，然后开始实验。

实验开始，实验体产生了梦魇现象。对冲数据输入，实验体似乎有反应！以往只有6分钟的梦魇，这次持续了15分钟，梦魇结束的时候，实验体出现低血糖和心率失衡的状态，幸好现场人员处置得当。

当然，实验体依然昏迷。

解析视频和博士后的报告几乎是同一天做出来的。这次的视频内容丰富了许多，就好像插入了更多的小节和片段，最有意思的是，虽然对冲输入的只是一张图片，但在解析视频里面还是形成了连续的图案，人脑给它自动补充了细节。而每个片段中出现的面部，这次突然清晰了很多，她们看上去都是潘星雪。但是梦的基调却没有变，依旧是持续不断的噩梦。

对冲的尝试失败了。

## 五

对冲计划只得到了一个好结论：通过输入信号，他们能影响患者的梦境，只是效率低下，还会给患者带来极大的身体负担。

潘星雪刚刚调整好身体，又开始连续工作了。韩叶的骚扰战术也因为被看破而失败，越来越尴尬不说，还帮助女王练就了无视他的本事。

他们必须找到新的出路，要不然，项目无法进行下去。好消息是博士后发了两篇子刊论文，他给潘星雪的项目组带来了新的经费。有钱不知道怎么花也是相当让人苦恼的。

潘星雪偶尔还是会和韩叶打游戏。只是在《森罗》游戏里，韩叶发现自己越来越不堪一击，潘星雪大有一种"我让你一只手"的感觉。看来，自己是真的菜吧……

女王在游戏里虐待韩叶，更多是为了发泄有力无处使的怨气，对他倒没有什么意见。他们最近聊天的次数增加了，当然不全是讨论方案。

某次，韩叶在库尔斯克战役场景里好不容易开到一辆坦克，却被潘星雪投掷的莫洛托夫鸡尾酒点燃了，活活烧死。这让他极为愤慨，他当场退出游戏大厅，连说不玩了。

女王冷着脸鄙视着这位输不起的男士，连句安慰的话都没有。就算她想夸赞韩叶一下，也实在没有角度可以夸啊，总不能说您真是精神强韧呢。

韩叶苦笑："也就那家伙能击败你，以前咱们都是两个人打他一个的啊！"

林致远在游戏里是高玩，但现在他的名字前面毫无徽章，好像一个AFK很久的死号。

忽然，潘星雪吃惊地看着韩叶，似乎想到了什么。

等等，韩叶紧张地想到，难道是要亲吻我吗？他小心又有些期待地看着她，目光从慈爱渐渐变得猥琐。

"你想到了吗？"

"嗯……啊，我，我想到了。"韩叶凑近了一点点。

女王没看出来他满脑子想造反的想法："既然输入信号能影响梦境，那么……"

"那么什么？"

"现在我们又能输入又能输出，那么，把两个统一在一起暴露出来，会怎么样？"

"就是说，我们造一个手术台？"

"一个《森罗》，只不过服务器是他。"

韩叶恍然大悟，他第一瞬间就开始考虑如何实现，计算能力够不够。他们需要改装实验器材，而且最好再弄一套。时代为他们解决了许多问题，但留给他们的问题要更多。最大的问题还是安全，韩叶心里明白，这类实验的安全性并不高。

做研究的人有很多型，如果硬要分类的话，潘星雪属于猪突型的，看到一个极大的可能性，就立马去实验验证。虽然潘星雪的成果很多，但大多花费也不菲。

他们研究了一番，意识到最大的难点或许是开发整套系统所需要的人力成本。潘星雪说她来解决，要韩叶想办法给她一个不泄密的需求分解，她去联系外包团队。

外包团队没有找到，《森罗》背后的游戏公司却一个电话打进所里。支撑游戏运作的研究院不知为何知道了他们要做的事情。后来顺着蜘蛛网一样的股权关系，韩叶才知道他们和学校同属一家。

基础设施的问题迎刃而解，签署了厚厚的保密协议与合作合同以后，游戏研究院提供了简化版的《森罗》程序和配套文档。此时唯一要做的便是编写适配器，将意识的输入与输出接近游戏的 VR 环境。

输出的适配很快告一段落，毕竟只是调整视图层的 API。相比之下，输入要复杂许多。人脑和量子计算机的结构还是存在差异的。最终，在放弃了绝大多数的交互功能以后，接入工作大功告成。

测试之前，二人就谁来当受试者争执不下。最后连被拉来监控实验过程的博士后都不耐烦了，伸手向空中一抛，一枚硬币落在桌上，于是潘星雪成了受试者，韩叶担任《森罗》的玩家。

然后的问题是怎么产生所谓的梦。博士后的建议是干脆来点致幻性的药剂，只是这些东西审批都很麻烦。大家讨论一番，决定还是算了。最后还是潘星雪自己解决了问题。她不知道从哪里找来的教材，学会了快速陷入睡眠。

确认潘星雪进入了快速眼动期以后，韩叶躺进了舱室，外面是博士后在对他比划。把全套仪器安装上去。设备调试了一次之后，他进入了游戏空间。

这是他第一次进入梦境。韩叶什么都没有看到，四处是一片纯粹的漆黑，他突然回想起当年的实验，其实当年的实验和现在有某种相似之处，林致远接收的也是采集到的人脑信号。

这一瞬间，漆黑的环境里面突然有了声音，他听到轰隆隆的雷声，然后才看到怪诞的闪电从空中劈下。这是闪电？

仿佛为了回应他的想法，他看到了一些东西从远处飘过来。天气突然转晴，他好像站在大海之上，除了那些东西，一切都是蓝色的。

等那些东西走近了，他才发现这是积分公式，从形式上来看，是计算电容电荷的积分公式。他靠近公式，触碰了一下。

天地变色，他好像坐在一条曲线上上下起伏。这是……积分区域？似乎这个积分过于简单，他直接看到了结果。

真方便啊，就像计算器一样……韩叶不由得感叹，但转瞬之间他就为自己的感叹付出了代价。他的背后是一座非常巨大的电脑屏幕，脚下大地震动，凸起无数个方块。韩叶站的位置不错，没有掉下去。但真正的危险来了，如来佛一般的巨手从空中落下，暴雨一般地击打键位。

他才想起来潘星雪的打字水平大概是高级速录师的水平，也就是每分钟超过220字的打字频次。他只得从这个键位跳到那个键位，一直跳到键盘边缘才停了下来。

他看向屏幕，她在写什么呢？

那是一封信，写给一个笔友的。从词句中频繁出现的"高考""保送"，看信的写作时间大概是高中。词句中的女孩儿心态让韩叶大为高兴，心想原来冰山女王也暗恋过人。但后面的内容就开始奇怪了，女王居然在写题目的解答过程，虽然题目不太难，无非是复变函数的思考题，但对于一个高中生来说就太可怕了。

那双手点击了回车，邮件发送出去，只是发送的图标却好像永远循环，仿佛不祥的暗示。

场景变幻了，韩叶看到一张课桌，座位上坐着一个奶声奶气的小女孩儿，正在读奥数题，正是最经典的鸡兔同笼。她扎着双马尾，只是扎马尾的水平让韩叶这种直男都有些目不忍视。

他凑了过去，看到小女孩儿的脸。小女孩儿完全看不出潘星雪的样子，俗话说女大十八变，越变越好看，星雪小时候确实貌不惊人。她也没有任何天才的感觉，被鸡兔同笼的题目难得抓耳挠腮掰手指。

"大哥哥，是爸爸让你来教我的吗？"

"爸爸？"韩叶心中一怔，他基本上没听星雪说过父亲。

"爸爸该回家了，我好久没看见他了。"小女孩说着说着，眼看就要哭了。从天空掉下一块巨大的球形水晶，撞到地面碎成了无数的碎片。碎片浮在空中，光线在其中反复反射，它们就好像置身于水晶的世界。

"你爸爸马上回来，哥哥教你做题，好吗？"这个声音并不属于韩叶，吓得韩叶退后了一步，他看到一个隐隐约约的朦胧人影，这是那个人的声音。

"数学好难啊，我不想学数学了。妈妈说，爸爸就是对数学太入迷，才回不来。"

"那你妈妈呢？"人影问道，韩叶也想问这一句。

"妈妈也很忙的，但是我有好朋友陪我，你看！"小女孩儿指向远处。

韩叶看到巨大的玩偶在空中飞舞，动作灵活，形象很是面熟。这莫非是虹猫蓝兔？他忍不住噗嗤一声笑出来，难怪潘星雪在游戏里面那么暴力……

"那你告诉我,你爸在哪里,我带你去找他。"人影说道。

"好呀!"小女孩儿忸怩地说,"妈妈说要我找个笔友,我能给你写信吗?"

人影动了一下,似乎是点了点头。

韩叶跟着人影,他牵着小女孩儿漫步,面前是一片沙滩,前面是蔚蓝的大海。人影的手黯淡了下去,紧接着小女孩儿也消失不见了。韩叶又走了几步,终于在礁石上看到了两个人,而且他都认识。

潘星雪穿着泳衣。韩叶一阵恍惚,想起来这是潘星雪给他当素材用的艺术照上的形象。女孩儿自信地摆着各种姿势,林致远拿着单反,各种拍摄,他看起来非常专业,时常指导女王摆姿势。

韩叶从来没有见过那样的潘星雪,这是什么时候的事情呢?

那两个人就好像看不到他一样,在沙滩边坐下,看海潮不断冲击沙滩。

"世间的一切奖赏中,我最欣赏的是我温柔而忠实的星雪。"林致远把手搭在潘星雪的肩膀上,念出了这句话。这句话本来是拉格朗日评价自己妻子时说的,林致远改编了一下。

星雪的回答也很直接:"你是星雪的巍峨的金字塔。"这句话是拿破仑评价拉格朗日的话,同样是改编。

韩叶愣住了,心想:原来这两人的关系如此火热的吗?他安慰自己,一定都是假的!林致远这种人怎么可能谈恋爱?他要是谈恋爱,大FFF团第一个不答应!

……

六

实验结束,每个人的表情都不太一样。潘星雪似乎急于脱身,都没听博士后的监视报告就匆忙离开了。

韩叶呆呆地坐在座舱里，吓得博士后以为又植物人了一个。他现在看到星雪就想到她在海边，那是多么幸福的样子。

虽然博士后与二人接触的时间不长，但几次合作已足够让他料到接下来将会发生的事。果不其然，过了一会，潘星雪便发来了邮件，要他们去调早年的事故数据。她自己也很快风风火火地跑了回来。

而不论精神如何恍惚，韩叶似乎总是能很快回到工作状态。这一次尤为迅速。

实验的小细节暂且不表，大体上证明了现在的做法是可行的。而潘星雪忽然意识到除了林致远怪异的意识活动外，或许当时的实验数据并非毫无用处。尤其是当时所采用的投影矩阵。这些中间数据无法产生合理的投影，因此长久以来一直被人忽视。

潘星雪想看看两组矩阵投影出的内容是否彼此存在关联。她说这源自支持向量机中的维度变换理论——在一个视角下杂乱无章的数据在另一个视角或许是可理解的信息。

潘还说她取出了林的一段大脑活动日志进行了一次小测试，结果真的找到了一些线性相关的片段。

于是林致远的意识数据兵分两路，一份导入游戏，另一份经由旧有矩阵投影到实验室的虚拟工作区。这一切便是他们拥有的全部线索了，成败在此一举。

经过细心准备，实验开始了。韩叶坐回座舱，潘星雪则带上工作眼镜，将准备好的投影程序上传进 AR 环境。在她的视野中，两组投影结果分列左右，旧有矩阵投影出一团湛蓝云雾，特异结果以红色标明。"看到什么特别的就告诉我。"她对韩叶说。

游戏启动。韩叶猛然睁开眼睛，远处的天空黑云滚滚，战场弥漫着硝烟的味道。暴雨即将来临。尸体死相可怖，他看到远处那些人，都是些士兵，因为战斗刚结束而气喘吁吁。但下一秒钟，他看到远处的骑兵。

"Embattle！"林致远大吼着，但是士兵们却只顾逃跑。

马刀挥下，溅起一片血液。林致远只得丢盔弃甲地逃跑。那骑士却不是寻常骑士，只见面罩下全是黑烟。

他们嘶哑的声音像是诅咒，和天上的奔雷一样。

下雨了。林致远在泥水中挣扎，骑士们只是扔下一颗头颅。韩叶看清楚了，那是女王的头颅。他们都没有注意到韩叶。

利刃伴随绝望的呼喊声挥下，画面破碎。

人们拥挤在街道上，这里似乎是曼哈顿。韩叶知道在影视里，纽约是多灾多难的地方。他开始猜测这是什么片场。

天空中乌云密布，远处有某种声音。是水的声音。他终于反应过来这是《后天》。巨大的洪水将淹没低层，然后是寒冷的风暴。最近的躲藏点应该是曼哈顿公共图书馆。他奔跑着，然后看到同样奔跑着的林致远、潘星雪以及那名乞丐。

他们爬着楼梯，躲避从下方往上涌的水。楼梯似乎永无止境，大水似乎永不停息。他们狂奔了一会儿，才发现自己一直在原地绕圈。地面上到处都是枯骨。

"莫比乌斯环。"林致远下结论道，他果断地蒙上眼睛，但下一步却直接踏空，空间再次碎裂。

空间在不断破碎，场景反复切换。真实置身于噩梦中，韩叶才体会到其中的可怕。他完全找不到插手的地方，只能和主人公一起疲于奔命。而无论他们如何努力，林致远和潘星雪总是逃脱不了死亡的命运。

冰山之上，韩叶正努力往上爬。他想起来这个场景，下面会雪崩。他毅然用冰镐往冰块里挖掘，挖出一个洞穴，然后割断了下面的绳子，下面传来两声惨叫，而上方，雪崩开始了。

他看到自己割断绳子，坠下山崖的星雪，但星雪不是梦的主人，没必要救她。他知道马上林致远也会掉下来。远处的天空，云层如大海般翻滚、咆哮。

但是他拉不到林致远，他们之间太远了。但是，在梦里所有人都是如此不可思议。林致远并没有立马掉下去，他在山边坚持了几秒钟，直到山突然裂开了。于是韩叶和主人公一样，一起坠下山崖。

他感觉真的死了一次，下坠，无边的黑暗，恐怖的怪语，刀剑出鞘的声音。等他再醒来时，他看到一座奇怪的十字架，天空灰蒙蒙的。他拿着一把刀，而林致远和潘星雪坐在一个怪物旁边，正在检查情况。

"Silent Hill。"韩叶读出标牌。防空警报声大作！

他对着两位一脸不解的主角喊道："快跟我走！"

他们的目标是教堂，但是通往教堂的路似乎永远都跑不到。世界开始腐坏褪色，周围像进入了人间炼狱一般。韩叶又看到了远处的阴影，它是如此地与众不同。

人形怪物从四面八方钻了过来。他们关节扭曲，面部只剩下长满尖牙的大嘴，动作看起来笨拙迟缓。

刀剑入肉，韩叶看到火红色血液。快跑！但它们到处都是，从四面八方围上来，无穷无尽。

怪物渐渐攀上了他的腿脚，正当他打算挣脱的时候，他看到林致远已经被怪物撕成了碎片，血肉模糊。

场景变换。这一次，不再有那么多弯弯绕。韩叶知道林致远就在他们旁边，周围一片黑暗，没有任何声音。一只巨大的眼睛在他们面前张开，黄色的光芒从它里面喷射出来。但周围还是如同黑洞一般漆黑。韩叶在解析视频里看到过这双眼睛，倒不是很害怕。他冲上去，对着眼睛就是一刀。

暗红色的云团在他们四周沸腾了。韩叶感觉被一股力量推了回去。世界回归黑暗。

"你干什么！"

画面淡出，潘星雪紧急叫停了实验。韩叶的那一刀明显刺激到了林致远，身处虚拟空间，韩叶都听到了他的悲鸣。

受到这次实验的影响，他们封停了意识输入的接口。韩叶再进入梦境之后不会再影响梦境。于是他又一次体验了多种死亡方式。等到梦魇结束，他却没有立刻退出。周围光怪陆离的光芒退却了。在没有梦的情况下，林致远的世界只是一片微微发白的世界。

"你发现了什么？"

"还没有，"他说，"把色彩空间变为灰度空间，另外给我上帝视角。"

虚拟空间的立体投影浮现在他手心。他将过去几场梦魇层层叠加，又微微调整彼此之间的空间关系。"看看天上的云，"他说着，标亮了相应的区域。两人同时注意到，在褪去五彩斑斓的颜色以后，云层的流动竟然存在规律性，就像世纪初老旧游戏里的循环天空动画。

"反向追踪这片投影对应的大脑区域，如果可能，试着施加一点小刺激。"

考虑到林致远的状况，韩叶并不确定潘星雪会不会同意他的提议。很快，他便发现之前多虑了，因为下一瞬间，梦魇卷土重来。

这一次没有林致远，没有人头落地的潘星雪和长着舌头的金色眼睛，只有一望无际的云海，如同墙壁上疯长的霉菌一般在白色的天幕上蔓延。林致远的头像串联的蘑菇一样，在云海中生长又破碎。

座舱外，友人的惨叫再次响起。韩叶听到博士后和潘星雪的争吵。实验并没有停止，相反，潘星雪要他继续观察。她找到了一组可能的配位，正在反向追踪，并持续进行像素匹配。

狂野的噩梦再度盛大登场。断头台的铡刀落下，东京湾的海水中浮出一丛丛人面海蜇。与此同时，潘星雪将另一个维度的投影传输到韩叶这边。红蓝交错的炫光中，他看到了一张铺天盖地的网，与一串气泡般的小球。小球的发源地是一簇环状的散点，像吐烟圈一样进行着排放。

云来，云走。一个小球穿过网格，消失得无影无踪。

与此同时，一轮弯月刺穿潘星雪的身体，将她化为一地血肉。

云卷，云舒。小球生长，升空，破碎。

韩叶感觉自己要撑不住了，血淋淋的画面让他的胃一阵阵痉挛。

忽然，漫天乌云消失得无影无踪。纯白再一次夺回了自己的领土。博士后终于采取了行动，结束了这场险些酿成大错的实验。

系统关机，潘星雪一把掀开座舱盖。空调风穿堂而过，韩叶这才意识到自己已大汗淋漓。

小球骤然消失，网面伴随着散去的云层也渐渐消散。

圆环却仍然留在原位，像一个阴魂不散的鬼影。

## 七

虽然也目睹了全程，但一切仍旧太过匪夷所思。

几人经过讨论，最后得出结论：在下一次噩梦中再次进行追踪，看看能否也观察到类似的匹配。如果实验能够复现，便说明不论是圆环、小球还是网面，其存在都是稳定且持续的。

博士后起初死活不同意，直到潘星雪说下次实验不需要画蛇添足，才勉强点头。为了让他安心，韩叶和潘星雪交换了身份。但即便如此，博士后也还是再三叮嘱韩叶。

潘星雪躺进舱室，韩叶监视着云雾，博士则监视着林的体征。过了大约10分钟，潘星雪喊停了实验。小球和网面再次出现，其行动模式与此前如出一辙。

　　和韩叶的观察不太一样，潘星雪从噩梦中看到了一些其他的模式。潘星雪说："仔细看的话，云雾会首先聚拢，然后噩梦才迅速消散。小球穿网和破碎的过程也刚好同时发生。对比来看，就像……就像正在进食的草履虫。"

　　"你是说……它有可能是活的？"

　　"有可能，想想它对我们的刺激做出的反应。"

　　这个猜想骤然打开了新的思路。但是问题来了，如果假设成立，那么，它到底是个什么生物呢？

　　几个人就像开脑洞大会一般，给出了无数个推论，但所有推论都没有方法证实。韩叶的直觉更是告诉他，如果没有意外，他们有可能终生都无法解答这个难题。只有一些事情能确定：圆环有激发噩梦的能力；小球是它的产物；小球与网面同时存在、同时消失。

　　为了方便讨论，需要为这未知的存在命名。潘星雪很郑重地给它定了个名字——食梦貘。在日本的妖怪传说中，食梦貘可能会把噩梦吃掉，用在这里非常贴切。

　　观察继续进行。不过潘星雪对再次进入《森罗》隐约有些抵触。旁观者清，当局者迷。浸入式观察自己被反复虐杀的体验确实太过刺激。

　　于是，路人韩叶继续进入梦境。随着进入次数的增多，他逐步摸清楚了更多规律：圆环首先开始活动，然后网面才会迅速登场，就好像被街头艺人的华丽表演引来的围观路人。

　　更令他吃惊的是仔细观察云层的细部，会发现许多旧梦的痕迹。这促使他们进一步加强了像素级的匹配。果不其然，组成网面的部分数据模式和小球有相似之处。这使得几个几何体间的互动更像进食行为了。韩叶觉得叫它食梦貘果然没错。

　　实验体的身体机能指标在下降，这本该是很正常的事情。但是指标下降得有点快速，可能是实验过频的问题。他们决定让林致远的身体休息一个月。但情况没有好转多少，留给他们的时间不多了。

博士后请来了专家，专家们诊断的结果说没有发现任何器质性的病变，但是一些脏器对于神经以及信息素的敏感度下降了，他们找不到原因。

韩叶不能再去近距离观察食梦貘，但是在回拨实验记录的过程中，他忽然有了意外的发现。云海上浮现出了海滩上小女孩的脸，以及那面老式的电容式键盘。如果说林致远也梦见过类似的意象，那未免也太过巧合了。

他们能想出的唯一合理的解释，便是网面也曾出现在了潘星雪的梦境里，并做过同样的事。只不过和林致远不同，出于某种未知的原因，这一过程并未给她带来任何负担。

是不是每个人的脑海里都有食梦貘？接下来，几人开始互相探索彼此的梦境。食梦貘有时出现，有时不知所踪，但是在每个人的梦中都多少出现过几次。并且他们还发现，不是所有人遭遇的食梦貘都是同一只。

经过多次接触，潘星雪认定，至少他们仨梦境里的食梦貘未曾改头换面。而韩叶和博士后则认定真正造成林致远昏迷的并非网面或小球，而是那粗糙的圆环——它只出现在林致远的精神成像里，而食梦貘光顾他的次数也远比其他几人更加频繁。

行进至此，实验室的讨论板上早已被一条条结论占满：

已见过其他同类。

繁衍方式未知。

统计数据上看，只吃噩梦。

正常情况下进食不影响大脑活动。

……

仅考虑多数案例的话，食梦貘简直就是瑞兽的典范。但是既然如此，林致远那边的情况如何解释呢？这边的食梦貘会吃掉噩梦，让人类感觉到安心，但那边即便食梦貘吞噬噩梦，噩梦却天天反复出现，就好像它故意这么做似的。

一种可能性呼之欲出，如果说食梦貘发现有一片美好的噩梦牧场，它们会怎么做呢？它们自然不会希望牧场消失，它们必然有某种方法。食梦貘很可能知道如何让噩梦永不消失。林致远的大脑肯定是发生了某种变化，导致他能够被食梦貘们当牧场，如果消除了这种变化，也许食梦貘们就会走了。

那个圆环。

他们要卸载那个圆环。

潘星雪找来尘封的材料，那是几年之前，他们用简陋版的先验仪器采集出来的数据。虽然是简陋版，但是采集精度基本一致。韩叶说有这些东西算是有参考了。他首先比对前后的变化，后面的数据很显然多出来一个噪音。用同样的投影矩阵投影出这个噪音，竟然和圆环构成了 95% 的像素级匹配！

根源找到了，韩叶又反反复复处理 5 年的数据。数字信号回归电信号，物理涨落降格到化学变化，又倒推至生物结构。他观察各区域之间的关系，发现之前被认为是病灶区域的大脑组织似乎很有问题。

他们两个讨论了一个多月，感觉这片大脑组织就像是硬盘，应该是噩梦记忆的存储区域，起码那些信息的索引留存在这里面。切掉风险太大了，但是如果把这些索引对冲掉，似乎能有办法。

韩叶全天都在修改矩阵，他打算用差分的方式，利用早年数据，把圆环的部分差分计算掉。改造后的微型传感器将把一个逆向的信号持续注入病灶区域，抵消掉圆环对应的信号。这样一来，噩梦产生器的功能便失效了。如果这样坚持一段时间，饥饿的食梦貘们会放弃这块宝地的。

但是有些事情，他却无论如何都想说出来。某天，他从背后抱住了刚跑完步的潘星雪。

这件事情不需要用语言说出来。他感觉到自己的心跳，也许透过薄薄的衣衫还能感觉到对方的。

"星雪,你爱我吗?"

"我……不知道。"

韩叶知道这是委婉的拒绝:"就一会儿,行吗?"

"不行,"但是潘星雪却没有推开他,"谢谢你。"

"不用谢。"

"如果他回来了,我不知道,"她坦诚地承认了,"我不讨厌你。"

不讨厌,但也说不上非常喜欢。也许她的感情一生只为那么一两个人绽放过,其中没有韩叶。

韩叶自嘲道,我早该知道的。他放开了手,突然觉得轻松了不少。

## 八

韩叶承认自己受星雪的影响太深了,导致他的作风也变得莽撞了不少。分离矩阵还不是最难的,最难的还是怎么在大脑内控制连接的问题。大脑内的神经元之间不存在一条主干道,按原有的布设恐怕达不到效果。但是原有的布设受到过很多检验,比起缺乏实践的新布局拥有更高的安全性。

他们连20%的成功率都达不到。这是一场赌博。

时间不能再等下去了,因为林致远的身体还在恶化。

他们将实践为期30天的疗程,通过差分矩阵,把食梦貘的影响剔除在外。韩叶第一天进入梦境查看,之后每三天进入检查,以免出现问题。

他睁开眼睛,是一片熟悉的梦境白,噩梦还没有开始,这边显得一片清明。

在启动冲抵程式后,橙黄色的圆环渐渐消散,只剩下那5%的错差悬在半空,像一缕将散未散的尘沙。

时间在流逝。很快，场景开始产生微微的波动。但这一次，跟以前不一样了。圆环的努力并没能更换全部场景，只是在空间里产生了无数个细小的碎片，它们似乎同属第一个场景。

时间在继续流逝。厚重的云层笼罩在半空。网面波澜起伏，比以往多了几层翻飞的褶皱。食梦貘显得焦躁不安，可是"牧场"却依然陷入停产。空中飘浮着各种各样的碎片。韩叶看到了冰雪、火山灰、泥土甚至怪物的一部分。

对冲很有效。食梦貘似乎放弃了努力，只是"生气地"发抖。就在韩叶以为自己稳坐如山时，他发现网面竟然伸出触手，直插圆环曾身处的位点。

乌云扑面而来，韩叶身边的空间破碎了，那些细微的碎片消失了，取而代之的是一个世界。他的噩梦，潘的噩梦，林的噩梦，乃至成千上万主人未辨的梦魇交织在一起，汇成云海深处的气旋，将他死死裹在里面。

与此同时，博士后再一次开始大喊大叫。潘星雪的消息紧随其后，告知韩叶他们的程序已经失效。

林致远要不行了。

韩叶的大脑飞速运转。他看到了自己的友人。破碎的像素化为滚筒洗衣机，数不清的林致远像万花筒一样在他面前翻滚。他们逃亡，哭喊，在千变万化的陷阱与敌营中抱头逃窜。"我会拯救你的，然后我们再公平竞争，"韩叶对自己说道，"呐，老林，如果成功了，我就不欠你了！"

趋利避害，应激反应。

灵光一闪。

"重新计算对冲方案——"他大喊，"我们要切断这家伙的触手！"

来得及吗？他没有怀疑，女王的能力，说不定能做到。有了上一次的成功经验，二次对冲的准备工作快了许多。

差分。

植入。

对冲启动。

一瞬间，韩叶甚至怀疑《森罗》的渲染系统出了故障。他看到声势浩大的曼德勃罗集向远方收缩，万花筒的镜面一张张像肥皂泡一样破碎。空间转换的速度快到他甚至无法看清楚情境。

与此同时，操作面板上的网面自触须尖端开始土崩瓦解，一路不留痕迹地反噬回网面。对冲生效了，其效果很快扩散至《森罗》内部。铺天盖地的落叶重返天上，噩梦编织的大杂烩渐渐散去，复合归为单一，又凋零为漫天碎片，消失在雪白的天地间。

在最后一刻，一辆大货车向韩叶飞驰而来。他冷静地站在原地，任由货车穿过身体，消失在脚下。他又回到了平静的梦世界，阴影消失了。

潘星雪的手在颤抖，她差点按在某个键上。在最危险的时刻，她竟然短暂地放弃了思考。幸好，她听到那一声呼叫。她多多少少有些挫败感，看着大喘气的韩叶，她的目光迷离了。

在一番折腾以后，林致远恢复了平静。他的身体消耗了大量养分，心率一度飙升至人类极限，但他撑住了。他们都撑住了。

## 九

第二天，韩叶半夜 4 点接到电话，林致远醒了。

## 十

林致远醒的第一瞬间，就被人送到了医院。他虽然醒来，但是还是很累很困,两三天都处在时睡时醒的状态。为了确保安全,他们插上了监控的梦境,以便随时应用差分矩阵。食梦貘好像怕了矩阵,没有再出现。

在战战兢兢中,大家陪伴着林致远度过了前几天。直到一周后,他才能开口说话。

"我做了一个很长的梦。"

林致远每说一句话,都要停顿很长的时间,这是他的大脑还不习惯。为了恢复原先的身体和思考能力,他需要花很久的时间康复。

"我梦到了一种生物,我就是它,它就是我,我吃了大量的噩梦。那些梦千奇百怪,有一些是我自己的,但更多的是别人的。"他顿了好长一段时间,有些激动地咳嗽了,然后说:"你们没见过那样的世界,就像是浩瀚的星海,我在里面遨游,寻找食物。我知道有一个地方,那里有我自己产生的梦,我不允许其他的同类去那里觅食。我是不是很奇怪?"

"一点都不奇怪。"韩叶和潘星雪如此说道,反倒是让林致远非常佩服。

"你们是为了安慰我吧?"

"不是,"韩叶说道,"我们也见到了食梦貘。你说的同类,我们叫它食梦貘。它和你描述的不一样,但有很多方面,我们看到的都有联系。"

林致远没有说话,他呆呆地望着韩叶,过了好久才说:"你们和多少人说过?"

"协和来的张博士后,他也算我们组里的,刘院士和他团队的几个医生,另外还有我们研究所的领导,"潘星雪解释道,"论文我们已经在写了,估计会有轰动效果!"

林致远嘴巴蠕动了两下,最终还是叹了一口气。他说:"韩叶,帮我买瓶盐水,怪怀念的。"

韩叶看了眼潘星雪,见她若有所思,觉得是该给小两口重逢的时间,于是转身出了病房。

偌大的病房就剩了两个人，他们没有如同感人的爱情故事里那样亲吻拥抱，而是都在考虑怎么开口。

"星雪，你明白我的意思。"

潘星雪扫了林致远一眼，转身看向天空。远处的云霞无比灿烂，太阳正在落下。

她说道："好美的晚霞啊。"

"是啊，真美，像梦里梦到的那样。"

"我知道你的意思，论文不会发出去的，"潘星月悠悠地说道，她转过身，轻轻握住那只熟悉但是毫无力气的手，五指交叉，"但是，我也不欠你了。"

林致远似乎没有听到这句话，又或者他不知道该如何反应。

潘星雪松开了手，她抱着他的脑袋给了一个浅浅的吻："我们还会来看你的。"

林致远这才从呆滞中苏醒，他没能说出话，只是费力地追随着星雪离去的方向。

韩叶拿着盐水，正在外面晃悠呢，他看到若有所思的潘星雪，说："要不你送进去？"

"他现在喝不了，"潘星雪冷冷道，"我们该继续工作了。"

"其实我预订了一家西餐店，嗯……如果你愿意的话，我们还能去看一场电影。星雪，我们没必要那么紧张嘛？"韩叶大大咧咧道，他完全没看到对面的脸色。

潘星雪很失望，她答非所问："你知道，你比他差在哪里？"

"怎么突然说这个？"

"你不知道，自己可能掌握多大的力量，"潘星雪的眼神亮了起来，"我们，现在拥有改变世界的可能性，我们唯一缺乏的，是时间。食梦貘的存在，说明我们距离答案已经不远了。"

韩叶手心发凉，他没有想那么多。算上研究所、研究院和《森罗》的制作方，以及他们曾经求助过的那些人，他们完成的事情已经在某种程度上不再是秘密了。他只是不太能想象到，这将如何改变世界。

韩叶就是这样没有远见的人，但他是个合作的好伙伴，他承认："我没有想过人类究竟会如何，就算是食梦貘，我们对它的了解还是太少了。我们真的能接近答案吗？"

"我们必须知道，我们必将知道。"潘星雪拉开出租车的门。

韩叶愣了一下，跌跌撞撞地跟了过去。

晚霞红得更热烈了。

# 科幻与科学的交锋

## 卡特米尔事件始末

文 / 楚子阳

时至今日,科幻已经成为流行文化中不可或缺的一部分,而绝大多数科幻读者和科幻作者,也都达成了这样一个共识:评判一个科幻作品的第一标准是好看,而非其中涉及的科学要素是否准确。一个很典型的例子是,我们知道建造再多的地球发动机也无法带着地球一起在宇宙间流浪,但这并不妨碍我们享受《流浪地球》给我们带来的震撼与感动。

然而,这一共识并没有从科幻诞生之初就为大多数爱好者所承认。"科幻"(Sci-Fi)这一词的创造者、第一部科幻杂志《惊奇故事》(*Amazing Stories*)的创办者雨果·根斯巴克十分看重科幻小说在宣传科学技术方面的作用,强调科幻小说本身应该具有一定的知识含量;美国科幻黄金时代的开创者、培养了众多大师级科幻作家的编辑小约翰·W. 坎贝尔所见略同,认为科幻小说是"从已知事物进行预测推断的诚实努力";坎贝尔培养的作家、曾经是坎贝尔最好的朋友的罗伯特·海因莱因也将科幻小说定义为"对未来可能发生的事件的现实推测,是建立在对现实世界、过去和现在有足够认知的基础上的"。

阿西莫夫引用了一个希腊神话中的小插曲"阿喀琉斯之剑",更加直白地阐述了他对于科幻这一体裁的期待:在特洛伊战争之前,阿喀琉斯的母亲忒提斯预见了孩子的死亡。为了让阿喀琉斯活下来,她把阿喀琉斯扮成女人,藏在斯库罗斯岛上。前来寻找阿喀琉斯的奥德修斯无法直接从外貌上分辨出天生俊美的阿喀琉斯,但他心生一计,搬出一堆华丽的珠宝服饰,在其中混了一把宝剑。岛上女人只对珠宝服饰感兴趣,而阿喀琉斯却不由自主地拿起宝剑挥舞。奥德修斯因此认出了阿喀琉斯,并邀请他一起去参加特洛伊战争。

他将科幻小说称为"阿西莫夫之剑",期待科幻小说能够像那把宝剑一样,吸引那些潜在的科学家,将他们从普罗大众中区分出来。

20世纪30年代,坎贝尔刚刚接手《惊异故事》(Astounding Stories)杂志,并将其更名为《惊异科幻》(Astounding Science-Fiction)。彼时的科幻并未像今日这般融入流行文化中,充其量只能算一种小众爱好。即使科幻迷人数稀少,交流不方便,全靠杂志上的读者来信专栏,科幻迷们还是展现出了强大的行动力。

1936年10月,他们就已经举办了一场全国性的科幻迷大会,尽管这场会议参会者仅有8人,可多数科幻史学家还是将其称作首届科幻大会。次年2月举办的第二届东部地区科幻大会规模更大,形式也更加正式,这次科幻大会为后来的世界科幻大会(即Worldcon)打下了基础。1939年夏,第一届世界科幻大会在纽约与世博会一起召开。

在这群科幻迷和科幻作家的共同带动下,科幻这一体裁迅速发展起来,越来越多的优秀作品涌现,每一个作品都折射出不同的未来光景。

美国20世纪几乎所有的科幻科普作家本人也是科幻迷,例如阿西莫夫、卡尔·萨根。《惊异科幻》的订阅者中也不乏真正的科学家,爱因斯坦和贝尔实验室的科学家们就是《惊异科幻》的订阅者。甚至,洛斯·阿拉莫斯实验室里正在推进曼哈顿计划的科学家们也是它的忠实读者,而这,也正是科幻史上最闻名的逸事"卡特米尔事件"的起因之一。

科幻迷的黄金时代很快随着珍珠港的炮火、亚利桑那号的沉没而终结了,遨游于幻想与星海的科幻迷们发现,世界末日、反乌托邦这些概念并不只存在于小说中,还有可能是近在咫尺的未来。

即便是坎贝尔的《惊异科幻》,在这个特殊时期也免不了稿件紧缺的问题,他麾下的"三剑客"都不同程度地卷入了第二次世界大战中。海因莱因和哈伯德纷纷抱着一种使命感走上战场,就像他们小说中的"能人"主角一样;阿西莫夫虽然对参战没有那么高的热情,但也应聘成为一名初级化学师，在海军造船厂工作。

就连坎贝尔自己，其实也想在这场战争中找到属于自己的角色。他的身体状况不好，不适合应征成为士兵。作为主编的他也许可以胜任宣传口的工作，可宣传口根本就不缺人。

坎贝尔认为，他能做出的最大贡献可能就是当一名研究主管，但他对自己的水平也心里有数——他在《惊异科幻》中构思创意所利用的技能达不到在军队内管理一个项目的必要条件，离开学校后，他几乎没有任何实验室经验。

自身能力不足的现实与报国的使命感将坎贝尔夹在中间，他开始探索以科幻小说介入这场战争的方法。简单地说，就是和那些本身就有一定专业背景的科幻作家们一起开脑洞，为军队出谋划策。他们提出了许多"鬼点子"：用毒漆藤和日本丽金龟轰炸德国、用照明弹在夜晚闪瞎敌方飞行员的眼、用磁性炸弹标记潜水艇，但没有一个是可行的。

在坎贝尔成为主编、彻底没时间写自己的小说之前，他曾经因那些一夜间就可以解决巨大工程问题的"工程师科幻"小说出名，可他现在却想不出一个明显有影响力的点子，一举改变这场战争。

在这种心情下，坎贝尔收到了作家克利夫·卡特米尔的一封信，向他推销一篇关于幽灵船的小说。坎贝尔对这篇小说没有一点兴趣，可他在回信中并没有简单地退稿，而是反客为主，向卡特米尔推销起了自己的点子。

自从听说哥伦比亚大学有一立方英尺（大约 0.03 立方米）的铀之后，他就一直密切关注着原子能方面的实验。他在回信中用三页纸向卡特米尔列出了一个小说的大纲：一个外星球上，两个虚拟国家发生战争，一国影射同盟国，另一国影射轴心国，轴心国在战败前威胁说要引爆原子弹。同盟国派出一名特工前去执行秘密任务，扭转战局。

卡特米尔拿到这个大纲后，刚开始是有顾虑的，他担心这个创意太露骨，在当前的社会、军事和政治背景下，更应该谨言慎行，坎贝尔在回信中保证"审查机构不会在外星球的事情上找麻烦"。

虽然卡特米尔还是迟疑不定，但他不会拒绝一篇肯定有买家的小说。这位在纸浆杂志上发表过许多地摊小说的作家迅速地交了这篇《生死界限》，发表在《惊异科幻》1944 年 3 月刊上。

小说中战争的双方分别是西克萨

（Sixa，轴心国 axis 的字母倒序）和塞拉（Seilla，同盟国 allies 的字母倒序），塞拉的特工历经艰难险阻，靠着自己的机敏和运气进入了西克萨研发原子弹的实验室，和邪恶科学家对质。最终靠一点小小的骗术和偷袭打晕了这个科学家，带走原子弹，成功拯救世界。

无论是特工，还是反抗组织的美少女首领、邪恶科学家，他们的行动和谋略都显得过于幼稚。1944年《惊异科幻》的读者们对这篇小说评价不高，在他们的排名投票中，这篇小说垫底了。雨果奖和星云奖得主、科幻小说名人堂的成员罗伯特·西尔伯格对其的评价是"a klutzy（愚蠢的）clunker（大错）"，就连卡特米尔自己也觉得这篇小说糟糕透顶。

然而，这篇小说后来却被多本科幻小说集收录，包括《最佳科幻小说》（1946，编者为格鲁夫·坎克林）、《伟大的科幻小说：第六辑》（1981，编者为艾萨克·阿西莫夫和马丁·格林博格）。

《生死界限》中的这些人物在言谈和谋略上如此幼稚，唯独在谈论原子弹的原理和威力时头头是道，宛如演说家般富有感染力。任谁都能看出，整篇小说都是一个谈论原子弹的借口，而这篇小说的目的也不在于娱乐读者。身为主编，坎贝尔当然比我们更清楚这篇小说在文学价值的意义上乏善可陈，但他发出这篇小说，目标读者也不是科幻迷，而是正在秘密研究原子弹的科学家们。他对此并不确定，只是怀疑，美国政府在秘密研究原子弹。

如果说坎贝尔的目的是引起那些科学家和政府的注意，那么他已经取得了巨大的成功。参与曼哈顿计划的科学家中有很多都是《惊异科幻》的忠实读者，很快他们就开始在茶余饭后公然谈论这部小说，小说中对原子弹爆炸后灾难性后果的描述"天空中不见飞鸟，猪圈里没有牲畜，我甚至怀疑会不会连昆虫都剩不下"，"集中数百道最猛烈的闪电于一击，并把所有的破坏力都压缩在不到一盒烟大小的空间里"……甚至让这些科学家们内部开始辩论，他们究竟该不该打开这扇毁灭的大门，如果研发成功，他们该不该把这种武器用在同为人类的轴心国敌人上。

据"氢弹之父"爱德华·特勒的回忆，洛斯·阿拉莫斯实验室的人对这篇小说的反应是"惊讶"。不过，对《生死界限》印象最深的却不是这些科学家，而是一名安全官员。科学家们对这部小说高谈阔论的时候，他就在一旁默默地听着，并且还会做笔记。

这并不是科幻小说中第一次出现对原子弹的描述，海因莱因的《爆炸总会发生》中就描绘了这种超级武器，坎贝尔在修改作者的稿子时，也经常会往故事中无端地加入一些核裂变反应的内容。但1944年这个敏感的时间点，以及《生死界限》引起的那些食堂谈话已经足以拉响负责洛斯·阿拉莫斯安全的反间谍部队的警钟。

《生死界限》中还出现了对原子弹内部构造的描述："两个铸铁半球夹住橙色的镉合金部分。我看到雷管在一个镉合金的小罐子里，罐中有一个含有少量镭的铍暗盒，还有一个威力足以炸开镉壁的小型爆炸物。粉末状的氧化镭在中央腔内流动，镭将中子射入这堆铀中，接下来的反应就由铀235完成。"

以往那些提及原子弹的小说，只能算包含了原子物理学这门学术课程，而在知情人士看来，《生死界限》还揭露了1940年以来形成的某些研究成果。虽然在坎贝尔的设计中，铀的含量太少，反应也不够剧烈，铀粉末会在爆炸前把铁壳熔穿。但在罗森伯格间谍夫妇受审前，这是曾经发表过的最翔实的枪式原子弹装置描述。

在《生死界限》发表一个月后，特工阿瑟·E.赖利造访了《惊异科幻》杂志社，询问坎贝尔。面对上门"查水表"的特工，坎贝尔不仅丝毫没有慌张，甚至还受宠若惊，因为，这正是他希望激起的那种反应。他知道，如果他仅仅将这篇小说提交给审查办公室，远远不会得到这种程度的关注。他欣然回答了特工赖利提出的问题，就像是在面试曼哈顿计划中的某个职位。

坎贝尔非常爽快地担下了全部责任，说他写信将这个创意告诉了"毫无技术知识"的卡特米尔——事实也的确如此。

然而，其他受访者就不像坎贝尔这样因为自己受到关注而高兴了，当特工赖利找到威尔·詹金斯，并告诉他"我们想知道的是，是不是有人泄密了"的时候，他立马"招认"自己和女儿曾经"做过几次实验，想要大量获取铜原子"。

坎贝尔提供了卡特米尔的地址后，两名特工登门拜访了他。在特工们到访之前，卡特米尔说《生死界限》的情节是他自己构思出来的。接受询问之后，他的说法就变了：无论是情节还是技术细节，大部分都是他从坎贝尔的信件中抄过来的。他向特工们提供了他和坎贝尔之间的往来信件佐证这一点。如果他早知道这篇小说会给自己惹上这么多麻烦，恐怕他就不愿意和这篇"肯定有买家"的小说扯上任何关系了。

如果坎贝尔知道这篇小说差点给《惊异科幻》带来"取消邮寄特权"的制裁——这相当于扼杀了《惊异科幻》，或许他也会为自己的鲁莽行为而后悔。好在最终拍板决定的新闻检查局副局长杰克·洛克哈特并不赞成采取严厉的措施，他最终只是要求坎贝尔保证不会再刊登对"原子击破、原子能、原子裂变和原子分裂"的探讨。

总之，坎贝尔在《生死界限》上赌赢了。《惊异科幻》最终没有受到严厉的惩罚，这篇小说的"泄密"行为也没有给整个二战的进程造成负面影响，他也成功验证了自己对核武器的猜想，并成功引起了政府和军方的注意。最重要的是，这篇小说准确地击中了坎贝尔预想中的读者群体——研究原子弹的科学家们，还在他们中引起了广泛的讨论。

让我们暂且从《生死界限》背后的奇闻轶事中抽身，回到这个不如其背后的故事精彩的小说本身。《生死界限》的故事结构极为分明，可以分为以下几个阶段：

1. 特工试图潜入实验室，途中与反抗军首领相遇；

2. 反抗军首领并不相信特工口中的核危机，两人辩论；

3. 敌军突然闯入，却意外地给了特工一个进入实验室的机会；

4. 特工与博士讨论原子弹的原理，趁机偷袭，解决危机。

阶段1和阶段3只是为了让这篇小说拥有一个完整的故事结构而存在的，阶段2和阶段4才是这篇小说真正想表达的——原子弹爆炸的毁灭性后果及其原理。

阶段2的主要内容是特工和反抗军首领的辩论，而他们辩论的焦点就是原子弹的真实性。作为知情者的特工不断地向一般人（这里的一般人指"没有核知识的人"）科普原子弹的可怕威力，而一般人却始终拒绝相信。这个时候知情者才不得不费劲地和一般人长篇大论地讲述原子弹的部分原理，并且分析局势，试图获得其信任。不过，即使在理论课堂上，这位知情者依然会偶尔强调原子弹的威力，知情者对一般人的劝诫始终没有离开"如果原子弹爆炸，后果无法承受"这个观点。

阶段4的重头戏当然是特工与敌方科学家的对话，特工必须在对话中假装自己知道使原子弹爆炸可控的"控制方法"，取得科学家的信任，再伺机偷袭他，完成任务。这两个人物都是原子弹的知情者，他们的对话中就没有那么多关于爆炸威力的描述性比喻了，更多地聚焦于原子弹的爆炸原理和炸弹本身的结构。整个对话读下来，就像是两个知情者在用他们共有的知识"对暗号"，"密码正确"之后，科学家真的对特工产生了某种身份认同感，而特工就利用这个认同感使其放下了戒心。

这两部分对话形成了一个很有意思的对比：特工和反抗军首领本应是一边的，他们却因为彼此的信息差而互不信任，特工险些遭到他的刑讯，甚至是处决，他的长篇大论都无法使她放下戒心；特工和科学家这两个敌人，却因为共有的知识而产生了一种微妙的认同感，相比有点油盐不进的反抗军首领，特工取得科学家的信任要容易得多。

从文学性和故事性的角度来说，《生死界限》不算上乘之作，可它依然入选了众多优秀科幻小说选集。这其中当然有一部分要归功于它背后的轶事，以及在"科幻预言未来"这个命题上的代表性。不过，这篇小说本身也并非一无是处，至少不像卡特米尔本人和西尔伯格所说的那般毫无价值。

首先，如果我们把《生死界限》看成乙方（卡特米尔）根据甲方（坎贝尔）的要求（信件授意）完成的一个产品，那它无疑是非常成功的。它成功地引起了军方和政府的注意，验证了坎贝尔对核武器的猜想。

从坎贝尔这个别有用心的目的延伸出去，我们也可以看到《生死界限》的另一面，从某种程度上来说，它是一个伪装成小说的社会调查。

在1944年，绝大多数民众对核武器的了解都十分有限，就像小说中所刻画的反抗军首领那样。对他们来说，这篇小说像是长篇大论的说教，充斥着夸张的比喻，夹杂着一些生涩的专业词汇。而对坎贝尔预谋中的目标读者科学家，他们完全能理解那些专业词汇，也清楚那些看似夸大的描述并非全都是作者的胡诌，他们看到这篇小说，会因要不要把这种武器带到人间而踟躇。

《生死界限》就像一剂靶向药物，精准地命中了它的目标群体，并让他们产生了意料之中的反应。它甚至展现出了某些应用文体的特性，只为了某一个群体而写，也只有这个特定群体理解其中的含义。

它在现实世界中砸起的涟漪，也和小

说中的情节形成了微妙的呼应关系：一般读者们并不把它当回事，正如一直不相信特工的反抗军首领；但科学家们却对这部小说产生了共情，好似那位因共同的知识而对特工产生信任的敌方科学家。

其次，即使在今天，坎贝尔和根斯巴克所代表的技术主义也占有一席之地。在科幻读者中不乏对翔实的技术细节情有独钟的硬核科幻爱好者，对大多数科幻读者来说，优秀的技术细节也绝对算是科幻小说的一个加分项。

在中国本土科幻中，带有科普属性的科幻小说也一直未曾消失过。通过科幻小说这一有潜力吸引所有人目光的体裁，将科学知识普及出去，达到启蒙的效果，这样的观点在我国科幻圈中也从未缺位过。

在这一语境下，《生死界限》当然是部优秀的作品，它在科普这方面做得挺好，通过知情者与一般人的对话描述原子弹爆炸的毁灭性后果，通过知情者与知情者的对话把原子弹的原理掰扯清楚。

时至今日，完全破产的也许只有"阿西莫夫之剑"这个颇有些社会达尔文主义色彩的理论。将潜在的科学家从普罗大众中筛选出来，这个想法本身就有给人分三六九等的嫌疑，而试图用"是否喜欢科幻小说"这个简单的标准，就把潜在的科学家们筛选出来，这个想法已经堪称傲慢了。

《生死界限》看上去履行了"阿西莫夫之剑"的职责——当时的一般读者并不喜欢它，而它成功引起了科学家的注意。不过，《生死界限》吸引的都是货真价实的科学家，而非阿西莫夫所想的"潜在科学家"。如果科幻小说要"筛选"读者，那就只能抬高阅读门槛，故意不讨大部分读者的欢心，这样又怎能吸引到尚未具备相应专业知识的"潜在科学家"呢？与其去刻意设置门槛，"筛选"读者，不如让更多的人喜欢上科幻，平等地启蒙每一个读者。

尽管我在上文中一直将《生死界限》称为"科幻小说"，不过，以今天我们所拥有的知识来看，这篇小说中其实并没有任何超现实的元素，更像是科普小说。小说中所涉及的那些核知识，今天已经成为了常识，而它极力描绘的毁灭性后果，我们也在广岛、长崎上见识过了。

随着科技的发展，那些预言了未来的科幻小说，都会逐渐从幻想变为现实。而某些小说，从一开始便是如此。它们所涉及的科技已经成为现实，只是因为这些技术在公众中普及度不高，读来有种未来感。整篇小说中唯一的幻想，可能就是那些并未发生过的曲折情节。

虽然作者在写这类小说的时候，也许并未将它视作科幻，但坎贝尔和根斯巴克这样的技术主义者，当然会欢迎这类小说进入科幻小说这一类别。多数的科幻爱好者，在读到这类小说时，也会下意识地认为"这就是科幻小说"。

或许，科幻小说归根结底就是"包含了科学元素的幻想小说"。作为读者的我们，并不太在意那些科学元素到底是完全基于超现实，基于现实、但有部分超越现实，还是完全基于现实。

以现今的视角再来看《生死界限》这篇小说，它的点子已经不够新颖，它所描绘的科学幻想已经成为科学现实，它的故事也落后于时代的审美。可我认为，这依然是一部值得一读的小说。

我们可以将其当成前人写下的预言书，也可将它背后的奇闻轶事当作茶余饭后的谈资，还可以从中窥见科幻这一文学体裁的更多可能性。

# 生死界限
*Deadline* / Cleve Cartmill

文 /［美］克利夫·卡特米尔
译 / 杨枫

    轰炸机编队穿过密集的高射炮火力网，飞掠卡索尔星球的夜空。与此同时，约伯·塞布罗夫咧嘴一笑，调转滑翔机的机头，驶离漫天烟火。机群已经完成了它们的使命，在尼尔瑞克附近放他去做低空滑翔，并伪造一场空袭，作为掩护。

    他启程时，探照灯修长的白色手臂还没有挥向夜空，他的座驾还没换上祖国的涂装。塞拉的精锐装甲部队在一次针对那摩守军的夜袭中缴获了这架滑翔机。约伯决定在降落后把它留在着陆点，留给西克萨的情报官去困扰：它为何会出现在那里？

    当然，前提是他的登陆未被发现。

    西克萨的情报官还有另一件事要做——回答一个问题：为什么堂而皇之的空袭竟未曾投下一枚炸弹，空袭中没有飞机被击落，西克萨的情报官自然无从得知真相——轰炸机里空空如也，没装炸弹，没有载人，只有高速。

约伯的眼前不禁浮现出明天的报纸,耳边仿佛听到次日的广播:"袭击者夺路而逃。克拉文民主共和国的飞行员在尼尔瑞克空袭中仓皇逃窜。"但是那些大虫子们会担心。如果塞拉的飞机上载有炸弹,他们大可将它们倾囊投下。他们飞掠大型工业城市的上空,却没有造成任何破坏;他们本可以扔下炸弹,却袖手离开。那些大虫子会感到奇怪:为什么?他们会不停地质问彼此,原因何在?

约伯咧嘴笑了。他便是原因。他将让他们希望落在他们头顶的是炸弹,而不是他。他坚信自己会得手。潜入敌军要塞,找到希特拉克博士,杀了他,并毁掉有史以来最具毁灭性的武器,这些便是他全部的任务,仅此而已。

一座农场昏暗的灯光从远方传来。他猛一吸气,滑翔机急速转弯,掠过森林的黑暗边缘。灰绿色的飞机消匿在森林的掩护里,只有最敏锐的眼睛,才能看到月光下稍纵即逝的阴影。

他迎着在树顶窃窃私语的微风悄然飘过。见证他的行程的只有夜风和树木,而它们会为他保守秘密。

他降落在一片麦田里。滑翔机在沉甸甸的穗子上呼啸,麦穗则"哗啦哗啦"地抗议他的降临。麦浪滚滚,盖过滑翔机的顶端。约伯相信地面上的人发现不了滑翔机,直到收割机前来刈麦。

然而空中侦察却仍然是个威胁。他不想刚一降落就让敌人发现滑翔机,要是他在前往敌国首都的途中被俘,就更不能让他们发现它了。如果敌人在这附近抓住了他,而被遗弃的滑翔机第二天就被发现了的话,情报部门一定会将二者联系起来。

他从滑翔机内置的刀架上拔出砍刀,在身边乱挥一气,收集了几大捆麦子,紧接着把它们胡乱铺在滑翔机上面。这下,即便从天上看,也看不出这里有一架滑翔机了。

他摸索着穿过齐肩深的麦地,来到森林的边缘。

他在林间悄无声息地潜行。毫无疑问，敌人在此处部署了重兵，因此他必须避免暴露。他溜过林间植被铺就的柔软地毯，像一只深夜出没的猫，四肢着地，穿梭在低矮的枝叶下，随时保持警觉。

他忽然嗅到一股浓烈的危险气息，立刻蹲伏下来，一动不动。气味在他的脑海里绘成画面：男人、汽油，还有煤气爆炸后刺鼻的浓烟。在正前方不远处，有一队枪手。

约伯翻身上了树。他在树枝和树枝间攀爬，发出的声音比夜间飞行的软翅鸟儿更加细小。他迅速逼近目标，时不时停下来，侧耳倾听，寻找哨兵的脚步声。不久后，他找到了。"啪嗒，啪嗒"的轻声踏步互相交织，鼾声也渐渐在风中变得清晰可闻。

约伯知道，此刻最睿智的做法是绕过这个地方，不让哨兵发现穿过丛林的自己。但是他依旧决定按惯例行动。他们是敌人，他必须杀掉他们。

他向脚步的源头靠近，很快便来到哨兵的巡逻路线上方，在黑暗中以耳目搜寻目标。警卫走过他的下方，约伯放他离开。他把听觉聚焦于鼾声四起的营帐另一侧，直到听到另一名警卫的脚步声。营地有两名哨兵站岗。

他从腰间拔出匕首，静静等待。当哨兵再一次缓步走过下方时，约伯悄无声息地跳下，落在男人的肩膀上，在他倒下时，挥刀刺进他的身体。

暗杀留下了声音，虽然微弱，却足以向另一名警卫捎去一声衰颓的叫喊。

"纳姆雷？"警卫呼唤道，"怎么了？"

约伯含混地咕哝了一声，取走死去警卫的枪和头盔，也盗去他行走的节奏。他模仿着哨兵巡逻的步调继续行走，直到与第二名警卫相遇。他用匕首迅速一挥，缄默了一切疑问，紧接着将注意力投向营帐。

很快，一切都结束了。他让第一名警卫紧紧攥住自己匕首的刀柄，转身离开敌营。就让敌人们相信是他们自己人发了疯，杀死同伴以后自杀了。就让心理学家去为这一切提供合理的解释吧。

当他走出森林的另一端时，熹微的黎明之光已经越过尼尔瑞克，将横七竖八的一座座建筑拖进漆黑的剪影。那片建筑群便是约伯的行动区域。他的命运，乃至整个种族的命运，都横陈在那片剪影当中。

种族的命运并非夸张的修辞，而是冰冷、确凿的事实。它无关爱国主义，更非什么政治经济哲学。它仅仅源自一条科学事实：如果敌人启用了藏匿于首都某处的那件武器，那么全人类都将惨遭灭绝，一个人都不会剩下。

## 二

现在，约伯的任务迎来了真正的难关。他启程离开丛林，就在这时，身后一丝微小的响动令他僵在了原地。他花了不到一秒的时间来鉴别那声音。紧接着，他以迅雷不及掩耳之势猛地转身，扑向声音的来源。

刚一接触声源，他便立刻意识到自己正在与一名女子搏斗。这让他感到微微有些诧异，却并未削弱他的攻势。他手刀一挥，她立刻不省人事地倒在了他脚边。他眯起眼，低头盯着她看，树叶却投下了阴影，让他看不清她的长相。

黎明喷涌，太阳如万千烟火，自东方冉冉升起。他意识到她很年轻——绝非童稚，但依然很年轻。当一缕阳光刺透树影时，他还意识到，她很漂亮。

约伯抽出他的战刀。她是一名敌人，她必须死。他扬起他的胳膊，准备发动致命一击。他的胳膊却停在了半空，无法将刀刃刺进她的身体。女孩的嘴唇丰满得恰到好处，双手纤弱柔软。她深陷昏迷，看起来却只是像在睡觉。你可以轻而易举地杀死一名睡觉中的男性，但是大自然却在你的本能深处种下了叛逆的种子，阻止你杀死一名无助的女人。

女孩开始低声呻吟。很快，她睁大了她的棕色眼睛，目光柔弱，像一只被俘的小鹿。

"你打我。"她轻声控诉着。

约伯什么也没有说。

"你打我。"她又说道。

"你指望我做什么呢？"他针锋相对，"送上糖果和鲜花吗？你为什么在这里？"

"跟踪你，"她回答，"我可以起来吗？"

"可以。你为什么跟踪我？"

"我看到你降落在我们的田地里，想知道为什么。我跑到外面，看到你藏起你的飞机，然后溜进了森林。我就跟过来了。"

约伯对此表示怀疑："你跟着我穿过整片森林？"

"近到能伸手摸到你，"她说，"一路上随时都可以。"

"你撒谎！"

"别沮丧。"说着，她走向约伯，脚步如流水般轻快。一瞬间，她的双眼便几乎贴到约伯脸上了。她微微一笑，露出细小而洁白的牙齿。"我非常擅长这种事，"她说，"我比几乎所有人都更擅长潜行，不过你并不笨拙。"

"谢谢，"约伯干巴巴地说，"好了，该讲讲你的故事了。或许这会是你讲过的最后一个故事。你到底在盘算什么？"

"你的纳姆瑞语听起来像是本地人。"女孩说。

约伯的目光闪烁了一下："我就是本地人。"

女孩用微笑送出怀疑："可你却杀死了你的同胞？我不信。我看到你杀死那队枪手了。你行动的方式太过冷静。本地人会带着仇恨杀戮，但对你来说，杀人只是一种策略而已。"

"你这是自掘坟墓，"约伯警告她，"我不能放你走，你太善于观察了。"

"我可不觉得。"女孩说。停顿了一下，她又说道："不管你的任务是什么，你都需要帮助。我可以帮你。"

约伯对此不屑一顾:"纯属黄鼠狼给鸡拜年,你以为我会上你的当吗?我不需要帮助,更不需要那些笨拙得会被捉住的人的帮助。我可是已经捉住你一次了,小可爱。"

女孩涨红了脸:"你打算去袭击一座堡垒,我从你盯着尼尔瑞克时那张突兀的脸上就能看出来。我衷心希望你能成功完成你的任务。我想说的就是这些。如果我认为你是敌人,你唯一能听到的,就是我的刀刃刺破你心脏的声音。"

"我的脸哪里突兀了?"约伯反唇相讥,"这张脸混在人群里,不会得到任何关注。"

"女人会注意到的,"她说,"你的脸有点歪。"

他耸耸肩,把私人问题丢到一边。他两手扼住她的喉咙,"我必须这么做,"他说,"我必须确保没人知道我在这里。这是战争,我无法承担人道的代价。"

女孩没有反抗。她静静地抬头看向他,然后问:"你听说过耶拉斯吗?"

他的手指没有进一步收拢:"还有谁能不认识她呢?"

"我就是耶拉斯。"她说。

"诡计。"

"不是诡计,让我证明给你看,"见约伯眯起眼睛,女孩赶忙说道,"当然,我没有书面证明。但是听着,你知道毛布、斯沃布和那摩斯吧?是我掩护他们逃走的。"

约伯犹豫了。她的确有可能是耶拉斯,然而这么快就遇到纳姆瑞地下反抗军的伟大领袖是不是太过撞大运了?简直让人难以置信。可是她说的确有可能是真的,他无法忽视那种可能性。

"名字,"他说,"你可能只是在哪里听说过他们而已。"

"那摩斯的手腕上有一道新月形的伤疤,"她说,"斯沃布很高,几乎和你一样高,此外,他的肩膀微微有些下垂。他说起话来,快得简直让人跟不上。

毛布是个蠢货,从来不愿意放下他那高高在上的架势。"

这些——约伯仔细想了想——确实符合他们的外貌速写。

女孩趁势继续补充道:"如果我是西克萨联盟的忠犬的话,我怎么可能会在你杀死那群士兵的时候袖手旁观?难道我不会在你杀死第一名警卫的时候就尖叫示警吗?"

说得确实有道理,约伯想。

"你是塞拉特工这件事情,"她继续道,"难道不是在你着陆在我家麦田里的时候,就已经昭然若揭了吗?那时我明明可以给当局打电话。"

约伯从她的脖子上收回手,"我想要见希特拉克博士。"他说。

她舒展眉头,扭头看向尼尔瑞克,看向沐浴在清晨阳光下的金色塔楼。她朝向太阳的脸形成了一幅多彩的图画,像一朵向黎明绽放的暗色花朵。约伯冷冷地注视着这一切。现在这些都不重要,他没有时间耗在她身上,他没有时间耗在任何事上。

"去那里可要花些功夫。"她说。

约伯转身准备离开:"我自己想办法,时间不多了。"

"等等!"在她的声音里,有什么驱使着约伯重新转过身。他苦涩地笑了起来,她的手中拿着一把枪。

约伯责备着自己,感到万分失望。他本来已经制服了她,却把她错认为一名普通女人,而非全副武装的敌人。幼稚的情绪致使他没有搜她的身。他蠢出了新高度,而这份愚蠢终于让他陷入应得的陷阱。她的枪握得很稳,目光里闪烁着阴沉的光。

"我可真好骗,"她说,"我一度真的相信你是一名塞拉特工。你简直聪明得可怕!你!还有你背后的委员会!那些飞机飞过的时候,我就该知道的。他们离开得太快了。"

约伯一言不发,他正在试图理解这一切。

"这主意真棒，"她用尖刻的语气继续说道，"他们把你丢下来，落在我家田里。刚开始一想，这确实像巧合。可是我在那座农场里才刚住下不到三天，而你在那么多的落点里，却偏偏挑了这儿。我可不觉得这还是什么巧合，不可能。你和那些西克萨委员会的智囊们一定知道那些飞机会吸引我到窗边，知道我会注意到你滑翔机的影子，知道我会去调查情况。你甚至杀掉了你自己的六名队友来打消我的怀疑。哦，我还真被你们骗了好一阵子。"

"你听起来像个疯女人，"约伯说，"把枪放下。"

"当你在明明有杀死我的机会，却放了我一命时，"她说，"我就再也不怀疑你了。我不会再犯傻了。不，小子，你不会有机会回去汇报我的位置，并在我的人会面时把我们一网打尽的。你会死在这里，你现在就会死。"

约伯的大脑开始飞速运转。当下，和她讲"如果杀了他就等于毁掉她自己的族类"的长篇大论无异于浪费精力。连篇累牍没有用，他需要一套更加凝练的说辞。但要怎么解释？留给他的时间不多了，她深邃的目光足以说明一切。

"你上一个据点的地址，"他一边说，一遍回忆着斯沃布的逃亡经历，"是科克路4C4号。你在那里卖糕点，斯沃布吃你卖的小蛋糕吃坏了肚子。他在你的卡车里撑不住了，卡车在零点十一分带他离开。"

正中靶心。耶拉斯回想起了同样的经过，眼底的杀意暗淡了下去。她仔细考虑了一会儿。

然而她的眼睛却又亮了起来，"我不知道他有没有安全抵达阿希莱布。你完全有可能在他穿越伊纳塔边境时抓住他，靠严刑逼供知道这些。不过，"她话锋一转，"你说的，也确实有可能是真话。"

"我就是在实话实说，"约伯放低声音，"我是一名塞拉特工，来这里执行一项极其重要的任务。如果你不能提供直接援助，那你必须放我走，快。"

"但是你也有可能在说谎，我冒不起这个险。走前面去，我们要穿过森林。如果你胆敢做出任何出格的动作，甚至是我不懂的动作，我就杀了你。"

"你要带我去哪里？"

"去我家。还能去哪儿？有话到那里说。"

"现在听我说，"他焦急地说，"现在真的没有时间——"

"带路！"

他迈步出发。

约伯原本打算在他们进到农场后悄无声息地拿下她，但是当他看到前来接应的巨人时，这个念头便消失了。巨人看上去笨拙又粗暴，长着约伯所见过的最强壮的身体，身材比他高出一人还多。巨人的手臂和约伯的大腿一般粗，一对袖珍黄眼睛透出恶意。然而尽管巨人看上去像猿人，移动起来却跟山猫似的，无声无息，敏捷得让人难以置信。

"看着他。"女孩发号施令。约伯立刻便明白了：那双黄眼睛不会离开他。

他瘫进一把椅子，椅子上有用来容纳尾巴的简易槽位。他看着女孩在小山一样高的炉灶间忙来忙去。眼前这间厨房足够一次性提供二十人的伙食，一排排燃气炉可以让每个人都吃上热乎乎的饭。

"我们得吃点东西，"耶拉斯说，"如果你没有说谎，那么你需要补充体力；如果你说谎了，那我们需要你撑到我们用刑罚撬开你的嘴。"

"你在犯错。"约伯大发雷霆，却在巨人做出威胁的姿态时，把话咽了回去。

不久后，女孩把菜肴摆上餐桌。饭菜很好吃，约伯狼吞虎咽起来。"刑前最后一餐。"说罢，他笑了。

他和她之间似乎产生了一种微妙的同志之情。他是个男人，青春还未散尽。他拥有一双清澈的深色眼睛，他的身体为高效而生。而她是名女性，正从少女向女人过渡。准备饭菜、分享食物的日常舒缓了二人之间的紧张关系。她甚至在他狼吞虎咽的时候丢给他一抹稍纵即逝的微笑。

"你是个好厨娘。"酒足饭饱后，约伯说。

亲切感从她身上溜走了，她直直地盯着他，"现在，"她一字一顿，"证据。"

约伯愤怒地耸耸肩："你真觉得我会拿着文书来证明我是塞拉特工吗？'有关人士请注意，该证件的持有者是塞拉委员会的高官，请尽力为他提供帮助，谢谢。'我倒是带着证明我是一名《伊拉斯报》记者的材料，但那家报社已经毁了，现在也没办法证明这个身份了。"

她考虑了一会，"给你个机会，"她说，"如果你真的是一名塞拉高级特工，那你在尼尔瑞克的同行一定能认出你。给我一个人的名字，我去把他带来。"

"他们认不出我的。出发执行任务前我整了容，来保证不管有意无意，没有人会出卖我。"

"你真是有备而来呵，"她嘲笑他，"好吧，我们接下来会把你带到地下室去逼供。在你说出真相之前，你都不会死，我们会确保这一点，不管用什么手段。"

"等一下，"约伯说，"确实有一个人认识我，不过他可能还没到。他叫索拉克。"

"他昨天到了，"她说，"那好。如果他认出你，那就再好不过了。斯雷格，"她对巨人警卫说道，"去把索拉克带来。"斯雷格的喉咙里发出低沉的吼声，面对吼声，她不耐烦地挥了挥手，"我能照顾好我自己，快去！"她伸手去拿上衣，从挂肩枪套里拿出手枪，把枪口指向餐桌另一边的约伯。

"乖乖坐好。"

斯雷格离开了。约伯听到汽车发动的声音，引擎的轰鸣声迅速远去。

"我能抽根烟吗？"约伯问。

"当然。"耶拉斯用空出来的手丢给他一包烟。约伯点燃了一根，把烟小心翼翼地递给她，确保两手在可见范围内，然后又给自己点上一根，"所以你确实是耶拉斯。"他抛出话头。

耶拉斯并不打算回答他。

"做得不错,"约伯继续说,"在敌人眼皮底下做事,一定是九死一生吧。"

她克制地对他笑笑:"别旁敲侧击了,朋友。只要你有一丁点儿逃脱的可能,我就不可能给你任何有价值的情报。"

"如果我不能离开这里,不管是你,还是其他任何人,都不会有未来了。"

"你开始耸人听闻了。假以时日,总会有未来的。"

"时间只对活人有意义,"他说,"除非尘土和碎石也能觉察到它,否则很快,时间也将不复存在。"

"你描绘的毁灭景象可真是骇人。"

"那将是一场无与伦比的末日,而你正在放任它一分一秒地逼近。你正在浪费我们逆转这一切的仅存时间。"

她咧嘴笑了:"我是不是很卑鄙?"

"即便你现在让我走——"他又开始恳求她。

"我不会放你走。"

"——我也有可能无法阻止灾难的发生了。我们的大脑无法接受足以摧毁一切生灵的超乎想象的暴力,即便只是想想,"他自嘲道,"那也太过突兀。试想一下:未来的太空旅行者降临到这个星球,看到星球被丛林覆盖,却找不到智慧生命的痕迹,甚至找不到他们的名字。不,他们会找到名字的,文明的遗迹不会被彻底抹去。他们会在倒塌的废墟间翻翻找找,摸索出历史的残渣。他们会回到他们自己的母星,带着卡索尔的神秘传说。为什么卡索尔星上的生命全都消失了?他们会找到化石,那些化石会向他们展现我们的身材和形体。他们会原封不动地从化石里解码这些情报,但是他们将永远弄不清文明毁灭的原因——他们将永远找不到耶拉斯这个名字。"

对此,耶拉斯只是冷笑。

"问题就是这么严重,"约伯总结道,"天空中不见飞鸟,猪圈里没有牲畜。我甚至怀疑会不会连昆虫都无法幸存。"他若有所思,"会不会正是那样的爆炸摧毁了我们星系中其他星球上的生命?比如说莱拉,那颗星球曾经拥有生命——只是曾经。是否曾有文明在那里蓬勃发展,却最终消逝在席卷交战双方所有生命的战争中?是否因为参战的一方在绝望中使用了不受控制的恐怖炸弹,而敌方又恰恰持有同样的力量,所以世界才就此沦丧?"

"嘘——"她忽然要他噤声,警觉地竖起耳朵。

他很快听到了有节奏的踏步声。他向朝向树林的窗户投去一瞥,"纳姆瑞人。"他说。

一名中士带着八名士兵列队穿过田野,向家中走来。约伯转向女孩。

"你得把我藏起来,快!"

她冷漠地瞪着他:"没地方。"

"肯定有。你肯定要照料你收容的难民,那地方在哪儿?"

"我承认你们已经困住我了,"她还以冷酷的回答,"但你们什么情报也不会得到。地下组织会继续运作下去。"

"你个小蠢货!我和你是一伙儿的。"

"那是你自己说的,我还没拿到证据。"

约伯不再浪费时间了,小队已经快要走到门外。他跳到墙边,蹲在墙角。他把自己的外套脱下一半,摇乱头发,让它们盖住自己的眼睛,并努力让自己的面部肌肉松弛下来,让自己看起来活像一个意识迷离的傻子。紧接着,他开始把玩自己的手指,一边玩,一边嘻嘻笑。

枪托猛击房门,迫使女孩去应门。约伯没有抬头看,他扭弯自己的手指,傻笑着看着他们。

"昨晚你听到过什么吗?"中士质问女孩。

"听到过什么?"女孩反问,"听到了飞机还有枪炮。"

"你起来了吗?你出去看了吗?"

"我害怕。"她温顺地回答。

中士轻蔑地吐了口痰。空气陷入短暂的沉默，沉默又被约伯的嬉笑声打破。

"那是什么？"中士的眼睛骤然亮了起来。他大步穿过房间，揪住约伯的一缕头发，强迫他抬起头。约伯流着口水，向他怪笑着。中士的目光顿时透出轻蔑，"一个傻子！"他大叫着，猛地缩回手，"为什么你不杀了它？"他问女孩。"那样你就有更多吃的了，是——是——是——是——是——吧。"他说，仿佛二人才刚刚见面，"不错，不错。小甜饼，这几天晚上，我会等你来。"

约伯一直装傻到再也听不到巡逻队的脚步声。他站起来，严肃地看着耶拉斯："我本该已经到尼尔瑞克了。你必须带我走。他们已经发现那些枪手了，很快就会展开搜索。"

手枪又出现在她的手里。她慢慢把他逼向椅子："能坐下了吗？"

"在刚刚经历过一切以后，你还在怀疑我？你真蠢。"

"哎？我可不觉得。刚刚那些也有可能是你的诡计的一部分，只是用来让我放松警惕的。坐下！"

他坐下了，他不想再说话了。他回想起士兵们的造访，那名中士。

要是那只巨型猿猴真的能带回索拉克就好了。在他这样想时，他刚好听到了渐行渐近的引擎声。他很高兴他能比耶拉斯早整整一秒听到那声音。她的反应也没那么快嘛。

是斯雷格，只有斯雷格。他踏着无声的猫步回到房子里。"索拉克，"他汇报说，"死了。昨晚被杀了。"

耶拉斯向约伯投来一抹微笑，笑容中满是死亡。

"对你来说，"她说，"还真是方便呵。西克萨情报官大人，在所有的塞拉情报官中，你偏偏挑中了死掉的那位。就算你真是友军，是不是也太过巧合了？够了。斯雷格，带他去地下室。这回我们要自己挖出真相，即便，"她向约伯补充道，"即便刑讯会杀死你。"

## 三

椅子设计得像紧身衣，安装在椅子上的钳扣与皮带死死箍住了约伯。他全身上下能动的只有自己的眼球。

检查过束缚后，耶拉斯满意地点点头，"去把烙铁烧热。"她对斯雷格说。"首先，"她向约伯解释道，"我们会烧掉你的耳朵，每次烧掉一点儿。如果这样都无法让你屈服，我们就会动真格了。"

"我现在就告诉你真相。"约伯说。

她讥笑他的反应："难怪敌人已经打到你们家门口了。在南方，你们被赶出艾肃，北方则被伊塔扫地出门。而现在轮到你们自己的国家挨打了，这一切都是因为你们这群懦夫。"

"我已经相信你是耶拉斯了，"约伯冷静地继续说道，"尽管指令禁止我向任何人告知我的使命，但我觉得我可以告诉你。我必须告诉你，我没有选择。所以听着，我被派到纳姆瑞是要——"

她猛一挥手，打断了他："真相！"

"你到底想不想听？"

"我不想再听到另一则童话故事。"

"你一定要听，不管你想不想。让你的大猩猩在一边等着，等我说完，否则你就要承担让全人类灭亡的责任。"

她撇撇嘴："继续。"

"你听说过铀 235 吗？一种铀的同位素。"

"谁没听过呢？"

"那好，我要陈述的是事实，不是理论。人们已经能够轻而易举地为初级原子能研究工作分离出足够多的铀 235 了。他们用新提出的同位素分离法从铀矿石中提炼它们，如今已经获得了成磅成磅的资源——这里的'他们'是指塞拉科学家。但是科学家们至今仍未把如此大量的铀235聚到一起,就算只取一部分都不敢。这是因为他们并不确定,核反应一旦启动,是否会一直持续到耗尽所有的铀235——在大约几十万亿分之一秒中。"

斯雷格来到地下室,一只手拎着便携锻造台,另一只手捏着一捆铁棍。耶拉斯示意他把它们放到墙角。"上去继续放风吧,"她命令道,"需要时我会叫你。"

约伯感到一阵狂喜,他刚刚赢下了一个回合。"1磅的铀235爆炸,"他说,"其烈度还不至于无法容忍,尽管它释放出的能量堪比一亿磅的TNT炸药。如果在一座海岛上引爆的话,这样的炸弹足够夷平整座小岛,拔光岛上的树木,杀死岛上所有的生物。但是即便是5000吨的TNT炸药,在那座小小的岛屿所代表的无可想象的当量面前,也几乎是微不足道的。"

"我想,"她打断他,"你是不是该切入主题了?你不会只是要给我讲一堂高爆炸药的课吧?"

"再等等。问题就在这里。他们恐惧的是:那样强大的爆炸能量,那聚焦在几分钟内集中释放的无法容忍的能量,一旦释放出来,会把周遭的物质连带引爆。试想一下,集中数百万道最猛烈的闪电于一击,并把所有的破坏力都压缩在不到一盒烟大小的空间里。你如果能想象这样的场景,就不难想象那种炸弹究竟拥有多么无与伦比的威力。可怕的不光是能量的大小,更是浓缩在狭小空间中的令人畏惧的能量密度。"

"环绕在炸弹周遭的物质由于无法继续保持稳定的原子结构,很有可能在铀235的能量下得到激发,进而在近邻间释放它自己的能量。这意味着一场爆炸所引爆的炸药可能不仅包括1磅的铀235,还包括5吨、50吨甚至5000吨的其他物质。这样一来,我们就只能粗略估算爆炸的规模了。"

"说重点。"她不耐烦地说。

"再等等。让我给你描绘一下大体的场面。像那样的爆炸会产生严重的后果，它不仅能夷平一座岛屿，甚至能把一整块大陆从这个星球上抹去。它有可能撼动卡索尔的两极，产生足以摧毁星球另一面的剧烈地震，并彻底毁灭爆心外至少 1000 英里以内的一切。注意，我说的是一切。"

"所以他们还没有开展核试验。他们可以用受控的铀 235 炸弹瞬间结束战争，也可以只靠一两枚失控的炸弹就终止掉文明的进程。他们不确定哪一种会是最终的结局。到目前为止，他们也没有找到控制铀 235 炸弹的手段。"

"对你个人来说，"耶拉斯说道，"拖延时间对你没有任何好处。再有不速之客来，我会就地处决掉你。"

"拖延？"约伯怒吼起来，"我已经在竭力精简了。我还没说完呢，别打断我。我这就和你讲剩下的部分。如你所说，西克萨的军队已经被逼退到他们出征的原点——纳姆瑞。他们曾经启程征服世界，差一点就成功了。但现在，他们就要输了。不错，我们塞拉人可不敢去引爆一颗还处在试验期的原子弹，战争对我们来说不过是一个历史时期。然而对西克萨人来说，战争却是整个未来。所以说，西克萨人已经绝望了。而与此同时，希特拉克博士已经造出了一枚原子弹，用的不是 1 磅，而是整整 16 磅铀 235。他随时都会完成原子弹。我必须找到他，摧毁那颗炸弹。如果炸弹被投入战争，不论实验成功与否，我们都将迎来惨败——如果实验成功，则输掉战争，反之则输掉世界。如今，站在种族存亡之间的，正是你，只有你一人。"

耶拉斯看起来随时都要扑过来："你撒谎！你说要毁掉炸弹。怎么做？把炸弹搬到空旷地带，然后引爆它？在沙漠里？在山顶上？你甚至不敢把它丢到大海里，因为你怕它爆炸。一旦你拿到炸弹，你就等于揪住一千万只老虎的尾巴——你根本不知道要如何处置它。"

"我可以销毁炸弹。我们的科学家告诉我怎么做了。"

"暂且不管这点，"耶拉斯说，"你还有几点要解释。首先，你知道这些，可我们却从没听说过，这很奇怪。隔着 3000 英里的大洋，我们理应比你们更加靠近原子弹的研发工作。"

"斯沃布,"约伯说,"是个好人,虽然他不能吃甜食。他带回了原子弹的草图。听着,耶拉斯,时间很宝贵!如果希特拉克博士在我找到他以前就完成了炸弹,那颗炸弹随时都有可能落在我们总部的头上。即便它没有触发我说的那种爆炸——我几乎确信它一定会——它也足以抹平南部的军队和战备。那样的话,我们马上就会输掉战争。"

"还有两点要解释,"她冷静地继续道,"为什么降落在我家麦田里?还有其他备选的地方吧。"

"真的是巧合。"

"也许吧。不过考虑到索拉克的死,这串巧合未免太令人迷惑了。"

"我根本不知道那件事,我不知道他死了。"

她陷入沉默,在地下室里走来走去,眉头紧锁,狠狠地抽着烟。约伯静静地坐着,那是他唯一可以做的。就连他的手指都被上了枷锁。

"一半的我已经打算相信你了,"她终于说道,"但是想想我的立场吧。我们在这里拥有一个强大的组织。为了建立它,我们赌上了各自的生命,许多战友牺牲了。我知道当局有多么讨厌我们,畏惧我们。如果你是一名西克萨特工,那么,就如我先前从你说纳姆瑞语的方式中推断的那样,你会为了探听到我们的行事方式,为了探听到我们的成员名单而不择手段——即便要编造出如此详尽的来龙去脉,也在所不惜。所以我真的不能仅凭你的只言片语,就弃所有人的辛苦和生命于不顾。"

"想想我的立场吧,"约伯针锋相对,"在森林里,在这里,在斯雷格离开我以后,我本来随时都有机会摆脱你,但是我同样不敢冒那个险。你已经知道了,如今有一个时间问题横在我们头顶。虽然尚不明确,但是这条生死界限已经注定了。希特拉克博士随时都可能制成原子弹,把引信拧进炸弹。炸弹也随时都有可能被发射、引爆。如果我尝试逃脱,而你击中了我——我相信你一定能击中我——当局要花上数周才能找到接替我的人。可现在我们也大概只剩下几个小时的行动时间了。"

她不再显得冷淡而疏远了。她的目光里透出自我折磨的痛苦，她的双手紧紧搅在一起，像是要从心底挤出话来："我承担不起冒险的后果。"

"你也承担不起不冒险的后果。"约伯说。

沉重的脚步声忽然从头顶传来。耶拉斯愣住了，眯起眼睛，向约伯投来猜测与怀疑的一瞥，紧接着走出了地下室。约伯勉强挤出一丝微笑：她没有射杀他，尽管她曾经如此威胁过。

他静静地坐着，但是每一寸神经都因紧张与疼痛而颤抖。现在又怎么了？谁来了？那对他意味着什么？楼上的喧嚣源自何人？是谁的脚步如此沉重？他很快便获悉了一切问题的答案，因为那沉重的脚步声向着地下室的门口来了。不久后，耶拉斯走在先前造访的中士前面，进入了房间。

"我收到指令，搜索附近地区的每一个角落，"中士说，"所以闭嘴。"

当他看到约伯时，他的眼睛睁大了，"喂——喂——"他向他叫嚷着，"这不是那个傻瓜嘛，是——不——是——呀——你精神多了嘛！"

约伯重整呼吸，他想到一个法子。

"我被下药了，"他说，抓住逃脱的救命稻草，"药效现在过了。"

耶拉斯皱起眉头，约伯可以看出她正在试图思索他话中的含义。他决定再给她一个提示："那个女孩是仆人，楼上的大块头——"

"他跑出去了，"中士说，"我们会抓住他的。"

"好。他昨晚在外面的田里袭击了我，把我带到这里，给我下了药。"

"你在田里做什么？"

"我正要去见希特拉克博士，我有至关重要的情报给他。"

中士转向耶拉斯："你有什么想说的，小妹？"

她耸耸肩："一个陌生人，出现在大半夜，你会做什么？"

"那么为什么刚刚你不说些什么?"

"如果他真的是个间谍,我想要抓住他邀功。"

"你们这些小老百姓。"中士厌恶地说。"行吧,也许这就是我们找的人。你为什么杀那队枪手?"他厉声问约伯。

约伯眨眨眼:"你怎么知道的?我杀他们是因为他们是敌人。"

中士伸手要去摸他的枪,他的脸上腾起暴风骤雨:"为什么?肮脏的间谍——"

"等等等等——"约伯说,"什么枪手?你是说塞拉警戒部队,不是吗?在艾肃?"

"我是说我们自己的枪手,臭老鼠,在外面的森林里的。"

约伯又眨眨眼:"我不知道那里还有枪手。听着,你快点把我带到希特拉克博士那里。事情是这样的,我去过塞拉的国内,在那里得到了希特拉克博士必须知道的情报。战争的胜败就靠这份情报了。立刻带我去见他,否则后果有你受的。"

中士认真思考了一下约伯所说的,"很有趣的是,"他说,"为什么你把他这样绑在这里?"

"问话。"耶拉斯回答他。

约伯意识到,耶拉斯虽然尚未完全被他说服,却已经决定配合他了。没错,就像他说的,她也无法承担不这样做的代价。

中士开始权衡利弊,像睡着了一样。很快,他摇摇他那颗硕大的头颅,"我自己做不了主。"他用困惑的语气说道,"我觉得我理解了,可我又觉得我没明白……我刚刚要说什么来着?"他很快又回到雷厉风行的状态。"你,叫什么?"他向约伯啐了一口。

约伯无法耸肩,于是他挑起眉毛:"我带来的文件说我是伊恩拉克·艾珂,一名报社记者。不要让它们骗了你,我会把我的真名告诉希特拉克博士,他认识我。你在浪费时间,士兵!"他爆发了:"现在就带我去见他。你比这个蠢女孩还要笨!"

中士转向耶拉斯:"他告诉过你他要去见希特拉克博士吗?"

她又耸肩,仍然猜疑地看着约伯:"他只是说他必须要去见他。"

"那好吧,"中士质问约伯,"为什么你想去见他?"

约伯决定赌一把。这个呆瓜很可能把他在这里关上一整天,漫无目的地问这问那。他讲述了炸弹的事,内容与他告诉耶拉斯的基本一致。他一边讲,一边观察中士的脸,发现他对一切表现出彻彻底底的茫然神色。棒极了!当地士兵与许多人一样,对铀 235 一无所知。

于是,约伯接着用想象力胡乱堆砌出剩下的故事。

"简而言之,如果不受控制,炸弹有可能让整个星球化为尘埃。但是我在塞拉获知了一种控制手段,有了这种手段,塞拉就快要做完炸弹了,他们将用它来击溃纳姆瑞。但是如果我们能率先动用我们的核武器,被击溃的就会是他们了。所有这些都要靠我在渗透塞拉阵营时获知的一种中子护盾,它能够拦截爆炸产生的中子,截断它们飞往太空、散向群山的道路。你知道只要一枚自由中子就足以把这颗星球一劈为二吗?这个护盾的作用就是把自由中子的作用约束在一定区域内,这样一来,胜利就是我们的了。所以快点,时间分秒必争!"

中士全盘相信了,他不敢不相信。约伯描绘的末日场面太过惨烈,像中士这样的人得花上 16 代人才能弄明白他说的话。

于是中士下定了决心。"嘿,"他向地下室的门口喊,三名士兵走了进来,"把他从椅子上弄下来。我们带他去找上尉,也带上女孩。上尉说不定会问他们问题。"

"但是我什么都没有做。"耶拉斯抗议道。

"那你就没什么好怕的了,美人儿。如果他们放你走了,我会来单独'照顾'你。"

中士说着，朝着耶拉斯邪恶地笑起来。

四

听天由命吧，在希特拉克博士的接待室里等候时，约伯心想。死亡一定已经守在前方，但即便如此，赌这一把也值了。如果他注定要成为一场更大的赌局——或许是有史以来最大的赌局——的筹码，那便放马过来吧。

到目前为止，一切都进展顺利。他扫视身边的两名卫兵，渐渐意识到最后一步行动的代价将会是他自己的生命。摧毁炸弹以后，他不可能活着离开这座堡垒。那些戒备森严的出口每一处都写满了大大的"死"字，更何况在这之前，他还要逃出实验室足够远，才能来到它们跟前。

我根本就没打算活着回去，约伯思忖着。任务从最开始便是自杀式的。新生的觉悟让他把原本略显单薄的故事讲得更加合理了。同中士一样，上尉也一点都不敢怀疑他的故事。他绘声绘色地给毁灭图景添油加醋，从意图阻止末日的深沉而炽热的决心中汲取灵感。

他并没有向上尉生动形象地描述中子护盾。上尉比他的手下更聪明，因此约伯实事求是地讲起了热量控制。车轮滚滚，一路向前，路上，他的故事也渐趋丰满，沿途遇到的警卫也愈发畏惧他的描述。

显然，在政府的科研实验室里，原子弹的故事已经人尽皆知，因为所有的警卫都面带惧色，仿佛他们已经知道如果事情出了纰漏，他们都会在听见爆炸前就神形俱灭了。这样更好。如果他能像此前利用那些突发事件那样，设法利用这项优势，他或许……或许可以……

他耸耸肩，停止了胡思乱想。内层房门打开时，警卫迅速做出反应。房门的另一侧，一个男人注视着约伯。

男人身材瘦高，戴着一副深色眼镜，里面射出灼灼逼人的目光。他脸型怪异，表情高高在上。他穿着工作服，袖管中探出一双强壮有力的手。

"所以你就是最终结果，"他干巴巴地对约伯说，"进来吧。"

约伯尾随他走进实验室。希特拉克博士向他挥挥手，手中却忽然出现了一杆枪。他用枪口示意他坐进一张椅背笔直、令人不适的椅子。约伯顺从地坐下了，却仍然死死盯着博士。

"最终结果是什么意思？"他问。

"不是很明显吗？"博士心情愉快地反问他，"昨晚飞过首都附近的飞机是空的，否则他们不会飞得那么快。我一整天都在猜测他们的意图。现在我明白了，他们空投了你。"

"我听说飞机的事情了，"约伯说，"但是我没看到它们。"

希特拉克礼貌地挑起了眉毛："我恐怕没法相信你。我对这件事的解读是这样的：那些塞拉的飞机只有一项任务，那就是让一名特工顺利着陆。特工身负摧毁铀炸弹的重任——我早就清楚塞拉指挥部已经知道它了。我只想知道：为了摧毁它，他们愿意做到什么地步。"

约伯明白，继续抵赖毫无意义。"他们正在制作同样的炸弹，"他说，"但是他们的炸弹是可控的。我来这里就是为了告诉你这个，以便我们也可以用同样的方法改进我们自己的炸弹。我们有足够的时间。"

希特拉克博士说："我今天早上收到了关于你的报告，你做了一些狂野但荒谬的发言。我的个人意见是：你是个门外汉，对你所做出的肤浅见解背后的知识只有些外行人的了解。现在，我提议来让我们证明一下，然后再杀了你——哦，没错。"他笑着说："不论我的猜测是对是错，你都会死。对身处现在的地位的我来说，知识就是力量。如果我发现你确实掌握着我所不知道的知识，那我希望这些知识由我独享，明白不明白？"

"在这里你就像神一样,警卫的态度已经很明确了。"

"没错。我拥有这个世上有史以来最强大的爆炸性力量。我的愿望哪怕只是一时心血来潮,也会被当成铁律,贯彻落实。如果我愿意,我甚至可以给最高统帅下达命令。除了服从,他们别无选择。现在,你——算了,你的名字不重要;随便叫你什么都好——告诉我你知道什么。"

"我为什么要告诉你?如果我注定要死,那就去你的吧。我确实知道一些你不知道的,而且你不会再有时间从其他人那里得到它。等你的间谍有能力一路探听到我手中的情报,西克萨早就输了。要我白送给你情报,没门。我要把它卖给你——拿我的命来买。"

讨价还价的过程中,约伯环顾四周,目光扫过眼前这间狭小但闪闪发光的实验室。他看到它了。原子弹不大,它的身材与那份刺穿他心脏的恐惧毫不相称。原子弹确实已经完工了,它被固定在防震支架上。即便是空袭,也无法让支架松脱分毫。而何时何地引爆它,全凭博士的意愿。

"你大可感到恐惧,"希特拉克博士嘿嘿笑了,"没错,那就是它,这个世界有史以来最具毁灭性的武器。"

约伯下意识地咽了咽口水。没错,那便是原子弹——是字面意义上的末日,世界末日。真是讽刺,他苦笑着,心想:那些宗教狂徒们至今仍在鼓吹战争将会伴随着某种神圣力量的降临而奇迹般地告一段落,却永远活不到称呼原子弹为奇迹的那一天。如果他们能毫发无损地撑过这一切,这场爆炸一定会给他们的信条带来史无前例的强大佐证!

"我确实怕了,"他回答道,"因为它对我而言是盲目而不受控制的力量。它意味着轮回的终止,意味着万物的死亡。另一个文明发展到我们今天的地步,将要花费数百万年之久。"

"这之中确实有赌的成分。如果炸弹确实引爆了周围的物质,那么没错,眨眼间,全世界的生灵都会死去。可是如果物质没被引爆,那我们就将赢得整个世界。本来只有我……不,现在你也知道这个秘密了。最高统帅把它视作取胜的唯一机会。好了,闲话少说。鉴于你愿意用你的命来交换控制核爆的方法,那好,如果你成功让我相信你确实掌握你说的知识,我就放你走。怎样?"

"这样一来,我们就陷入死锁了,"约伯反对道,"在我自由前,我都不会告诉你;而你在我开口前,都不会放我离开。"

希特拉克博士撅起嘴唇,"确实,"他说,"那这样如何?我会给外面的警卫一个纸条,命令他们放你不受阻拦地走出实验室的每一道门。"

"但是又有什么能阻拦你在我告诉你真相以后,在这里杀了我呢?"

"我承诺。"

"那不够。"

"你有别的选择吗?"

约伯想了想,决定让步了。如今,他和博士都不相信彼此。不过,既然这里是博士的地盘,而博士又收押了他,那谁更可信便无须多想了。好吧,至少这能为他争得片刻喘息。

现在他最需要的是时间。

"写纸条吧。"他说。

希特拉克博士来到桌前,开始写纸条,不时回头看看约伯。二人之间的距离让约伯无法偷袭博士。他已经与约伯拉开足够抬枪射击的距离,因此,即便是最迅速的猛扑也是致命的。约伯的预感告诉他,博士一定极为擅长设计。他等待着。

希特拉克博士召来警卫,把纸条交给他,让约伯也来读纸上的内容。约伯看了看,点点头。警卫离开了。

"现在,"希特拉克博士正要发话,却被电话铃声打断了。他接通电话,听着,点点头,眯眼瞥了约伯一眼,然后挂掉了电话。"也许你会对这个感兴趣？"他问，"和你一同被俘的女孩已经被地下组织的成员救走了。"

"我没兴趣，"约伯说，"除了……对了，"他叫喊起来，"这事对我确实有意义，它证明了你完全可以相信我。你知道地下组织的活动势力有多么广泛，多么强大。现在真相大白了。他们知道我要来，知道我的行动路线，并且抓到了我。他们本来打算要在他们的地下室里折磨我。我告诉了那名中士真相。现在他们会试图偷走炸弹。他们一旦偷走了它，就可以跟咱们谈条件了。"

虽然听起来像是毫无逻辑的无谓尝试，但是约伯将全部热情都倾注在他的语气里。希特拉克博士看上去若有所思。

"随他们去吧。现在，告诉我吧。"

现在，约伯编织的谎言之网终于落到了他自己的头上。他根本不知道控制炸弹的方法。希特拉克不知道他在骗他，而约伯只能保证自己在败露以前不会吃枪子。他必须一边拖延，一边寻找机会来做他必须要做的。他已经得了一分。如果他还能走出实验室的门，他就自由了。在那之后，他必须带着炸弹离开实验室。可现在，希特拉克博士的枪正紧握在他的手中。

"让我们回顾反应过程。"约伯开始说。

"控制方法！"博士打断了他。

约伯沉下脸："别太粗鲁。我还要指着这个活下去呢。我需要让你相信我知道我到底在讲些什么，而我能做的，就是从方法讲起。如果你打断，那就滚吧。"

希特拉克博士那张扭曲的脸腾起了熊熊怒火。过了一会儿，怒意平静了下来，他点点头："继续。"

"氧气和氮气不会燃烧——如果它们会烧，世上的第一把火就足够让这颗星球的大气层在巨大的爆炸中灰飞烟灭了。氧气和氮气只会在温度达到3000摄氏度左右的时候烧起来。在燃烧过程中，它们会释放能量。但是它们无法产生足够的能量来维持这个温度——所以它们迅速冷却，火就灭了。而如果你靠人工手段维持温度不变……嗯，你一定很清楚一氧化氮的制备方法。"

"我确实知道。"希特拉克博士刻薄地回答。

"那好。现在来看铀 235。铀 235 能把局部物质的温度提升到足够……唔……足够'燃烧'的程度，与此同时，释放出能量。于是，让我们假设我们引爆一小撮铀 235。引爆以后，周围的物质自然会跟着发生爆炸，因为它们被加热到了令人难以置信的高温。然后它们迅速冷却，在大概百分之一到百万分之一秒的时间内，降到燃点以下。在这个过程中，降到一百万摄氏度以下大概需要百万分之一秒，而降到释放可见光的程度，则需要花上一分钟左右。此时，可见光辐射的强度只有一百万摄氏度时全部辐射强度的百分之一到千分之一，即便如此，它们也比日光强烈数百倍，对吗？"

希特拉克博士点点头。约伯从中尝出一丝认同的味道。

"以上是铀 235 连带周围物质一起爆炸的过程中温度的循环过程。希特拉克博士，我猜我可能讲得太简单了，但是我们没必要太过深入细节。在这个过程里，辐射产生的压力才是最强大的。爆炸瞬间产生的数百万摄氏度高温下的辐射势能与压力，足有成千上万、上亿吨。若不是释放出的能量提前蒸发了房屋，这股压力本能像飓风一样摧枯拉朽地夷平它们，对吗？"

希特拉克博士又点点头，他几乎在微笑了。

"那好。"约伯继续说道。现在，他来到了这场比赛中需要他进行猜测的部分。这一次，他不会有第二次机会，"我们需要的，其实是一个调节器，一件能控制住周边物质温度的装置。用这种方式，我们便可以把爆炸规模限定在预期的范围内，防止它破坏卡索尔星球另一侧的城市。而实现这一调节机制的关键，其实在于炸弹本身的机械机构。"

约伯一跃而起，径直穿过实验室，走到安放炸弹的支架旁。他没有看希特拉克博士的脸色，他不敢。他会允许他靠近炸弹吗？在他迈出下一步前，是否会有一枚子弹悄无声息地击穿他的大脑？

才刚走完半程，约伯就感觉自己仿佛已经走了1000英里。每一次迈步似乎都变成了慢动作，脚下的路也漫长得要用里格计程。然而，即便如此，炸弹却仍在千里之外。他保持着步伐，竭力对抗着冲刺到炸弹跟前，一把抓住它逃走的冲动。

他停在炸弹前方，低头看着它，不紧不慢地点点头，"我明白了，"他一边说，一边回想斯沃布带给他的草图和他所获知的详细解释，"两个铸铁半球，夹住中间的镉合金。引信——我看到它了——装在镉合金制成的金属罐里。罐子里用铍支架装载一小枚镭颗粒，还装有一枚小型炸弹，足够摧毁镉制成的隔层。在这之后——如果我说错了，请纠正我，好吗？——粉末状的氧化铀被集中安放在球壳内的空腔中。镭向铀粉末发射中子，然后铀235接管剩下的工作，对吗？"

希特拉克博士走到约伯身后，和他肩并肩站在一起，"你究竟是怎么知道这么多的？"他的语气里暗藏怀疑。

约伯侧过脸，微微一笑："太明显了，不是吗？镉能阻拦中子，这种元素价格低廉，而且有效。因此，你把镭和铀235用镉制成的墙壁分开。镉墙很脆弱，一点儿轻微的爆炸便足以破坏它，但它的强度又足够确保炸弹能得到妥善的安置。"

博士呵呵笑了："嘿，你确实在说实话。"

希特拉克博士放松下来，就在这时约伯行动了。他挥舞着他那条短小却擅长抓握的尾巴，套住希特拉克手中枪支的把手，压低了枪口，同时重拳击中了博士的下巴，最后徒手扭下了博士手中的枪。

约伯的重拳没有击倒博士。他又紧握枪把，向下猛砸，希特拉克博士这才失去了意识。约伯眯眼瞪着地上四仰八叉的博士，要不要再开一枪？不，如果那样做的话，警卫就无须进一步调查了。即便有博士的字条，他们也绝对不会放他离开。唔——

他又挥下枪托,这下希特拉克博士一段时间内都不会对他构成威胁了。此刻约伯最需要的就是这样一段时间。首先,他必须离开这里。

那意味着从炸弹中取出引信。他走到支架旁,检查引信。他尝试拧下它,但是引信栓得太紧了。他四下环顾,想找到一把扳手。没有。他有些惊慌地站在原地。只要有人走进来,他就完蛋了。不,他必须趁着还有机会,赶快逃离。

另外,只要有人向他开枪射击,却射中了炸弹,那他就可以和卡索尔还有星球上的一切说再见了。他不敢多待一刻,他必须止住冷汗,止住颤抖。

他抱起支架,小心翼翼地走向门口。接待室里,带他来这里的警卫们看到他,面色霎时一片惨白。他们的脸上血色尽失,仿佛被刺穿、撒气的气球。他们呆若木鸡,膝盖颤抖着,眼睁睁地看着约伯走出门,去到外面的走廊。

不受阻拦,希特拉克博士曾经说过。如今警卫不仅不阻拦约伯的出逃,还在躲避他。消息不胫而走,像一缕随清风而去的毒气。一道道闸门大敞四开,人影匆匆出逃——逃离约伯和他携带的行李。警卫、科学家、穿着制服的男人、生着美腿的女孩、穿着短裤的男孩,所有人都在逃。

去哪里?约伯扪心自问。世界上已经不存在安全的地方了。随他们怎么逃,随他们逃到多远以外。只要他倒下,或者炸弹意外爆炸,冲击波都一定会如影随形地追上他们。

他希望找到一架飞机,可要是所有人都逃走了,要到哪里才能找到一架呢?他要是知道机场在哪儿,就会去那儿,但是一旦他离开这些实验室,任何警察——对炸弹一无所知的警察,都可以阻止他,没收武器,并且有可能引爆它。

炸弹必须在他手中。

飞机的问题很快便部分得到了解决。当他走出大楼时,人群忽然四散开来。一个巨大的身影从柱子后面走了出来,把约伯夹在了腋下。"斯雷格,"约伯先是恐惧地大叫，紧张的心情又瞬间释然。

"来，"斯雷格说，"耶拉斯要见你。"

"给我找架飞机！"约伯说。他本来以为自己会很平静地说出这句话，但斯雷格的黄眼睛好奇地在他面前眨动起来。

巨人点点头，松开手指放他下地，紧接着带路出发。他似乎对炸弹没什么兴趣。约伯跟在他身后。一辆小车停靠在人行道路基旁。他们爬进车里，斯雷格驱车上路。

所以耶拉斯想见他是吧？为什么？他暂时放弃了思考，紧盯着前方的道路，在遭遇颠簸时，用双臂稳住炸弹。

他听到飞机的声音，焦急地四下张望。他现在最怕的，就是有可能会波及这辆轿车的空袭轰炸。上面向他承诺过：在他们确认任务成功或任务失败以前，不会再有空袭。但是高层是个有趣的圈子，你永远猜不到他们下一步会做什么。一分钟后的命令与一分钟前的命令有可能完全矛盾。

幸运的是，空袭警报并没有响起。飞机一定是西克萨方面的。约伯放松下来，长出一口气。

五

他们继续向前行驶，约伯从一旁观察着身边沉默的巨人。斯雷格怎么会知道他会从那座建筑里出来？他怎么会知道他在那里？难道地下组织在希特拉克博士的办公室里也安插了眼线吗？

猜测得不出有意义的结论。约伯耸耸肩，在斯雷格驶离城市，驾车在田间飞驰期间，放弃了猜想。西克萨政府一定是打算用玉米粥喂养自己的士兵，因为一路上，他还没见过其他的农作物。

斯雷格驶离大道，开进一条颠簸的小路。约伯抱紧炸弹，"慢点开，慢点开。"他警告他。

斯雷格顺从地减慢了速度，他的态度再次让约伯感到困惑。自己虽然不是犯人，但在这里好像也不能全权指挥斯雷格，而是介于二者之间。这种感觉并不好。

他们来到一片光秃平坦的区域，一架巨大的飞机正停在那里，螺旋桨慢悠悠地旋转着。斯雷格驱车赶向飞机，然后停下车，示意约伯下车。紧接着，他又示意约伯该登机了。

"给我你的工具箱。"约伯说，巨人把工具箱递给他。

飞机上涂着西克萨的涂装，但是如今约伯已不再在乎了。如果他拿怀里的炸弹去威胁他人，他可以让任何人听他的。即便如此，他仍旧感到有些担心。

就在他即将登上舷梯时，飞机中传来一声枪响。约伯本能地下蹲回避，倒下的却是斯雷格，子弹在他的两眼间开了一个整齐的洞。看到这幅景象，约伯浑身僵硬地呆立在原地。

机舱门滑开了，一张脸弹出舱门。

"索拉克！"约伯叫喊起来，"我以为你死了！"

"那样想就对了，约伯。快进来。"

"等一下，我去拿工具。"约伯举起装炸弹的摇篮，递给低头冲他微笑的黑人，"可别把圣婴摔了，"他说，"它要是哭了，不等你听到哭声，你可就没了。"

他捡起工具箱，爬进飞机。索拉克向飞行员挥挥手，飞机应号令起飞。约伯开始小心翼翼地拆除引信。与此同时，索拉克发话了。

"斯雷格是个奸细，"他说，"我们原本以为他只是个无知的大猩猩。他正在下一盘大棋，而且快要下完了，可当你指认我来证明你的身份时，他明白他必须告发你们了，因为我们可以直接把你送到希特拉克博士那里，并且帮助你执行计划。但是斯雷格那时还没准备好，所以他向耶拉斯报告说我死了。接着他带领士兵来到农场，搜索了整幢房子。他知道士兵一定会发现你，逮捕你，但是当那个色眯眯的中士要把耶拉斯也带走时，他的麻烦来了。他必须向其他地下组织的成员汇报这件事，因为在收网之前，他必须再组织起一场大型集会。"

"他没告发你们，你懂的，"索拉克继续说，"地下组织有人盯着他，所以他不敢冒险。在耶拉斯和我碰头后，我们对照了笔记，搜查了他的个人物品，找到了证据。然后我们安排了这次碰面——前提是你成功逃脱。她告诉了斯雷格你在哪里，让他带你来这儿。我不觉得你能逃脱，但是她坚称你的机敏一定能带你逃离敌阵。嗯，你确实做到了，真是皆大欢喜。但这不重要，就算你失败了，我们还是会设法得到炸弹，或者在希特拉克博士的实验室里引爆它。"

约伯懒得告诉他炸弹在哪里引爆根本无关紧要。他完全沉浸在阻止爆炸的工作中。最后，他终于把引信取了出来。他走向索拉克，打开炸弹仓。折叠门完全向下敞开以后，他把引信顺着舱门扔了出去。

"拔牙手术大功告成，"他说，"我们这就清空炸弹。"

他松开钳子，拉开两个半球，然后从工具箱中取出凿子，在两侧的镉制隔层上凿孔，让火药流出。粉末飘落，散开，其流逝不为幸存的世人所知。

人们能活下去了，因为不等希特拉克博士制造出第二枚原子弹，战争便会结束。约伯抬起头，两眼有些湿润。

"大功告成，我猜，"他说，"我们接下来去哪里？"

"等见到 50 英里外的我方舰船，我们会弹射出舱，让飞机坠毁在海里。现在让我们汇报任务结果，等待后续指令。这项任务已经圆满完成了。"

# 砖月亮

*The Brick Moon* / Edward Everett Hale

文 /[美]爱德华·埃弗里特·黑尔

译 / 杨枫

爱德华·埃弗里特·黑尔,美国历史学家、作家,于1869年创作的《砖月亮》已成为科幻史和航天史上的双料经典。故事翔实地从管理学和工程学的角度呈现了大型航天工程需要考虑的方方面面,"砖月亮"亦成了人类文学史上的第一颗人造地球卫星。

[出自弗雷德里克·英厄姆上尉的文件]

## 第一部分
## 准备

如今,我不反对讲述整件事的来龙去脉。订户们自然有权知道他们的钱被用在了何处。天文学家们也应当知晓这一切,免得再宣布他们发现了有巨大偏角运动的小行星。研究经度的实验者们也应该获悉此事,这样,他们就可以在尝试打造另一颗砖月亮或拒绝施工时明智行事。

和大多数美好事物的开端一样,这一切都始于30多年前,我们还在大学时。那时,我们正在研读一本书,书的封面和封底都是灰色,书脊则是绿色的。这本书名叫《剑桥天文学》,因为它是从法语翻译过来的。读这本书时,我们读到了关于经度的部分。而当我们在老南中餐厅的昏暗光线和怡人氛围中谈论这部分的内容时,我们从学生那里听说:经度委员会正在悬赏与之相关的新发现。据我所知,学生们说的那些都是瞎话。和所有男孩一样,我们也涉足过永动机领域。对我来说,只要给我足够多的粉笔,就算是化圆为方的难题,我也不在话下。至于经度的问题,就交给 Q[1],由他来为我们其他人解释吧。

我不知道我能不能跟外行人解释清楚这件事,因为世人并没有研读过那本有着灰色书封和绿色凸纹布书脊的书。姑且一试吧。

那么,亲爱的世人们,如你们所知,当你仰望北极星时,它总是出现在地平线上方的固定高处,或者出现在你和地平线之间的某一建筑——比如德怀特中学的校舍、康科德街的房屋,或者此刻的我身处的北方学院——上方的固定高处。你们也知道,假如你去北极旅行,北极星就会出现在你的正上方;而假如你去了赤道,它就会出现在地平线上,只要你能透过北方晦暗朦胧的红色雾气看到它——当然,这是不可能的。如果你只是处在极地和赤道中间,在我们这里和加拿大之间的分界线上,北极星就会位于地平线上方一半的位置,也就是在地平线上方45°处。由此,你会知道你距离赤道45°。而在波士顿,你会发现北极星离地平线有42°20′,由此可知,你距离赤道42°20′。在西雅图,你会发现北极星的高度角是47°40′,所以我们在西雅图的朋友们就会知道,自己距离赤道47°40′。换句话说,一个地方的纬度可以通过观测北极星的高度来轻松得到。如果你不想给北极星测高,你还可以在任何一颗星星刚好在你北面的时候,测量它的高度,再等上12个小时(只要你能找到它),再次测量它的高度。二者的差就是北极的海拔高度,或你这个观察者所在的纬度。

---

[1] 在本文中,凡是提到 Q 的地方,都指我的兄弟内森·黑尔。他的一个绰号是"蚊子黑尔"(Gnat Q. Hale),因为字母 G 和 Q 不发音。——作者注

"我们当然知道这个,"那些已经大学毕业的人们会说,"你以为我们跟你借书就是为了这?为了让你唠叨你的那点儿可怜巴巴的初级天文学知识?"听到这样的反驳,我感到难过。但接着,又出现了一片高八度的和声,说:"亲爱的英厄姆先生,非常感谢您。我们以前根本不知道这些知识,您把它们解释得非常清楚。"

谢谢你,我亲爱的,还有你,还有你。我们不会在乎别人怎么说。如果你真的悟了,真的明白了,那你就比查尔斯·里德[1]先生知道的还要多了。他要是懂得比你们多,也就不会让他在岛上的两个恋人去猜测自己的纬度了。如果他们当中的任何一人曾在体面的中产阶级学院里接受过教育,他们都会表现得更好。

接下来说说经度。

你所确定的纬度衡量的是你从赤道或从极地向北、向南的距离。而若要确定你的经度,则需要找到你相对于格林威治子午线的向东或向西的距离。现在,假设有人在格林威治建造了一座高塔,直插云霄——比如说直抵100英里高的天上,那么,只要你我处在它的东、西部,而且能看到它,我们就可以通过测量高塔在我们地平线上露出来的高度,来获知我们同格林威治子午线的距离。倘若我们能看得足够远,那么,当高塔在顶部点亮"永远耀眼夺目"的德拉蒙德灯,出现在我们的地平线上时,我们就会知道我们离它有873英里远。塔尖将为我们提供答案,就像我们在测量纬度时的北极星一样。如果我们离塔较近,我们的地平线就会与从塔顶延伸到我们的视点的连线形成一个较大的角度。而如果我们离塔再远些,那我们就需要一座更高的塔了。

可是,没有人会在格林威治,或在格林威治子午线上的其他地方,或在任何一条子午线上建出这样的塔来。你看,为了让它在离它最近的半个世界发挥

---

[1] 查尔斯·里德,英国小说家,剧作家,代表作包括《患难与忠诚》(1861年)、《硬币》(1863年)等。此处指的是他的长篇小说《犯规》(1869年)的情节。——译者注

作用，它必须高到足以让地球的直径被忽略不计。不仅如此，你还必须为另外一个半球竖起一座同样高的塔。正是这个困难让 Q 提出了"砖月亮"这个权宜之计。

因为你看，假如我们运气好，拥有一枚土星一样的环，穿过格林威治上空，沿着格林威治子午线环绕整个世界。假如这枚圆环能静止在格林威治上方，随世界转动，那么，任何想测量自己的经度，或者说，想测量自己距离格林威治有多远的人，都会望向窗外，看看圆环距离地平线有多高。在格林威治，它在正上方。在新奥尔良，也就是离格林威治四分之一个地球周长的地方，它正好在地平线上。在新奥尔良往西一点，你会开始在西边，而不是东边寻找另外半个环；而如果你从斐济群岛微微往西走，环就又会出现在你的头顶。因此，假如我们有一个这样的圆环，不是像土星环那样环绕着赤道，而是像人造地球仪上的铜环那样垂直于赤道平面，只是尺度要大得多——"那么，参照这枚圆环，"Q 若有所思地说道，"我们就可以计算出经度。"

在各种提案都无法实现目标以后，Q 提出了"砖月亮"的构想。计划是这样的：假设你在地球表面用一根巨大的吹筒从格林威治向上射出一粒豌豆，朝天向北发射；如果你射得又快又远，达到让豌豆在升力耗尽、开始坠落时，已经离开了地球，飞掠北极的程度；如果你能赋予豌豆足够的推力，让它能绕地球半圈而不触地，那么，这颗豌豆就能永远离开地球了。它将带着初次飞出大气层、挣脱引力束缚时的冲力，继续在北极、斐济岛、南极和格林威治的上空永不停息地公转。当我们看到这颗在其便捷的轨道上绕地球转动的豌豆时，我们只需知道轨道有多高，便能测量出经度。和土星环同理。

"但一颗豌豆太小了！"

"没错，"Q 说，"我们必须做一颗大豌豆。"于是，我们开始制定计划，把豌豆做得非常大、非常轻。大，是为了让饱经风霜的航海家能远远看到它；轻，是为了让它更容易被射到 4000 多英里高的空中，免得它落在格陵兰人或巴塔哥尼亚人的头上，伤到他们，并让世界失去它的新月亮。不过当然了，我们不能用板条抹灰的方法，因为就像陨石一样，人造月球在飞过大气时会着火，而用板条抹灰法制成的月亮将会只剩下几滴连罗斯大望远镜[1]都看不见的白色浆液。"不，"Q无畏地说，"月亮务必要结实。它必须耐火，非常耐火。它不能用铁铸，它必须用砖头砌。我们势必要造一颗砖月亮。"

接着，我们需要算出砖月亮的尺寸。在我们的时代，随便找一架优质的折射望远镜，都可以看清楚老月球上长200英尺的宏伟建筑[2]。然而我们想要造福的那些可怜的小渔民们却无法携带这样的望远镜。他们的船曝尸于众多悬崖之上。他们既买不了劳合社[3]的保险，也买不起罗斯大望远镜。船主得他们自己当，他们的船员则是自己的儿子们。

另一方面，我们不希望我们的月亮像老月亮那样位于25万英里之外。区别起见，我称老月亮为荆月。事实上，只要它能让几乎整个世界都看到，我们就不在乎它离地球有多近。除非我们把它抛得无限高，否则一定有一小片地区的人们无法从地表看到它。"但他们不需要从地表看，"Q说，"他们可以爬到船头。如果他们完全看不到它，他们就会知道自己距离子午线90度。"

我们还遭遇了所谓的"观测带难题"，不过，这个难题促使我们改进了计划，使之在各方面都更加完善。显然，"观测带"越宽，月亮就必须离地球越远，相应地，也就越难被人看到。然而，如果我们让月亮保持在4000英里高的地方，那么，在地表能看到月亮的区域就是子午线两侧3000~4000英里的范围，而3000英里的两倍，或者说6000英里，是地球最大周长的1/4。我

---

[1] 英国天文学家威廉·赫歇尔（即后文提到的老赫歇尔）相信自己找到了月球上存在生命的充足证据，并将之同英国乡村作了比较。后文提及的小赫歇尔，即约翰·赫歇尔也曾被卷入到了一场类似的关于月球文明的骗局——1835年月球大骗局——中。——译者注

[2] 罗斯大望远镜，由爱尔兰的第三代罗斯伯爵于1845年建造，是一架口径1.84米的反射望远镜。因躯体庞大，而获得了"利维坦"的称号。——译者注

[3] 全名劳埃德保险社，是英国伦敦的一家保险交易所，1871年遵循劳埃德法令成立，最初经营海上保险。——译者注

们也不敢将它与地球的距离缩短到 4000 英里以内，因为即使在这个距离上，地球的阴影每晚也会遮住它三小时，但是我们希望它是明亮而且清晰的，不希望它通体都是那种暗淡的、铜色的月食颜色。但是在 4000 英里的距离上，月亮至少可以被宽 6000—8000 英里的观测带看到。"那就发射两颗月亮吧，"这是我对这个计划的贡献。"一颗沿着格林威治经线公转，另一颗沿着新奥尔良经线公转。注意，要让它们的轨道半径稍有不同，以免它们在某个倒霉的日子里'相撞'。这样一来，大多数地方都能看到一颗月亮，也许还能看到两颗。这样一来，云层的风险也会小很多：随处都能看到一颗月亮，只有多云天例外。两颗月亮同地球的距离都不需要超过 4000 英里，因此它们会更大、更漂亮。如果在老赫歇尔用他的反射望远镜可以看到古老的荆月上的 200 英尺长的城镇房屋，那么，小赫歇尔就将能看清砖月亮上一英尺半长的灰泥斑，而没有反射望远镜的人则只要戴上眼镜，就也能看清月亮。"大家最终达成了一致意见：必须有两颗砖月亮，事实上，最好有四颗，因为每颗月亮都一定会有一半时间处在地平线以下。虽然这只是木星的卫星的数量[1]，但是大家也都同意：我们最好先做一颗出来。

我不知道为什么我们要把砖月亮的直径定成 200 英尺。我想，这一尺寸源自可敬的约翰·法拉[2] 的声明：他说在老荆月的阳面，不可能存在着尚未被发现的 200 英尺长的州议会大厦。出于某种原因，我们依此决定，以 200 英尺为直径。另一方面，一颗直径 200 英尺的月亮似乎也并不难驾驭，但尺寸更小的月球显然就没有用了，除非它们能更靠近地球。而如果这样做的话，月亮会多得令人混乱，而且大部分时间都黯淡无光。此外，就算它的直径只有 200 英尺，4000 英里这么近的距离也足够人们看清它了。

---

[1] 本文发表于 1869 年。在当时，人们只发现了木星的四颗卫星：木卫一（艾奥）、木卫二（欧罗巴）、木卫三（盖尼米得）和木卫四（卡利斯托），直到 1895 年，爱德华·埃默森·巴纳德才发现了第五颗卫星，即木卫五（阿马尔塞）。——译者注

[2] 约翰·法拉（1779—1853 年），美国数学家、哲学家，哈佛大学教授。——译者注

尽管我们在图纸上将月球设计得很小,但是这些直径200英尺的月亮对我们来说还是太大了。我们自然打算把它们建成空心的,但即便是空心的,月亮也必须有一定的厚度,而且也还是需要大量的砖。况且我们还要把它们射出去呢!吹筒当然只是用来说明情况的。要再过很久,像罗德曼铸铁炮这样的火炮才能将铁球打到五六英里远的地方——换成高度,也只有大约两英里高。

铁比空心砖重得多,但如今你可造不出200英尺口径的大炮,当时更不可能。造不出来的。

发射月亮的方法又是Q提出的。它不采取你所熟知的任何形式的瞬间爆炸。和所有伟大的事物一样,发射是通过默默地逐步积攒能量来实现的。各位都知道飞轮的周身很重,内部很轻。它一生产出来,便开始积蓄能量,等到用的时候,再将其释放出来。没错吧?既然如此,那么,在我们建造月球之前,甚至在我们烧制砖块以前,我们将先打造两枚巨大的飞轮,全都"硕大无朋",其外沿极重,而且强度极大,没有任何手段能使之崩裂。两枚飞轮将沿相反的方向旋转,边缘尽可能靠近彼此,又不贴在一起。如果有必要的话,旋转将持续数年,以积蓄能量。某座瀑布将为它们供能,其动能对当下的世界毫无用处。一枚飞轮应该比另一枚重些。等到砖月竣工,一切准备就绪,我们将让人造月球缓缓滚下为之准备的巨大沟槽,直到两枚飞轮的边缘同时将它擦亮。砖月自然不会停在飞轮上,万分之一秒都不会。它将像被磨盘甩落的水滴那样被掷向上空,向上,向上,而稍重的那枚飞轮又会使它稍稍偏离垂直方向,从而使之向北、向上飞升,直到飞过地轴。当然,它将始终受到地心引力的控制,其飞行轨迹将缓慢弯曲,却依旧渐行渐远,远离世界。它继续飞向上方,但此时已在向南飞行,直到跨度超过180度。事实上,在它飞离40~50英里厚的可见大气层之后,它受到的阻力就微乎其微了。"现在开始公转吧,"Q沉浸在想象中,说道,"公转吧,快快开始!它此时的飞行曲线将永远不和地球相交。只要我们将巨型飞轮调节妥当,砖月便将永远在那座孤独的瀑布所在的子午线上空飞行，沿着恭顺的轨道公转。砖月亮，这所有海员的福星，将以不变应万变，应对如月相般无常的诸事变化。它将成为所有弄潮儿眼中的第二颗北极星，也将成为他们留在岸上的女孩们眼中的第二颗北极星。""阿门！"我们高喊，然后默默坐下，直到 10 点的钟声敲响，我们彼此严肃地握了握手，离开了南中餐厅的大厅。

我们知道很多瀑布。

飞轮可以用橡木和松木造，用铁箍箍住。飞轮不会阻拦我们前进的脚步。

但是砖呢？假设一块砖是 64 立方英寸，那即便我们把月亮做成空心的，造好它也要 1200 万块砖。

光砖块就要花 6 万美元！

光是烧砖就要 6 万美元。砖月计划就这样搁置了。17 年过去了，我们已经从不再年轻，计划却一直是空中楼阁。光砖块就要 6 万美元！对还未付清大学账单，对史密斯拿去拍卖的可爱的埃尔泽维尔丛书[1]（史密斯做梦也想不到它们值多少钱）想都不敢想的男孩们来说，6 万美元就和 6000 万塞斯[2] 一样堪称天价。等等，克拉克，6000 万塞斯相当于多少枚海贝？以金价 $1.37^{1/4}$ 换算，货币价值是多少？哦对，金价涨了。打住，我跑题了！

好了，接着说砖月计划。计划一直停滞在理论阶段，成了一个悬空的愿景，一个像砖月亮自身一样可爱而遥远的愿景。在这静谧的午夜时分，当我写作本文时，那月亮就搭乘着猎户座的肩膀，出现在南方的地平线上。停！我得停下来了。我要像《毕逗一角钱小说》[3] 那样，稳步推进故事情节。

17 年过去了。虽然我们已经不再是男孩，可我们的内心却仍然年轻。时

---

[1] 由著名荷兰出版商埃尔泽维尔出版社推出的小开本丛书，开本为 7 英寸 ×4.5 英寸，在收藏家之间十分抢手。——译者注

[2] 塞斯，古罗马货币单位。——译者注

[3] 1860 年由出版人毕逗兄弟（伊拉斯图斯·毕逗和欧文·毕逗）出版的廉价平装本丛书。——译者注

至今日，我在参加董事会会议、委员会会议或教会会议时，都仍然有一个奇怪的问题：如果有人发现这个大胡子只是个乔装打扮的大男孩，会发生什么？我穿的长礼服和戴的圆帽都不合我意。假如我因为扰乱秩序而被赶出了会场，那么，一位明智的公众人物在了解所有事实后，就将会说我"罪有应得"。这些思考帮助我度过了许多无聊的会议，若非如此，这些会议将会变得无比难熬。我以前是怎么说的来着？

"板子是木头做的，它们又长又窄。"[1]

可故事还是没能继续下去！

如我所说，17年后，亲爱的奥克特再次来到我在纳瓜达维克的住处。自从我们在剑桥大学的毕业典礼上分别，我就再也没见过他了。他看起来和从前一样，但又有所变化。他的微笑还是老样子；他的声音，当我和他说起沉重的伤心事时，他温柔而同情的眼神，还有他那孩童般的玩心，都一如既往。他的腰带变样了，他穿的裤子也换了款式。他光滑的下巴被埋进了满脸胡须里。如果他过去只有一克重，那他这时就有两百磅重了。哎呀，我们共同度过了一段美好时光，就像过去一样！在纳瓜达维克的日子让我非常快乐。这时，我的替身正在《桑德曼评论》出版委员会的会议上替我工作，于是，我带奥克特去我自己的小屋，一起谈起了旧时光，一直谈到茶点时间。波莉穿过果园过来，亲自为我们沏茶。我们聊个不停，一直聊到晚上快10点。接着，亲爱的奥克特问我是否还记得砖月亮。是否记得？我当然记得。我坐在椅子上，拉开写字台的抽屉，递给他一个装满工作画的图集。那年冬天我一直在画这些图纸，以此作为我的"第三份"工作[2]。奥克特很高兴。他简要浏览了一遍，然后说："我很高兴。我坚信你还记得。我见过布伦南，他也没忘。""你知道吗？"他

---

[1] 此处是黑尔早年为一套写作指导书写下的格言，在本文中有双关意——原文中的 Board 既表示木板，也表示董事会、委员会。——译者注

[2] "所有人，"皮博迪博士说，"都该有一份主业和一份副业，"对此，我要补充："还该有第三份"。——作者注

说,"在我建设铁路时,我也没忘。当我为卡特维萨—奥珀卢瑟斯铁路公司建造大隧道时(有了这些隧道,火车就不必再走以前的坡道了),周遭200英里内比桃核大的石头都被我收集了起来。我冒着危险,用我自己的砖窑将那条隧道里的土石烧成砖。英厄姆,我相信,我做的砖比世界上任何一个人都多!"

"你太走运了。"我说。

"难道不是吗,弗雷德?还不止这些呢。"他说,"我还在比砖头更昂贵的事物上取得了成功。我不仅烧好了砖,还赚到了钱!"

"咱们当中有人发财了?"我惊讶地问。

"不管过去怎么样,"亲爱的奥克特说道,"现在,咱们当中确实有人发财了。"他接着告诉了我他是怎么做到的。他挣钱既不靠修隧道,也不靠烧砖。都不是!他在卡奥铁路的原始股票几乎一文不名时全盘买下了它们。这家公司发售了第一抵押债券、第二抵押债券和第三抵押债券,还有数不清的浮动债务;更糟糕的是,公司还在铁路界名誉扫地,而且活该如此。铁道线上的每辆机车都气喘吁吁,每一节车厢都在海量的事故当中伤痕累累,而这些事故怪不得别人。我都不知道有多少竞争对手正在为了瓜分该公司的合法业务而争得你死我活。在这个节骨眼上,亲爱的乔治把他作为承包商的所有收入都投在了受人鄙视的原始股上——他实际上是以上市价的3.25%买下了它们,而那些可怜虫曾经要花100美元来认购这些好股票。乔治就这样投入了6800美元——他的全部家当。接着,他亲自去找第一、第二和第三抵押债券的持有人,告诉他们他所做的一切。

只要亲自出面,就可以打动世人。亲爱的奥克特就算以前不知道这一点,这时也已经领教到了。要是他写信给债券持有人,他们就会闻风而动。可当他去找他们谈话时,他们却纷纷从桌子另一侧转过来,求他坐下。他真的把自己的每一分钱都投到了那只股票上了吗?既然如此,那么,那只股票一定有不为他们所知的价值,因为乔治·奥克特在铁路领域可不傻,他就像洪水泛滥时,在拉皮丹河下游架桥的人一样精明。

"他的计划是什么？"

乔治没有说——没错，他没有告诉高贵的债权人他的计划。他有计划，但他将其深埋在心底。他只告诉他们：他计划好了，而在这些计划上，他已经赌上了他的一切，请问他们是否同意让他运营卡奥铁路，为期12个月，只付象征性的薪水？他们此前的铁路负责人是个无赖，已经通过逃之夭夭证明了这一点。债权人们知道乔治不是无赖，他心知自己可以使这条线路盈利，回馈债权人，并支付股息。这是20年来没人想过的事。他们能做得比他更好吗？

他们当然不能，他们对此心知肚明。当然，他们还是会打探消息，议论纷纷，等待着，假装自己不明真相，得咨询咨询再说，如此等等。但他们最后都还是接受了他的条件，决定试用他。他被派去负责那条线路的运营了。

短短一个星期，他就表示他能重振卡奥铁路。三个月以后，他真的做到了！

他在上工第一天就大胆地做了广告："婴幼儿要付三倍票价。"

这一新奇的做法立即吸引了人们的注意。它有很多深意。首先，这表明他是一个有人性的人，希望拯救人类的生命。他要把这些无辜的孩子们留在摇篮里，留在属于他们的地方。

其次，也是最主要的一点，是全世界的旅行者都看到克莱顿[1]式或阿玛迪斯[2]式的完美未来骑士已经出现了——他们遇到了一位关心乘客便利的铁路经理！

第一周，卡奥铁路的乘客人数增加了一倍；一二个星期过后，更多货物开始涌入，往来在它们的主人走过的线路上。一批车厢一经售出，就立刻被放到了铁道上。这些车厢装有扶手，旅客可以把胳膊搭在上面；车厢还装有头枕，

---

[1] 指英国作家威廉·哈里森·安斯沃斯所著骑士小说《克莱顿》的主人公游骑兵克莱顿。——译者注

[2] 指著名中世纪骑士小说《高卢的阿玛迪斯》的主人公阿玛迪斯。——译者注

供疲惫的乘客小睡。这些改进激起了人们的强烈的好奇心，以至于卡特维萨的博物馆展出了一节，奥珀卢瑟斯的博物馆也展出了一节。公众们尚不知晓，运行在美国各条铁路上的车厢是为了巩固波塔基特—波敦克铁路公司售卖的保险而被设计出来的。他们的保单越攒越多，以至于他们担心自己会失去铁路运营特许权。因此，他们在广告中征集一种让乘客晚上不能睡觉、白天不能休息的车厢设计方案——在这种车厢里，乘客的背要挺直，头部不能有支撑，脚要被钳住，肘部总是要被路过的售票员撞到。这种车型一经出现，便立刻被投入到了全美的所有铁道上，但是在卡奥铁路这里，这种历史悠久的模式被搁置了。

结果显而易见，人们从数百英里外赶来乘坐卡奥铁路的火车。第三笔抵押债券已经还清了；第二笔抵押债券的储备金也已经积累了起来；第一笔抵押债券的持有人生活在被还清债务的恐惧中。还没过两年，乔治以每股 3.25 美元的价格买入的股票就已经涨到了每股 147 美元。于是，当我们一起坐在小屋里的时候，乔治的身价已经接近 30 万美元。他的蛋有的还在产蛋的篮子里，有的被他拿出来放在了其他篮子中，有的放在了鸡窝里，交由不同的母鸡去孵化。无论放在哪里，它们都是健全的鸡蛋。这就是乔治前来讲述的胜仗。

我们当中有人发财了！

在路上，他看到了布伦南。布伦南，这个思想单纯、为人正直、精明、有头脑、有热情、言出必行的人，正掌管着新阿尔托纳。布伦南没有赚到钱，过去没有，以后也不会赚到。但是在这个世界上，布伦南不用花钱就能做很多他喜欢做的事，因为每当他研究起某家企业的是非，人们都知道他对它的判断几乎就是永恒的真理；因此，所有理智的人都极为信任他的预言。但更重要的是，布伦南是个一根筋的家伙，他相信人民。因此，只要他知道什么是正确的，什么是错误的，他就能站在两三千人面前，以他与坐在膝头的小贺拉斯谈话时的那种简单和独到的方式，告诉他们什么是正确的，什么是错误的。在听他讲话的几千人中，知道他在使用雄辩术的人不超过 100 个。当他们坐在商店里聊天时，他们会说布伦南不善言辞。不，他们甚至为布伦南没有口才而感到遗憾！他们会说，如果他能像卡克或巴克那样能说会道，那他将是多么出色啊！然而一个月后，当他们要为布伦南所讲的事情工作时，他们还是会按照布伦南的吩咐行事。他们常常会忘记布伦南曾经要他们要听他的，幻想这些是他们自己的想法，然而它们实际上是他们从布伦南那流畅、严谨、通俗易懂且浑然无形的常识中，潜移默化得来的。我不知道布伦南是否知道他的口才很好。我和亲爱的乔治只知道：他是一位人类的领袖！

　　拿出勇气来，我的朋友们。我们正在稳步推进砖月计划！

　　乔治停下了脚步，看到了布伦南。布伦南也没有忘记砖月亮。17年来，他一直都记得。尽管并没有哪艘船因为弄错了经度而在下风岸失踪，也并没有婴儿在残破的船桅和冰冷的岩石之间哀嚎，并没有肿胀的无名尸体被抛到沙滩上，被人埋葬，写下无名的墓志铭，但是布伦南仍旧记得砖月亮，并在铭记一切的记忆密室里，将这些恐怖的故事存放了起来。如今，乔治准备为建造砖月亮献上10万元，布伦南也准备好了智者在调动群众时会用上的一千种手段，去说服他们再给我们10万元。乔治问我是否已经准备好和他们一起完成最后的工作，让我们过去的计算成果落地发芽。为此，我现在要从数学层面夯实项目，奉献从海军科学领域借来的知识。当砖月亮像颗樱桃一样被射出打造它的轨道，被无数股洪流积聚起来的力量发射到空中，最后在它预先计算好的以太空间安顿下来时，我们的知识便会开花结果。愿它能在恒定的子午线上开启它的永恒福音之旅！

　　这愿景真是饱含善意，充满惊奇！我当然同意了。

　　哦，可别那么急着听结局！哦，我可绝对不会告诉你我们当时在当地发起的盛大宣传活动。我不会告诉你皇家殉道者号因其经度错了3度而酿成的惨剧震惊了全世界，从而为我们提供了推销的起点；我也不会告诉你我如何向乔治解释，他不能一次性投资10万美元，必须在"事业"需要刺激，或公众需要鼓励的时候，分批投资；我不会告诉你我们如何拦住新手编辑，向他们解释事情的原理，使他们认为月球是他们自己的发明和自己的事业；我也不会告诉你我们如何从波士顿出发，向所有科学界人士、所有慈善界人士和所有商业界人士发出了 3000 份传单，邀请他们到乔治位于里维尔市的家中客厅里举行私人会议。除了我们自己和布伦南从波敦克镇带过来的几位看起来很体面的老先生外，其余的人都自付往返车费。除了报业代表外，只有三人到场，全都是项目遭遇失败的冒险家。在这些代表中，有些人全听明白了，有些人则什么都不懂，但是次日，所有人都为我们放出了"一手通告"。几天后，在园艺会堂[1]的下层，我们召开了第一次公开会议。哈利伯顿给我们带来了 50 名他的仰慕者——他的大半个圣经班——来填补空缺席位，除了他们外，只有一两个人没有收到我们的上门邀请，而所有受邀之人都出席了会议。我们在墙上挂满了或简明或晦涩的图表。我宣布会议开幕。没错，我必须要说说这场会议。

首先，我开始发言。我没有装模作样地娓娓道来计划，既没有使用任何修辞，也没有致歉。我只是告诉了他们下风岸的危险性，告诉他们什么时候最危险——海员们不知不觉来到岸边时。我向听众们解释说，经度仪不仅昂贵，还需要频繁进行修正，以误导经常靠它进港的航海者们相信它们。此外，经度仪做出的修正不可靠，这种仪器穷人也用不起，而且仪器一旦出现误差，这份误差就会永远积累下去。我说，我们相信我们有一种方法，若能一试，就能让最卑微的渔民在计算自己在世界上的位置时，准确把握日出和日落。我还说，只要一个人知道自己在世界上的位置，一切就将顺利无虞。说完，我就坐下了。

接着，亲爱的乔治开始讲话。他的发言简短但凝练。他说他对波士顿人来说是个陌生人，那些认识他的人都知道他并不能言善辩。他是一名土木工程师，工作是计算和建设，而不是说话。他来这里是想说，他已经从头到脚研究了这个测算经度的新项目，并且相信计划一定能成功。这就是他的意见，供人

---

[1] 园艺会堂位于波士顿，是马萨诸塞州园艺协会的总部。——译者注

们参考。如果会议决定推进这项事业，或者如果有人提议如此，那么，为了这项事业的成功，要他做什么，他就做什么，而且不计酬劳。要是他只能做砖瓦工，他就去做砖瓦工，因为他相信，在他的灵魂深处，这项事业的成功为人类带来的好处比任何可能要他付出生命的事业都要多。"为了人类的福祉，"他言简意赅地说道，"我的一生都在为之奋斗。"说完，他坐下了。

然后，布伦南站了起来。到这时为止，除了乔治曾提到了砌砖工的活计外，还没人提到砖月亮，更没有人暗示它由什么构成。于是，本·布伦南将计划全盘托出。他的讲话就像他是在和一个十岁的聪明孩子说话。他让那些人以为他尊重他们，将他们看作和他平等的人，但是事实上，他字字斟酌，仿佛他们对此全都懵懂无知。他解释项目时轻松自如，就好像解释项目比让人无视它更简单。他讲得头头是道，若是让听众来发言，他们怕是也能向他解释砖月亮的原理了。他带他们从一点来到另一点——哦！比我跟你们讲的要清楚得多——直到他们的嘴巴因为兴趣盎然而微微张开，他们的眼睛在注视他的脸时忘记了眨动，眉毛似乎因为好奇而微微抬起。他一直讲到每个人都觉得自己是披荆斩棘的发明家，讲得整件事实际上似乎轻而易举，谈不上困难或复杂。唯一令人奇怪的反而是经度委员会、拿破仑皇帝、史密森尼学会或某些人竟然没有在很久以前就把这颗小小的星球送上它的福音之旅。在他的讲话里，没有哪个音节能称得上是修辞，也没有哪个词是预先准备好的。讲完后，布伦南坐下了。

这就是本·布伦南的作风。站在我的个人角度，我喜欢它胜过雄辩。

我又站了起来。我们有问必答，我说。我们代表的是那些渴望推进这项工作的人。(唉！除了Q，所有被代表的人都站在台上。)没有社会的广泛援助，我们就无法取得进展。这不是一项可以要求政府支持的事业，这项事业不能给任何一个人带来哪怕一分钱的利润。因此，我们纯粹是出于它给全人类带来的福利，把它带到波士顿的男男女女的集会上。

接着，会场陷入了短暂的沉默。我们可以听到我们的手表在滴答作响，听到我们的心跳声。亲爱的乔治小声问我他该不该再说些什么，但我认为不必。沉默开始变得煎熬难耐，然后商人王子汤姆·科拉姆站起来问：你们有没有计算过发射一颗月亮的潜在实验成本？

我说，计算结果已经出来了。仅仅是砖块就需要 6 万美元。奥克特先生计算过，建成两枚飞轮和一颗月亮需要 214729 美元，其中不包含月亮的粉刷成本，后者并不是必要的。如果我们还要继续发射，那么飞轮和水力对后续的月亮也同样重要，因此，我们预估第二颗砖月亮的发射成本可以降低到 159732 美元。

在我说话的时候，托马斯·科拉姆一直站着，他突然说："我不是数学家，但是在拉克迪夫群岛，曾有一艘我名下的船因为经度仪出了问题而粉身碎骨。你们需要 250000 美元来建造第一颗月球。我将报名成为 20 名投资人之一，也可以明天就为这个项目付给司库 10000 美元。如果到了 20 年后的今天，砖月仍然没有完成，你们就要还钱给我。"

这是托马斯·科拉姆有史以来最长的讲话。

但它表明了他的立场。稀稀拉拉的观众们拍手叫好。

奥克特看看我，我点了点头。"我将成为这 20 人中的另一人，"他喊道。"我也加入，"一个直率的英国人说道。没有人邀请他，后来，我们发现他是谢菲尔德的罗伯特·博尔先生，出于好奇才赶来开会。他在会议结束后留了下来，说他将在下周离开这个国家。此后我再也没有见过他，但他还是寄来了汇票。

这就是全部的公众认购，比我们期待的要多得多。我们想让科拉姆担任司库，但他拒绝了。我们不得不让哈利伯顿担任这一职务，尽管我们本想找一个比他更有名望的人。然后我们就休会了。一些漂亮女士走上前，有人捐了 1

---

[1] 公元 55 年，圣保罗在雅典的亚略巴古传教，达玛里斯和狄奥尼修斯为听众中的二人，在此皈依了天主教。——译者注

美元，有人捐了 5 美元，还有人捐了 50 美元。还有一些男士，他们后来一直在支持整个项目。我总是在自己的脑海中称这些女士为达玛里斯，称这些男士为狄奥尼修斯[1]。但这些都不是他们的真名。

我竟然会在这种老梗上浪费时间！第二天，这些女士当中的一些人来到这里，提议举办一个展览会。六个月后，她们的提议孕育了伟大的经度博览会。只要你们参加了这场展会，你们就都会记住它，至少我肯定会记得。第二天的报纸给了我们头版报道；接着，我们拿着认购本，开始两个人两个人地记录认购情况。我不能告诉你认购详情。有二三个人每人认购了 5000 美元，因为他们笃定这笔钱永远不会筹齐，而他们希望不花钱就能得到慷慨之名。还有许多男男女女捐赠了 1 美元到 1000 美元不等，这不是因为他们关心经度，也不是因为他们对这个项目有丝毫的信心，而是因为他们相信布伦南，相信奥克特，相信 Q，或者相信我。在我们这个世界上，爱是很重要的。一些人认购是出于跟风，觉得这是应该做的事，他们不能落伍。另外，至少有三四个人的捐款原因是他们日日夜夜都会想起某天传来的消息：某人——乔治、哈利或约翰——在某地失踪了。他们知道：如果乔治、哈利或约翰能用比阅读星辰的轨迹更简单的方式来定位经度的话，他们本能平安回家的。

展览会，认购，再加上奥克特的资金储备，算起来差不多是 162000 美元。等所有的在途资金都到手，还会再多一点。

然而除了奥克特的钱和我们自己的小额认购外，我们一个子儿都不能用，直到筹得全部资金。到了这个节骨眼，整个世界似乎都对我们不耐烦了，而我们已经收走了为我们准备的每一分钱。橘子被榨干了！

## II
### 建造方法

　　橘子被榨干了！可是我们——不论是聪明的乔治·奥克特，深思熟虑的本·布伦南，忠诚的哈利伯顿，聪明的 Q，还是可怜的我——不论是我们全体，还是我们当中的任何一人，都不知道在哪能找到另一枚橘子。或者说，我们不知道要如何才能把苹果酸、酒石酸、柠檬酸、金酸、糖和水混合起来，以模仿橙汁，也不知道如何才能填满银行账户，来吸引有条件认购，从而开始建造月亮。晚上，当我躺在床上的时候，我经常会把不同的认购款项按照新的顺序累加起来，仿佛这样做会有所裨益。可它们总是准确地凑成差不多 162000 美元。这让我总是念叨着那些认购人的名字，哪怕我在困倦当中亟须忘记他们！总之，哈利伯顿把他筹到的全部资金都投在了铁路股票上，我们其他人则在各自的领域深耕，或以各自的方式谋求飞黄腾达。奥克特修建了更多隧道，Q 取得了更多学位，哈利伯顿规划出了更多政策，本·布伦南创造了更多文明。而我则在留步于那个繁荣小镇的剩下几个月里，尽我所能去治愈我的纳瓜达维克人民所受到的伤害。

　　我们谁都不知道事情将会如何发展。不，我们相信，只要我们忠实地做好了所有准备工作，并尽最大的努力，就一定能收获最好的结果，只不过这结果未必会以我们期待的方式来临。眼下就是这样的情况——在建成砖月亮之前，我将会被不光彩地赶出纳瓜达维克，杰夫·戴维斯[1] 和其他七八个坏蛋则会发动"大叛乱"。来听听事情的经过吧。

　　如我的朋友们所料，丹尼斯·谢伊，我的替身——在其他场合他都用我的

---

[1] 指杰斐逊·戴维斯，美国陆军军官，政治家，在美国南北战争期间担任美利坚联盟国的总统。此处的大叛乱即南北战争。——译者注

名字，法律上也如此——在一场公众集会（由可怜的艾萨克斯在纳瓜达维克召集）上让我的努力全都付诸东流了。我无意在此讲述此事背后的那笔交易，但是砖月亮现在之所以正在遨游太空，就是这场交易促成的。写到这里，我停下笔，透过一台总是朝向它的阿尔万·克拉克[1]小望远镜来观察它。它像以前一样，正在静静地漂移着。

事情是这样的。可怜的丹尼斯（我早就原谅他了）未取得我的授权，就在纳瓜达维克的市政厅里发表了他的特别演说[2]。第二天一早，我和我妻子都觉得最好带孩子离开这里。我们亲爱的朋友奥克穆蒂也是这样想的。我们乘坐7点的卧铺车前往斯科赫根，来到了第三区的9号镇区，在那里住了好几年。这一带的乡镇都是根据一项令人钦佩的规章制度设立的——即每个镇上第一位定居的牧师将得到100英亩的土地，作为"牧师津贴"，第一位入住的校长则得到80英亩。于是，我来到了9号镇区，组建了一个小小的桑德曼教会[3]。奥克穆蒂和德拉菲尔德上门来为我办理就职手续。在他们的帮助下，我建造了眼下这座小屋。此后，我、波莉还有小家伙们在里面度过了许多快乐的日子。我不会在本文中公开这地方的地图（即我手头这张9号镇区的地图），也不会记下它为定居者带来的诸多好处。说不定哪天我会出版名为《罗宾逊一家居家记》的文集，那时就好解释此地的地形和地理了。现在，我只想说，我和爱丽丝、贝塔和波莉一起沿着伐木工人走过的道路来来回回，很快就摸清了这片土地的大致特征。依照这样的活动方式，自然，没过多久，我们就在某日遭遇了奇怪的泥石流。它曾多次截断小卡洛托克河的水流，岩石冲势猛烈，甚至还掀开了一片地皮，露出了下面的黄色黏土。

我们在荒无人烟的麋鹿林里挣扎行进，直到一天下午，遇到了这片黄黏土

---

[1] 阿尔万·克拉克，美国天文学家，望远镜制造商。——译者注
[2] 此事的具体经过请参考黑尔的小说《我的替身和他的背叛》（*My Double and How He Undid Me*）。——译者注
[3] 桑德曼派，原称格拉斯派，苏格兰长老会牧师格拉斯在1730年前后创立的教派。——译者注

地。读者可以想象一下，那时的我和我妻子的眼睛到底有多么闪亮！只要经过适当的灼烧，黄黏土就会变成砖！我们置身森林深处，心如烈火；黏土则躺在地里，静待焙烧。波莉看看我，我也看看她，我们异口同声地喊道："月亮！"

小卡洛托克河在此地呼啸而过。自打劳伦斯山第一次拱出炎热的大西洋起，它的能量就一直被白白浪费着。阿格西先生[1]曾告诉过我，那一天便是这个坚实世界的历史上的第一天。这里有带得动 40 个飞轮的充足水力，能否送 20 颗月亮上天，全凭我们的需要。这里还有结实的木材，足够我们建造 100 座水坝，不过，只要一个水坝，就能让飞轮转动起来。这里是养老的地方——我们不仅能远离批评，还能远离那些就我们已经从整个结构中剔除掉的那些有裂痕的砖块而尴尬地喋喋不休的记者。我们已经在 9 号镇区住了六个星期了，还没有哪个"本报记者"报道过英厄姆牧师晚餐吃了什么。

我自然马上就写信给乔治·奥克特，将我们的重大发现告诉了他。他立刻赶来检查情况。总的来说，他很满意。他不能在我提议的地方修水坝，因为那里的黏土堵塞了河道，溪流有可能会改道。不过，我们在下游发现了一座石峡谷，乔治对那里很满意。他画了一条铁路线，装载砖月亮的滑车可以顺着铁道，靠自重冲进中心区域。他告诉了我们开掘地点，以将飞轮准确地放在大磨盘上面，而不会浪费动力；他还向我们解释说：等到这个巨大的结构完成，砖月亮就将迅速滚落到急速旋转的飞轮之间，瞬间被射入天空。

我怎么能忘记这个内心满怀期待的快乐的十月天呢？

整个十月，我们花了很多天进行实地勘察。爱丽丝和贝塔是我们的丈量员，不仅聪明，而且听话。我一会儿帮乔治打桩，一会儿帮他砍灌木，一会儿又抬起、放下盾牌，供他观测。到了中午，波莉带着篮子过来了。我们在一个风景秀丽的地方吃了一顿露天午餐。几个月后，我们聚餐的地方就被大坝的东

---

[1] 指路易斯·阿格西（1807—1873 年），19 世纪瑞士植物学家、动物学家和地质学家，以冰川理论闻名。——译者注

端完全盖住了。现场作业完成以后，我们回到了小屋里，闷了好几天，计算，画图，画图，计算，估算雇佣爱尔兰人需要多少伙食，估算喂养骡子需要多少干草（乔治确信：比起牛，他更适合驾驭骡子），估算水泥用量，估算锯木厂的初期规模，估算铺设小小的运砖铁路需要多少铁轨、车轮和钉子，估算要如何切割。以这个几乎全新的情况为基础，你会发现我们没有估算哪些项目——在这里，砖的成本比我们以前想的要低，我们也几乎不需要花钱买水力，但我们的仓储成本和人员成本却要高得多。

对现在的我来说，这些估算结果已经很难懂了——它们是亲爱的乔治留下的一座丰碑，因为事实证明，它们非常准确。我很乐意在这里将它们详细地印出来，并附上一些说明性的插图，但是我知道公众缺乏耐心，对细节漠不关心。如果我们有朝一日能为乔治出版一本正式的纪念册，那这本纪念册也许更适合刊载它们。我只想说，在根据最新的估算结果精简最初的预算以后，哪怕再加上在荒野中工作而被迫增加的费用，我们也只需要 197327 美元，就足够建造并发射砖月亮了。乔治对此感到十分满意。我们一确定场地，就在小卡洛托克河上下游划出了 80 英亩地，囊括了所有重要的地方。我聘请乔治担任 9 号镇区的第一位校长，他把这 80 英亩地留作了校长属地。第二天，爱丽丝和贝塔就去他那里上学了，上土木工程课。我写信给宾厄姆的受托人，通知他们：我已经聘请了一位老师，他也已经选好了土地。

当然，我们仍然记得，我们离新的预算仍然差了近 4 万美元，而且许多钱款只会在我们筹集到了 25 万美元以后，才会被支付给我们。不过，乔治说，他自己的捐款完全不受影响——有了这笔钱，我们就可以去做大坝的前期工作，并着手制造飞轮。如果这些飞轮能撑住——只要榫头和铁能固定住它们，它们就能撑住——它们就能不分冬夏、不分昼夜地工作，为我们积蓄能量。这不仅能鼓舞订户，也能鼓舞我们自己。等到我们真正准备好制造砖月亮时，所有这些前期的工作就都结束了。

我们征求了布伦南、哈利伯顿和 Q 的意见，他们都欣然同意。依照我们让圣莱杰[1]起草的一份文书，我们的其他几位受托人就是他们。乔治尽快放弃了他的其他委任，并教我如何给小锯木厂选址，如何建造它，以及如何切割必要的木材。我雇了一批人，为大坝砍伐原木，做成木材备用。到了第二年春天，我们已经在建造大坝和飞轮了！当然了，不论是大坝还是飞轮，都需要最牢固的地基。它们的运动只要稍有不慎，就会射偏月亮。

啊，瞧我！我是多么愿意去讲述一条条被弯曲成飞轮轮胎的铁条的历史，讲述一根根被榫在大坝上的原木的历史，还有当大坝完工，原本毫无用处的水流顺利流过它时，在水坝下面的漩涡中玩耍的一团团打着旋的泡沫的历史啊！唉！每一滴被浪费的水都可以移动一整个世界，哪怕只是个小小的世界！我几乎敢说，我将一切都铭记在心了——带着这样的期待和幸福，我每天都在为这项伟大的事业贡献自己的力量，尽我所能帮助亲爱的乔治。他整天东奔西跑，什么工作都要做。而尽管力量微薄，我也在想尽办法去帮他。在那些快乐的日子里，不等太阳升起，鸟儿们已经在清晨的喜悦中发出了最响亮的鸣叫声，而我们便伴随着这样的鸣叫，在各自的小屋里醒来。乔治和我会裹着毯子走出房门，呼唤对方，常常在两座小屋中间的草地上相遇。我们会跑到河边，跳进河里——哦，真冷啊！——像男孩一样大笑，尖叫，把自己擦得通红，然后跑回家，在我小屋旁边的露天烟囱下，为波莉生火。面包已经在夜里烤好了，木头上的水也很快烧开了。孩子们笑着来到草地上，赤着脚，无惧于露水。接着，波莉就会带着烧烤架和熊肉排，或者平底锅和鸡蛋过来。早餐很快就好了，花费的时间比我写这一页书还要短。爱丽丝会把早餐一盘盘端到广场上铺着白布的桌子上。没有谁比拉斐尔和亚当更喜欢吃西瓜、美洲葡萄和晚熟的蓝莓了！我们早餐吃得很慢，轻声细语，以弥补准备早餐的匆忙。

大家都上桌以后，下游的那片木屋响起了起床号，叫醒了昏昏欲睡的工人

---

[1] 文中的圣莱杰指弗朗西斯·布朗·海耶斯，马萨诸塞州州长。——译者注

们。很快，落叶松林上方便升起了蓝色的烟雾。当我们最后向孩子们点点头，说他们可以下桌了，而波莉叠起她的餐巾，说她希望我们也离开时，我们会看到高大的阿萨夫·兰登，当时的木匠领班，拿着一卷图纸，一把锛，或一块写有计算结果的木板，在山谷中踱步，心里念叨着他当天要向奥克特先生请示的事情。

接着，我们用微不足道的一小时来热身。我们给马、牛、猪和母鸡喂饲料。我们收集鸡蛋，打扫鸡舍和谷仓。我们搬来足够烧一天的柴火，提来足够做一天的烹饪和清洁的水。这些是我和孩子们做的事。波莉在这一小时里的生活则更加神秘。她会和其他妇女们一道，用一天当中最重要的第一个小时来研究关于神圣的家政科学的厄琉息斯秘仪中的奥秘。在她们当中，谁能满足那一小时的要求，谁就能聪敏并勇敢地取得这一天战斗的胜利。但她在战斗里到底做了什么，男人可别想说清楚！你可以叫出她们的工作的名字，却说不出具体做的是什么，包罗万象地说，就是在"翩翩起舞"。

一小时的家务和消食时间结束后，孩子们去奥克特先生的露天学校上学，我则前往我的乡间书屋。这是一座独立的小屋，里面有一张做工粗糙的方桌，还有一些同样做工粗糙的装书的箱子。只有乔治和我能来这里。我会在这里不受干扰地工作两个小时——如果这个世界既没有邮递员，也没有门铃，那该是多么幸福啊！——研究我的《桑德曼主义在六世纪和七世纪的溯源》。在这之后，该为砖月大业和乔治提供当天可能需要的各种服务了。于是，我骑马去林肯或去福克斯克罗夫特订购补给品；我拿上枪，到切尔贝克埋伏着猎熊；我将精心绘制的图纸上的折角或斜面落实到凿开的木材上。我竭尽所能扮演着使徒的角色，周围所有这些人让我做什么，我就干什么。多么幸福的一段时间啊！——大坝就这样建成了；我们以阿卡迪亚人般的朴素方式，建造起了宏伟的飞轮，在水坝的两侧建起了支撑飞轮的塔。就这样，我们终于带着混杂着惊奇的喜悦之情，见证了巨大的飞轮开始转动的时刻。快乐的生活——真是快乐至极——持续了不止一天，也不止十天，而是持续了一两年。正所谓"跌宕起伏的快乐"。

尽管如此，但是 162000 美元仍然不是 197000 美元，更不是 250000 美元。要是没有杰夫·戴维斯和他的船员，砖月亮仍然会胎死腹中。

但杰夫·戴维斯终究还是准备就绪了。"我的准备工作已经完成了，"博雷加德将军[1]写道，"我已向萨姆特堡开炮。"他不知道的是，正是这次炮击将砖月亮送上了太空！

四个星期后，乔治从定居点赶来，为我们所取得的进展而兴奋不已。此时，我们对叛乱仍然知之甚少。飞轮已经转了 4 天了，当然是越转越快。乔治下山取付给工人们的工钱，等他再上山时，他带回了叛乱已经开始的消息。

"幸福生活到头了，"他说，"我们可爱的月亮，唉，也到头了。"我们实在是太不了解局势了！

不过，乔治还是结清了工人们的钱款。他们打包好家伙，离开了，在接下来的两个月中纷纷上阵杀敌。乔治收拾好行李，悲痛地与我们道别，第二周就去奥尔巴尼为芬顿州长[2]做事去了。我们花费的时间要长些，但还是很快就收拾好了。波莉带着孩子们去了她姐姐家，我则去了战争部供职。9 号镇区没有留下任何人迹，只有两枚巨大的飞轮，日夜不停地旋转，速度越来越快，不断积蓄能量，等候需求到来。真希望它们能坚持到发射啊！

就这样，我们慢慢挨过了战争的第一年。乔治、我和布伦南都在各自的岗位上努力推进项目。但是真的太难了！就在第二年，当第二笔大额投资到位时，哈利伯顿写信给我——我记得我是在希尔顿黑德收到这封信的——说他已

---

[1] P.G.T. 博雷加德，美国政治家、作家、军官，在美国南北战争期间担任美利坚联盟国军队上将。——译者注

[2] 指鲁本·芬顿，在南北战争期间担任纽约州州长。——译者注

经以当时的高价卖掉了我们的全部铁路股票,并将全部 59000 美元投在了新政府身上。"我没法召开董事会了,"哈利伯顿说,"因为我是请假过来的,而且其他人都不在。但是现状已经很清楚了——要是联盟国政府取胜,月亮就永远没法上天了。我是不会捕风捉影地做决定的。"于是他给我们大家写信。当然,我们都认同他的决策。

就这样,杰夫·戴维斯上任了。为了我们的月亮,这位从未任满任何公职的人必须深陷战争的泥潭,尽管他无意如此。就这样,在战争的第四年,当金价为 290 时,哈利伯顿的 59000 美元在货币市场上获得了 17% 的盈利。就这样,在战争结束前,他已经在原有的资本上面积攒了超过 50% 的复利。就这样,和平刚刚来临,他的所有股票就都涨了好几个点。就这样,还不等我从南美洲回来,他就向所有订户报告说:25 万美元已经全部到位了。就这样,等我结束了我在佛罗里达州的长途旅行,赶回来时,我发现波莉和孩子们又住在 9 号镇区了。乔治也在那里,指挥着由近 80 名砖瓦匠和搬运工组成的工作小组。下方半球的拱模几乎被填充到了大圆的位置。而砖月亮的建设工作看上去也快要过半了。

最让我遗憾的是,我不能将砖月亮的工程设计图随这篇文章一起印出来。只要你切开田野拟漆姑的种皮,或切开任何含有特立中央胎座的植物的心皮,去看一看圆圆的种子黏附在圆形花芯周围的方式,你就会知道完工后的砖月亮的平面布局是什么样子了。在广场上放三个槌球,叫上一两个孩子,帮你把七个球放置在这三个球上面的平面上,然后让另一个孩子在七个球上面再放三个球,你就得到了完整的月核。换一种更有诗意的说法,这就是华兹华斯先生所说的一团"尚未碎裂的气泡"[1]。

不论从哪个方向沿直径切下去,都会得到巨大的玫瑰窗般的截面,由 7 个圆组成,其中 6 个围绕着第 7 个。没错,这些截面表明砖月亮共有 7 个球

---

[1] 出自威廉·华兹华斯的长诗《远游》。——译者注

形舱室，舱室的拱形支架能够加固整个结构。同时，砖月亮的大部分空间都填满了空气，内含 13 个这样的小月亮（我们姑且这样称呼那些小舱室）——当然了，不管你在哪个区域，都不可能同时看到这么多的舱室。月亮的两个半球由棱拱支撑，球面铺设在棱拱上下——简单来说，就是两个在基座处彼此相连的拱顶。为了减重，舱室自身在距离触点最远的一侧装有巨大的圆形舷窗，或开放性的圆形洞口。这让每间舱室看上去都酷似日本的同心象牙球的外球体。要知道，我们的目标是制造一颗月亮，其内部结构要能承受住它的自重。亲爱的乔治确信，这种不断重复的棱拱能够以最小的重量换来最大的强度。我至今仍然相信他的判断，经验也证明了砖月亮足够结实。

  从南美洲归来以后，我前往 9 号镇区，发现下半部分的拱模已经建起来了，里面到处都是工蜂——实际上是凯尔特工人。所有人都在忙活着搭建下半部分的月球穹顶。拱模是木质的，如果上面的座椅按圆形排列，那它就和罗马的圆形剧场别无二致了。下层的砖质圆顶，或者说，倒置的砖质圆顶就铺在拱模上面。整个结构坐落在一片空地上，空地在一场古老的地质大灾难中被抬升起来。当时有片湖泊让位，孕育出了卡洛托克河。这里的海拔比飞轮的顶部还要高，后者如今正在以可怕的速度在下面的峡谷中疯狂旋转。三颗位于最下部的小月球——即我在另一张插图中所说的独立的槌球——已经完成了。它们的拱模已经被拆掉了，从球体表面的洞中抽出来，现在又和其他新打造的拱模一起拼装起来，以建设第二层的舱室。

  人们接待我时，既惊讶又高兴。我曾发电报说我到了，但电报始终没从斯科希甘发出来。我们自然有很多话要讲。我的问题多到没有尽头，以至于我不得不轮流询问人们。我不厌其烦地探索着各个球体，探索它们之间的无名空间。我不知疲倦地与工人们交流。事实上，我们所有人都已经是熟练的砖瓦匠了。找一个天气怡人的下午，你说不定会看到爱丽丝和贝塔，还有乔治和

---

[1] 让 - 英格洛，英国诗人，小说家。——译者注

我，都在一起砌砖；你会看到波莉坐在已经砌得足够高的墙的阴凉处，给我们读让-英格洛[1]、《基督山伯爵》或简·奥斯汀，小克拉拉给我们送灰浆来。我们在轻松快乐中度过了那个夏天。哈利伯顿和他的妻子米拜访了我们；本·布伦南带来了他的妻子和孩子；哈利伯顿夫人亲自为中央舱室铺上了基石。在计划当中，这间舱室一直被称为G舱；如今，在她的建议下，它改名为恩典舱，因为她母亲的名字是汉娜[1]。在冬天来临前，I、J、K三个舱室——所有单体舱室中最上层的三个——已经造完了大半，周遭的月壳则正在向它们收拢。总的来说，我们的资金利用得非常好，给工人开的工资要高于预期，但是工人们没有机会酗酒或纵欲，工作速度比预期要快。此外，我们有了新的制砖机，制砖的速度快得难以想象，造出来的砖依然质量上佳。乔治甚至还说他从没见过制砖能产生这么少的浪费。我们两家人一起庆祝了那一年的感恩节，还付清了所有工人的工资。只有阿萨夫·兰登、莱维·乔丹、莱维·罗斯、霍勒斯·伦纳德和塞斯·惠特曼，以及他们的家人留在了繁忙的村子里。这里虽说是"他们的家人"，但是罗斯没有家人。他是个好小伙，在村里担任哈利伯顿的代表，负责管账和结算工资；乔丹是砖厂的负责人；伦纳德是木工工头；惠特曼是杂货铺的负责人，他是个优秀的杂货商。

我们一起庆祝了感恩节！哎呀，我们度过了一段多么愉快的时光啊！孩子们聚在一起是多么令人幸福啊！波莉、我和我们的孩子们第二天就要去波士顿了。我打算利用这个冬天，最后一搏，设法再弄到25000美元。我们可以用这笔钱来给月球刷漆，或者将碾碎的长花岗岩粉末当糨糊涂上去——在热空气中飞行时，它们会熔成白色的珐琅。我们所有看到月亮的人都为它的成功感到兴奋不已，以至于我们觉得"朋友们"不会因为这点小事而停下手头的工作。其余的人都将留下来过冬，并且准备大雪一过就开始工作。感恩节当天下午，我记得很清楚，那个叫惠特曼的大好人过来邀请波莉和我去他的新家参观。他

---

[1] 汉娜（Hannah）源于希伯来文化，意味"恩赐"或"恩典"。——译者注

们搬进了B舱和E舱过冬。舱室又高大,又敞亮,又暖和,而且比他们的木屋干燥得多。我记得惠特曼夫人非常高兴,又请我的孩子们各吃了一块馅饼,还在他们的口袋里塞满了葡萄干。接着,带着强烈的仪式感,我们兴致盎然地将B舱命名为贝塔舱,E舱为艾伦舱,即惠特曼夫人的名字。第二天,我们同他们告别,几乎没有想过告别究竟意味着什么,还不住地承诺我们会在春天给他们送去各种各样的东西。

在我这里有几封奥克特的信。亲爱的朋友们,这几封信讲述了剩下的事情:

**12月10日**……你离开后,我们有点忧郁,一两天都提不起精神。星期天我们特别想念你,但阿萨夫很好地弥补了我们的思念,伦纳德夫人则带头唱起了歌。第二天,我们让伦纳德夫妇搬进了L舱和M舱,我们将两个舱室命名为伦纳德舱和玛丽舱(我们将玛丽舱献给你的妻子)。舱室里很暗,但非常干燥。伦纳德荡起了吊床,就像惠特曼那样。

阿萨夫星期二来找我,说他觉得他们最好在未完成的那圈砖月亮上面搭个棚子,这样就可以赶着暖和天,在那里干点活了。这事我们已经办妥了。我们都喜欢干活……

**12月25日**。我已经有两个星期没有机会写信了。我跟你说,这里的天气一直很好。我让阿萨夫去7号镇区,去怀尔德那里,鼓动5到20个最优秀的人参加建设——我们知道他们都在那边无所事事。打那以后,我们大部分时间都在工作,取得了很好的成绩。如今,H舱已经完全被盖住了,拱模也已经拆出来了。人们把H舱命名为哈利伯顿舱。I舱进展顺利。J舱和你离开时一样。工作有助于陶冶我们的情操。

2月11日……在前往9号镇区的路上，一些伐木工人意外地收到了你寄来的信。他们中的一个人割伤了自己，从树上取下了你的信。

听到I舱和K舱都已经完成了，你一定会感到惊讶的。我们这里天气极好，我们大半时间都在工作。K舱封顶的时候，我们大声欢呼起来——我们称它为基尔帕特里克舱，以纪念塞斯的老将军[1]。我希望你能来看看我们。你一定要快点来，不然你就赶不上最后的战斗了。

3月12日。亲爱的弗雷德，我几乎没时间写信了。请做好准备，在本月底或下月初来这边。天气一直都很好，你知道的。阿萨夫又找来了十几个人。我们铺设月面的速度比你想象的还要快。轨道已经开辟出来了，我觉得如果山洪能迟些爆发，我们就应该在10日或12日之前发射砖月亮。我认为我们不该为了刷漆或烤瓷而推迟发射。你给布伦南发电报，说他必须到场。你会对我们的宿舍感兴趣的。我们作为最后的外人，将于明天搬到A舱和D舱住几个星期。那里要暖和得多。永远属于你的，乔治·奥克特。

我给布伦南去了电报。他回信说他带着妻子和孩子到了波士顿。我告诉他，受当时的路况限制，他是没法去波士顿的，但是本说他会去斯科希甘碰碰运气。当然，他一到那里，就会联系我。他说话算话，于是我收到了他从斯科希甘寄来的字条，说他已经乘雪橇去了9号镇区。又过了4天，我收到了这封信：

3月27日。亲爱的弗雷德，我很高兴我来了。求求你，尽快带你妻子过来吧。水坝已经饱和了，伦纳德又在飞轮上加了两个辅助飞轮。它们

---

[1] 指南北战争时期的北军将军修·裘德森·基尔帕特里克。——译者注

正在转,但好像坚持不了多久了。轨道也准备好了,我们都觉得不能再等了。尽快全速出发吧。我从斯科希甘过来时全程畅通无阻,不到两天就到了。

我马上就把纸条寄给了哈利伯顿。我们让所有的孩子都为冬季之旅做好准备,因为砖月亮升空的场面将会让他们终生难忘。不过,在那个季节,把所有订户都召集起来显然行不通。就在我们出发的时候,有人给我捎来了这封来自斯科希甘的信,这是我从他们那里得到的最后的消息:

计划暂停。我们下面的小河里有一处堰塞,我们害怕会回流。奥克特。

我们已经在全速赶路了,没有错过任何一个行程节点。在斯科希甘,哈利伯顿和我坐上了一辆马车,让女士和孩子们立刻坐大雪橇跟上。我们驾了一整夜的车,在普罗斯佩克特换了马,第二天又赶了一天的路。在 7 号镇区,我们不得不等了一整晚。一大早,我们就出发了,下午四点从斯普恩伍德山下来,将我们的小村庄尽收眼底。

那里安静得像坟墓一样!没有一缕烟,也没有一个人。没有钵子挥舞的响动,也没有瓦刀的叮当声,只有巨大的飞轮在旋转,就像我离开时那样。

竞技场模样的下层拱模还在,和我最初看到的样子差不多。

可是砖月亮的拱顶在哪里?

"天啊!它是不是砸在他们身上了?"我叫道。

哈里伯顿挥鞭策马,驱赶它跑下陡峭的山坡。我们转了个小弯,来到拱模前。砖月亮不见了!只剩下一座空荡荡的圆形剧场,里面一块砖也没有,连一块碎砖都没有!

我们说不出话来。我们离开了切割机。我们沿着楼梯跑上露台。我们沿着熟悉的小路跑进拱模。我们跑到了我们以前从未见过的轨道上。真相大白了！地面和原木受损的表面都被飞速滑落的砖月亮烧焦了，这表明它们已经履行了建造伊始的使命。

太明显了。在水流的疯狂冲刷下，地面出现了一些小状况。我们没有发现地基下沉了6英寸多，但这些沉降已经足够了。拱模沉降了致命的6英寸，将砖月亮推上了滑道——在乔治本来的打算中，等她准备好，事情就该如此发展。然而，砖月亮只是滑向了这些愤怒的飞轮，而非滚向它们。一瞬间，我们所有的朋友们都和它一道被抛上了天！

"他们升空了！"哈利伯顿说。"她升空了！"我说。我们几乎一同叫出了声。凭着一种共同的直觉，我们抬头看向蓝天。

她当然不在那里。

我们找遍所有的棚屋，一封信都没找到。事实上，自乔治、芬妮以及他们的孩子搬进安妮舱和钻石舱这两间无人居住的月舱以来，已经过去了6个星期——事实证明，在冬天，月舱比小木屋要更舒适。我们回到7号镇区，发现那里有许多工人，他们听了我们告诉他们的事情，都惊讶万分。他们在30日就拿到了工资，并被告知等到4月15日再来看发射。其中一个叫罗布·谢的人告诉我：乔治留下了他的表弟彼得，让他下周一帮乔治搬回自己的房子。

这就是我在一年多的时间里最后一次听说关于他们的事了。起初，我每时每刻都盼着听到他们坠落在某个地方的消息。但日过境迁，我始终没有听说过在人类所了解的世界范围内发生过这样的坠毁事件。我尽我所能，给他们朋友的来信写回信，说我不知道他们在哪里，也没有他们的消息。我内心的真实想法是，假如这颗致命的月亮真的穿过了我们的大气层，那里面的人一定在途中被烧死了。但是我只将我的猜测告诉了波莉、安妮和哈利伯顿。这可怕的猜想一直纠缠着我，直到有一天，我在《天文记录》中发现了一份观察报告——你也许还记得，齐塔博士报告说：他发现了一颗新的小行星，其偏角变化巨大。

## III
## 竣工

　　现在回想起来，似乎很难想象我们彼此竟会对这场可怕的灾难言之寥寥。那天晚上，我们彻夜未眠，坐在一间荒废的小屋里，一会儿快速说上几句，一会儿坐着沉思，几个小时都不说话。第二天，我们骑马回去见妻子和孩子们。途中，我们仍然在沉思，或讨论这个"假如"，那个"要是"，以及其他一些问题。但是，在我们向他们公布了这一切之后，在我们尽可能回答了孩子们可怕又天真的问题之后，我们就很少再聊这些了。太可怕了，所有的一切都太可怕了，说都说不出口。一天，我去了汤姆·科拉姆的办公室，告诉了他我所知道的一切。他明白此事对我来说糟糕透顶，眼含泪水，只是捏了捏我的手，没有说一个字。我们晚上躺在床上苦思冥想，但我和哈利伯顿几乎没有向对方解释过各自的想法，因为这些想法来得快，去得也快。我相信，我的总体印象就像我所说的那样——他们一瞬间就都被烧死了，因为砖月亮在穿越我们的大气层时烧熔了。我相信比起这种想法，哈利伯顿更多时候想的是：当他们被射出我们的大气层时，他们意识到发生了什么，并在一两分钟内——太漫长了！——大口大口地吐出了各自的生命。但这一切都太可怕了，可怕得无以言表。我们甚至很少和我们的妻子说起在一个个煎熬的不眠之夜里想到的这些事。

　　我和哈利伯顿自然还在寻找那颗悲惨的月亮，但是都徒劳无功。我把东拼西凑的粉刷月亮的钱还给了几位认购人。"用纯洁的白色遮住它罪恶的脸庞！"可不是吗！在付清最后一笔账单以后，我们同意花掉金库里剩下的那点可怜的钱，来购买一台我们能买到的最大的阿尔万·克拉望远镜。我们很幸运，买到了一台二手望远镜。这台望远镜是在舒贝尔学院的财产都被抵押人卖掉以后才被拿出来拍卖的。然而，对于可怜的月亮去了哪里，我们自然还是一点头绪都没有。我们所能做的就只是把望远镜搬到9号镇区，在经过9号镇区的子午线上调试它，每晚轮流守望着天空，希望我们那悲惨的孩子能在它的毁灭之路上漂过望远镜的目镜的视野，可是尽管一切其他事物都在自东向西飘过望远镜，但是砖月亮却并没有如我们预期那般，从南方飞向北方。哈利伯顿和他的妻子，以及波莉和我，每个人都死死注视着目镜，从傍晚的暮色盯到黎明的晨曦，度过了又一个春夏秋冬，可谁都没有看到那颗死亡之星。不管它在哪里，它似乎都不在那条子午线上，然而它明明该在那里！它就是为此而建的！可曾有什么僵死的物质给它的制造者带来了如此巨大的伤害吗？它愚蠢的惯性把有关它出生的所有预言都给歪曲了！哦，真是败坏透顶！在那个要命的夜晚过去一年多以后——前提是一切都如我所想，发生在夜里——一天，当我在剑桥大学图书馆的新阅览室里梦游般地阅读《天文记录》时，我读到了这篇稿子：

布雷斯劳的卡尔·齐塔教授写信给《天文学通报》杂志，称他在3月31日晚上发现了一颗新的小行星。

| 布雷斯劳 | 观测时间 | 赤经 | | | 赤纬 | | | 尺寸 |
| --- | --- | --- | --- | --- | --- | --- | --- | --- |
| | | 度 | 分 | 秒 | 度 | 分 | 秒 | |
| | 3月31日<br>0时53分51.9秒 | 15 | 39 | 52.32 | −23 | 50 | 26.1 | 12.9 |
| | 4月1日<br>1时3分2.1秒 | 15 | 39 | 52.32 | −23 | 9 | 1.9 | 12.9 |

他提议将这颗小行星命名为福柏。齐塔博士说，他曾在午夜过后的一个小时内短暂地观察过福柏。她的赤经变化似乎很小，赤纬却变化剧烈。

然而，在这之后的几个月里，甚至直到今天，我们都再也没有听说过布雷斯劳的齐塔博士的后续工作。

但是一天早上，我还没起床，哈利伯顿就来敲我在 D 街住处的门了。他一直沉浸在焦虑中，他从剑桥的几家私人剧场出来以后，夜里，想去新的阅览室寻求些安慰，在那里，他以实际行动表达了他对学监的感激之情，因为他们让阅览室保持 24 小时开放。可怜的哈利伯顿，那段时间里他一直睡不安稳！嗯，他在阅读《天文学通报》时，猜猜他找到了什么？他找到了下面这份德文材料！他为我抄下了这篇文章，然后冒着雨，在黑暗中徒步跑到了南波士顿：

最开明的首席教授格梅林博士去信给圣彼得堡天文学会主任，宣称在南纬的高纬度区域发现了一颗小行星，其轨道的赤纬比已观察到的所有小行星都大。

行星的可见赤经为 21 时 20 分 51.40 秒，其可见赤纬为 39 度 31 分 11.9 秒。

格梅林博士没有单独发表二次观测结果，但他确信赤纬正在减小。格梅林博士提议将这颗黄道带外的行星命名为伊俄，因为这个名字匹配她对行星的惯常运转方式的背离。他还相信卓尔不凡的众行星之教父赫尔·彼得斯能勉为其难地放弃这个名字，后者已经为 1865 年 9 月 15 日观测到的 85 号小行星取了这个名字。

我几乎连衣服都没换就跑下了楼，身上只穿着拖鞋和睡衣。不论是对我，还是对哈利伯顿来说，这些关于"黄道带外漂流"的内容都正在纸面上闪闪发光。虽然没有证据表明"最开明的"格梅林在第二天晚上又发现了什么，但是如果他提到的赤纬真的如他所说，那么，有了齐塔的观察（不管这个齐塔是什么人），我们就有了可以着手调查的东西了。我们匆忙地翻阅了一些装订成册的《天文记录》旧刊，找到了"开明的格梅林"。他是塔甘罗格的一所学院的院长，在那里，他们说不定有一台小型望远镜。这给了我们他的观察的视差。布雷斯劳在哪我们自然是知道的，因此，我们也可以确定齐塔的位置。有了这些可怜的数据，我就开始工作，尽力构建这个由砖块和灰泥组成的伊俄—福柏星的轨道。球面三角学不是哈利伯顿的强项，他帮我算对数，一直算到早餐时分。我们刚刚算出轨道，他就去找鲍多因夫人借她的望远镜去了——我们的望远镜被留在了9号镇区。

鲍多因夫人一如既往地和善，中午时分，哈利伯顿驾着 P. 诺兰的工作车，载着装望远镜的箱子凯旋。我们总是雇用 P. 诺兰，以纪念亲爱的老菲尔。我们装好了望远镜，等待夜晚到来。不幸的是，我们又什么都没找到。伊俄已经跑到别处去了。我们在我指定的试探曲线上来回扫视，始终没有看到它。一夜徒劳无功。

但我们并不打算就此放弃搜寻。福柏在变成伊俄前，可能已经绕地球转了两圈了。它可能已经绕了三圈、四圈、五圈、六圈，不，六百圈，谁知道呢？不，谁知道福柏—伊俄——或者说是伊俄—福柏——距离地球有多远？我们派人去找安妮，她和波莉、乔治和我都重新开始了工作。在接下来的一周里，我们就月地距离做出了大量的假设，根据这些假设，计算出 67 个轨道。我把算式写在一张贴在对面墙上的纸上，然后一女一男各自拿着对数表去计算一组计算项。就这样，我们利用一周的工作日完成了 67 个轨道的计算。在即将到来的星期五晚上，伊俄—福柏可能出现在 67 条轨道上。当晚，其中的 41 条轨道可以在我们的地平线上观察到。

结果是，这 41 条轨道和她一点边都不沾。

乔托[1]认为绝望是万罪之首。他在帕多瓦竞技场礼拜堂的壁画中也是这样描绘这项罪过的。我们不会犯这罪的！星期五的通宵搜索结束后，星期六一

---

[1] 指乔托·迪·邦多纳（1267—1337 年），意大利画家、建筑师，享有"欧洲绘画之父"之称。曾为意大利威尼托帕多瓦的斯克罗威尼礼拜堂（又名竞技场礼拜堂）绘制壁画。——译者注

整天我们都在睡觉（打扫完才睡）。星期日，我们都去了礼拜堂。我们在此保持清醒，在当天的课上讲了关于坚忍的特别课程。星期一，我们又开始工作，那一周我们又计算出了 67 个轨道。我确信我并不知道为什么我们止步于 67。所有这些都是基于以下假设，即砖月亮，或伊俄—福柏的公转速度太快了，它只要 15 天就能公转一周，或 16 天，或 17 天，以此类推，直至 81 天。下一个星期五，带着这些轨道，我们坐等天黑。当我们坐在一起喝茶时，我问我是应该从最小的轨道开始观测，还是从最大的轨道开始观测。一时间大家争论不休，可小贝塔却说："从中间开始。"

"中间又是指什么呢？"乔治说着，取笑着小姑娘。

但她并没有气馁。她整个星期都在进进出出，知道第一个轨道的公转周期是 15 天，最后一个是 81 天。带着出自林肯学校的较真精神，她说："最小的轨道和最大的轨道的平均值是 48 天。"

"阿门！"我说。我们都笑了起来。"那我们就从 48 天的轨道开始。"

爱丽丝跑到草纸堆前，翻出那个数字对应的图纸，读道："赤经 27 度 11 分，南纬 34 度 49 分。"

"好地方，"乔治说，"这是个好兆头，贝塔，我亲爱的！我们要是在那儿找到了她，就给爱丽丝、贝塔和克拉拉都买新的娃娃。"

这是自斯普恩伍德山事件以后人们对那件可怕的事说出的第一句好话！

夜晚终于来了。我们把望远镜对准天命的方向。我让波莉来操作目镜。她照做了，不安地摇了摇头，自己把望远镜向北拧了一会儿，然后叫道："它在那儿！它在那儿！一个清晰的圆盘，盈凸月的形状，上边缘非常尖。看！看！和木星一样大！"

波莉是对的！我们找到砖月亮了！

我们既然已经找到了它，就永远不会再失去它了。我猜齐塔和格梅林那里晚上经常起雾，经常会遭遇暴风雨，但是那晚我们一直都有人盯着目镜，而且在黎明来临前,就积攒了可观的观测数据,并根据另一颗视野中最暗的星星精确地算出了角距离,因为我们甚至可以用我的一支做工上乘的法国歌剧镜,以及我以前在南大西洋站携带的一支夜用望远镜看到她。这自然也出色地展现了奥克特的工程能力——虽然砖月亮在未获许可的情况下擅自飞走了,但是她的飞行轨迹却非常接近我们最初计划的轨道,距离地心9000英里,距离地表5000英里。他一直坚信自己的这份信念,在他最后一次测试飞轮时,他说它们差不多能达到这个目标了。若非他的计算十分准确,我可真不知道我们如今还能不能找到砖月亮,因为出于某些我所不知的原因,她没有飞到9号镇区的子午线上预定的位置上。5000英里外的月亮看上去就像木星最大的卫星那样大。波莉在第一次观察到它时说得对:她说她用鲍多因夫人的那台令人钦佩的望远镜看到了一个清晰的圆盘。

砖月亮的轨道不在9号镇区的子午线上,也不在任何一条子午线上。不过,它几乎是南北走向的——赤纬变化幅度很大,赤经变化则很小。在5000英里的高处,砖月亮在视野中的大小相当于一个直径二又三分之一英里的圆盘在老荆月(我们总是这样称呼砖月亮的姐姐)处的大小。我们希望能看到砖月亮在荆月上投下月食,但许多年来,在我们所能抵达的任何地方,都没有这样的好机会。当然,砖月亮离地表太近了,地面视差也是很大的。

现在,亲爱的读者,如你所知,像罗斯勋爵的巨大反射镜,或现代天文台的精致的15英寸折射望远镜,在观测老荆月表面的堆积如山的杂物垃圾时,是看不到比我所说的这样一个圆还小的物体的。如果你像我一样,时常阅读洛克先生有趣的《月球骗局》,你就会对这些细节记忆犹新。如我所说,约翰·法拉在砖月亮项目启动时,曾教育过我们:如果在荆月上有一座200英尺长的议会大厦,老赫歇尔就会看到它。他的望远镜的最大倍率是6450,这相当于将又聋又哑的议会大厦安放在距他不足40英里的位置上。登上华盛顿山,用你的肉眼去看一看80英里之外的波特兰的白帆船,你就知道他用他的反射镜能看到多么清晰的议会大厦了。罗斯勋爵则说过,用他的反射望远镜可以看到老荆月上的 252 英尺长的物体。如果他真的能做到这一点,他就能看见我们的砖月亮上的 5 英尺长的物体了。我们自然急于获得有这样能力的仪器。哈利伯顿打算立刻在 9 号镇区建造一座反射望远镜,换到现在,他也许还是会这样做,因为他精于造纸和伐木。但我比他更快投入工作。

我想起了一座天文台,而非一家药店。这座天文台就像我们口中的火山一样,正处在休眠状态,而且已经休眠了十年甚至十多年了——而且原因不明!有可能是因为理事们与主管吵架了,有可能是因为资金枯竭,也有可能是因为领导部门的主管遭到了枪杀——一定是因为这其中的某个原因。就算是拥有 15 英寸赤道望远镜的天文台,也会发生这样的事故。在这座天文台里,赤道望远镜就像一门在试射中伤到了金属炮身,或名誉扫地的大炮一样毫无用处。带着高昂的热情,塔姆沃斯天文台致力于打造"天空中的另一座灯塔",但这座天文台就像我所说的那样,长久以来一直对世界毫无价值。于是,我去了塔姆沃斯,在天文台所处的住宅区住了下来。我去了住在天文台大楼里的那户人家做礼拜的教堂。两星期过后的星期日,我结识了这户人家的家长约翰·唐纳德。第三周周日,夜里,我在拜访他的妻子时认识了她。又过了三周,周末,他向幸存的理事们推荐我担任他的继任者,让我来担任天文台的看门人。他自己则接受了提拔,带着家人去了北奥维德,为哈利伯顿开店去了。我把波莉和孩子们叫来,让他们住在看门人的房间里。给她写完信后,我用微微抽动的眼睛等候着砖月亮掠过 15 英寸赤道仪望远镜的视域。

夜幕降临,我"孑然一身"!砖月亮来了,自然是挤满了整个视野!但我已经准备好了。天啊!变化真大。它不再是红色,而是和春天的草地一样的绿色了。我仍然可以看到绿意中的黑色斑点,看得清这些镶嵌在穹顶的凹面上的一个个 20 英尺的大圆圈(我还对他们记忆犹新)。还有,在上边缘——那些是棕榈树吗?是的。不对,看形状,它们是铁杉树。在它们中间来回走动的是……苍蝇？当然不是，我看不到苍蝇的！但有东西在动——来了，又走了。一个，两个，三个，十个，总共有三十多个！他们是男人、女人和他们的孩子！

这可能吗？这是有可能的！奥克特、布伦南还有其他人都从穿梭以太的眩晕飞行中幸存下来了，还在他们自己的小世界的表面走来走去，受到砖月亮的引力的束缚，按照砖月亮的规律生活着。

我观察着他们，看到他们中的一个人从月球表面跃起。他完全掉出了我的视野，但过了大概一分钟，就又回来了。有什么不行的呢！他的世界的吸引力一定非常小，自然如此，而他保留了他在地球上时的肌肉力量。砖月亮上面一定非常拥挤，我想。不对，月球表面有三英亩，而他们只有37个人。砖月亮上面既不像罗克斯伯里那么拥挤，人也没有波士顿那么多，而且这些人住在地下，有整个地面用来锻炼。

我观察着他们走近边缘和离开边缘时的每一个动作。他们常常越过边缘，致使我再也看不到他们了。他们常常在树下躲避热带的阳光。设想一下，生活在这样的一个世界上，从赤道最热的正午酷暑到两极的黄昏，只需要走50步！他们是用什么样的大气层来调节、分散这些光线的？我当时猜不出来。

据我所知，在10点半的时候，他们将不可避免地进入月食状态。砖月亮每晚都会进入这个公转阶段。我想，这对上面的人来说一定是一种奢侈，因为它会让他们回忆起地球上的旧日夜晚。砖月亮靠近阴影线时，我赶在它没入阴影前15分钟，在月球边缘数出了37个斑点。这些斑点显然是按顺序排列的，而且所有37个斑点一度全都跳到了空中，高高跳起，仿佛在传达一个信号。他们又跳了一次，又一次。然后是一个低跳，然后是一个高跳。我恍然大悟：他们在给我们的世界发电报，希望有人能观察到他们。长跳和短跳——摩尔斯电报字母表的长和短——是在传达想法。我的纸和笔自然就在手边。我记下了这份电报，我非常熟悉它使用的语言：

在锯木厂的空地上摆出"我明白"。

在锯木厂的空地上摆出"我明白"。

在锯木厂的空地上摆出"我明白"。

他们所说的"我明白"指的是收发电报过程中，操作员在收到电报并理解信息后发出的响应信号。

当这个动作重复了三次后，他们就现出了实实在在的身体——这是我迄今为止看到的最明显的月表物体了——走向 3 号圆形舱门，进入了月球内部。

月食很快就开始了，但我现在已经知道砖月亮的轨迹了，所以要跟踪那个昏暗的铜色斑点并不难。1 点 33 分，它又恢复了原貌，没过多久，我便看到一队人马再次走出 3 号舱门，到砖月亮的边缘站成一排，又重复了三次信号：

在锯木厂的空地上摆出"我明白"。

在锯木厂的空地上摆出"我明白"。

在锯木厂的空地上摆出"我明白"。

显然，奥克特知道他的小世界的边缘最容易被观察到，他也猜到了观察者在砖月亮消隐和现身时最为小心。发出信号后，他们又散开了，我追踪不到他们了。天亮以后，我给哈利伯顿发了一封电报。和以前比，我又感动又高兴。多年以来，我第一次沉沉睡去，不再被噩梦困扰。

哈利伯顿知道乔治·奥克特带了一台好的多兰牌折射望远镜。这台望远镜是他在伦敦买的，镜片有两英寸厚。他知道这将赋予奥克特高超的望远能力，只要他能准确地调整好望远镜，在三维空间中找到 9 号镇区。奥克特选择了一块合适的"锯木厂空地"。它是一大片草地，依照我们建造的储木池的特殊形状，能轻松分辨出来。哈利伯顿虽然很想加入我，却还是忠心耿耿地拿着钱，搭上了去斯科希甘的第一班火车，然后从那里出发，又经过 36 个小时，再次来到斯普恩伍德山下。这是我们徒劳无功的观察开始以后，他第一次开始主持计划。空地上落了一层白雪。在罗布·谢[1]的帮助下，他迅速展开了一块 20 码长的黑色帆布，把它钉在雪地表面的冰壳上，然后在它旁边又钉了一块，接着又加一块。他铺下了很多块帆布，足够两任总统的葬礼用了。哈利伯顿摆出了"我明白"的符号，但他忍不住也摆出了".. -.-"，这是代表"OK"的点和线[2]，他说这是最短的安慰信息了。在没有用尽空地上的空间的情况下，他和罗伯特在夜幕降临之前，做了一个巨大的 OK，从上到下共有 15 码，每个符号长 15 英尺。我在星期一晚上给哈利伯顿打了电报，告诉了他我这边的好消息。周二晚上，他在斯科希甘；周四晚上，他在 9 号镇区；周五，他和罗布一起铺帆布。与此同时，我每天都在睡觉，每晚眼罩不离头。每天晚上，在月食发生前 15 分钟，月球上面的人都在跳着怪异的舞蹈，先跳两百英尺高，再跳 20 英尺高，总是按照我描述的固定顺序跃动着，拼出可恶的信息：在锯木厂的空地上摆出"我明白"。

而每天早上，当月食结束时，我又会看到这队人再次爬到月球边缘，像宣布新一天开幕似的，拼出同样的内容：

在锯木厂的空地上摆出"我明白"。

在将近两年的时间里，他们每 24 小时就做两次这样的事情。连着三个晚上，我每晚都会照旧阅读这些信号两次。只有这些消息，没有别的了。

但是到了星期五晚上，一切都变了。在"请注意"之后，那个可恶的"摆

---

[1] 即前文提到的罗伯特·谢，罗布（Rob）是罗伯特（Robert）的昵称。——译者注
[2] 此处使用的是美式摩尔斯电码。——译者注

出"没有出现，而是出现了以下鼓舞人心的信号：

万岁！一切顺利。有空气，有食物，有朋友！夫复何求呢？万岁！

多像乔治！多像本·布伦南！多像乔治的妻子！多像他们所有人！而且他们都安然无恙！然而，可怜的我并不知道哈利伯顿做了什么。不，我只能猜。但我相信，自打我出生以来，我从未如此感动过。

舞蹈暂停了片刻，接着，排在一起的跳跃者们又开始上蹿下跳。长长短短地拼出了：

你们的 OK 比需要的大了一倍。

孤身一人的我自然不明白这句话的含义。

"我的望远镜能放大到 700 倍。"乔治继续说道。他是怎么做到的？他从来没告诉过我们。但是我明白我们所有的类比都具有欺骗性，比如从华盛顿山看大海，或从瓦丘塞特山看波士顿的议会大厦，因为我们是透过 40 或 80 英里厚的稠密地球大气去看这些景色的。然而奥克特几乎是在垂直方向上透过大气层观察地面的，这个方向上的大气与最底层的大气相比，既罕见，又纯净。

在我的观察记录中，这些电报被标记为 12 号和 13 号。当然了，我没办法回复它们。我所能做的，就是在早上把这些电报发送到斯科希甘，交给穆尔夫妇保管，让他们把它们转发出去。但是第二天晚上的情况表明，这样做没有必要。

星期五晚上，乔治一帮人又工作了一刻钟。接着，他们会开始休息，并指定"2 分钟后""3 分钟后"或"X 分钟后"，作为下次发信号的时间。天亮之前，我收到了下列信息：

14. 写信给所有人，告诉他们我们一切安好。兰登的孩子叫伊俄，伦纳德的孩子叫福柏。

多奇怪啊！多么巧合啊！在月亮上面，他们竟然还挺幽默的。

15. 我们的大气层就在我们身边。它的重量相当于一个 0.3 英寸的人。

16. 我们的降雨像时钟一样规律。我们把基尔帕特里克做成了蓄水池。

基尔帕特里克指的是被赋予了名字的球形舱室。

17. 写信给达尔文，说他说的都对。我们从地衣开始栽培，现在已经种出棕榈树和铁杉了。

这些便是第一晚的信息。我还没来得及盖上目镜，调整好当天的赤道望远镜，宣布马车到来的铃就响了起来。波莉和孩子们从车站来接替我做看门人。我高兴地把好消息告诉了她。看来，这一夜的工作让我们的斗志昂扬起来了。前一天一整天，只要我醒着，我就一直怕他们会挨饿。没错，我知道他们在 H 舱、I 舱和 J 舱储存了我们送上山给工人们夏天吃的猪肉和面粉，还有给马匹吃的玉米和燕麦。但这些物资可不是永远都吃不完的。

不过，到了这时，事实已经证明，他们正在热带气候下形成自己的土壤，自己种植棕榈树，甚至最终种植面包果和香蕉，种植燕麦和玉米，种植水稻、小麦和所有其他谷物，在一年——砖月亮表面的一年——当中收获六次、八次或十次。这样一来，他们就不怕挨饿了。如果如我所想，在他们升空时，没有被盖住的那两个舱室里挤压了厚厚的冰雪，那最上层的舱室里就会有足够的水来解渴和沐浴。而我所看到的他们的活动状况都表明：他们的能力是足够让他们的小世界得到妥当的发展的。

不到一个小时，波莉就已经将信息牢记于心了。当然，小姑娘们比她记得还快。

与此同时，哈利伯顿把阿尔万·克拉克舒博折射望远镜带了出来，到了星期五晚上，他已经准备好去看看他能看到什么了。舒博望远镜自然不能像我的 15 英寸赤道望远镜那样给他提供翔实的细节，但他还是轻松地看清了铁杉树林和圆形的舱门。另外，尽管他分辨不出我的 37 只飞虫究竟是谁，但是当 10 点 15 分到来时，他还是清楚地看到了黑色的方块从玛丽舱的舱门攀爬到月亮的边缘，开始跳苦行僧舞蹈。他们的舞蹈在哈利伯顿那边看得比我这边更精确，这是因为奥克特对塔姆沃斯一无所知，他认为只有展示给 9 号镇区看，他们的机会才最大。在这样的背景下，在我观测着砖月亮的同时，哈利伯顿也在拼命地拼写着奥克特和他的同伴们的欢乐的"万岁！"。

"斯蒂芬，"西莉亚口齿不清地说，"向我保证，保证你会和我一样看着月亮（老荆月）。"我和哈利伯顿便是这样做的。

当然，早在穆尔夫妇的信使上门之前，他就已经得知：根据奥克特的判断，20 英尺的字符长度就够他发信号了。当然，前提是奥克特下方的大气非常清澈。

于是，在星期六，罗布和哈利伯顿把他们所有的帆布都拉了起来，又把它们排列在空地上，用 20 英尺大小的字母排列成了这样的图例：

**RAH. AL WEL.** [1]

---

[1] 意为罗伯特与哈利伯顿。一切安好。（*Robert and Haliburton. All Well*）——译者注

哈利伯顿说，他不能把空地或帆布浪费在拼写单词上。

从 10 点半开始，他整晚都在考虑接下来最该告诉他们什么。你会明白的，这是一个非常困难的问题。他们已经离开近两年了，发生了很多事情。总的来说，哪件事是最有趣、最重要的？他已经说过我们都很好了。然后呢？

你有没有遭遇过同样的困境？当你的丈夫从海上归来，亲吻你和孩子们，并为他们的身形变化感到诧异时，你是否曾沉默地坐着，思考你该说什么？当小菲尔鼓吹着"我今天捡到了三个鸡蛋"时，你是不是真的松了一口气？说实话，只要我们知道一切顺利，那保持沉默就足够了。当德·索蒂[1]建成他的通信电缆时，他也一样没什么可说的，只是说次日的油价比前一天涨了四分之一。"给我发新闻，"他——这位可怜的孤独神话！——从公牛湾发报给巴伦西亚岛，"给我发新闻，人们都等不及了。"可是怎么会没有值得发送的新闻呢？我在今天的电讯中都看到了什么？只有哈佛号船员昨天在普特尼停靠的消息，这事我不用看报纸也已经知道了。还有西班牙发生了暴乱，这我也知道了。我这有一封刚从爱荷华州塔兹韦尔县的莫罗寄来的信，是福兰斯比写的，笔触轻盈快乐。收到福兰斯比的来信，我太高兴了！真的。但是我关心福兰斯比种的是春小麦还是冬小麦吗？我不关心。我只关心福兰斯比的讲述方式。哈利伯顿就是这样向我解释他在回复乔治·奥克特的"亲笔信"时，他所发出的消息的特征。对此我很满意。

他应该说鲍里先生[2]已经离开了海军部，罗伯逊先生[3]接手了吗？他应该说英国上议院撤销了《捐赠剥夺法案》吗？他应该说达克斯伯里已经能收发

---

[1] 查尔斯·V. 德·索蒂（1831—1893 年），英国电气工程师，1865 年作为首席工程师参与建造跨大西洋通信电缆。——译者注

[2] 指阿道夫·E. 鲍里（1809—1880 年），美国商人、政治家，曾于 1869 年在美国海军部担任部长。继任者为乔治·M. 罗伯逊。——译者注

[3] 指乔治·M. 罗伯逊（1829—1897 年），美国政治家、律师，1869—1877 年担任美国海军部部长。——译者注

电报了吗？他应该说英厄姆已经搬到了塔姆沃斯吗？他们怎么会关心这些呢？有谁在乎过这些事实吗？他是否应该说，州警员正在针对威士忌执行控酒法令，却对拉格啤酒视而不见？最坏的情况下，发送所有这些消息要花去他一个星期的时间，可这有什么意义呢？然而报纸上又只说这些事情，不说别的。在哈利伯顿带在身边的手稿中，有一首让-英格洛写的漂亮小诗。他说他真的很想把它写给他们。这比报纸上的其他东西都值得一写，而且就算过了一千年，也会有人记得。"他们想要的，"哈利伯顿说，"是情感，这才是持久而永恒的。"于是，他和罗布将帆布铺设成了下面的样子：

**RAH. AL WEL. SO GLAD.**

哈利伯顿不知道他是否该加上"5000倍"，以点明我在塔姆沃斯天文台使用的望远镜的倍率。不过，他还是决定不这样做了。我认为他是明智的。在收到信号的地方直接做应答，这太方便了，于是，此时的他觉得他们最好还是继续沟通。可令他失望的是，当晚乌云密布，下起了一场可怕的暴风雪，他什么都没观察到。而第二天，暴风雪凶猛异常，他甚至无法铺设信号。我在塔姆沃斯也遭遇了一整天的暴风雨，但在午夜时分，天晴了。例行的月食一过，乔治就开始讲述将他们送上天的那场大灾难。如你所见，奥克特与我们通信的能力远比我们与他通信的能力强。他知道这一点。而且在这一点上，他很幸运，因为在他的小世界里，他能讲的趣事比我们在我们的大世界里能讲的多得多。

18. 暴风雨来了。我们都睡了，早上才知道发生了什么。吊床转得非常慢。

这让我又明白了一些事情，得到了进一步的解脱。我一直以为，在他们被烧死之前，他们哪怕只是知道了一点点真相，也一定会惊恐万状。可与此相反，月亮的缓慢滑行并没有惊醒他们，升空的飞行既轻松又迅速。重心从一个转移到另一个当然是很缓慢的，而他们实际上在整个过程中都在睡觉。舞者们休息了一次，然后奥克特继续说：

19. 我想，我们在两秒钟内就飞出了大气层。我们的外表面有些熔化和破损。这对我们来说是好事。

他们移动得飞快，以至于他们与空气摩擦生成的热量无法传遍砖月亮的整个表面。事实上，在最初的 5 或 10 英里过后，摩擦大概就微乎其微了。他说的 E.A. 指的是地球的大气层。

他的第 20 封电报是：

我没有观察到砖月亮的升空情况。但理论上讲，我们的爬升持续了 2 分 5 秒。当我们进入正确的轨道时，根据我的计算，砖月亮距离你们的表面的平均高度是 5109 英里。

请注意，在乔治跨越 5000 英里发来的消息中，字里行间没有流露出任何悔恨的情绪。

他的第 21 封电报是：

我们每 7 小时沿轴自转一周，我们的月轴与我们自己的轨道平面完全垂直。不过，在你们的每一次自转中，我们这里到处都能晒到太阳。

这是当然，他们的自转和公转始终与我们保持着一致：我们的惯性也是他们的；那些致命的飞轮赋予他们的只是他们在自己空间当中的额外运动而已。

这是星期日早上天亮之前的最后一封电报。三月的可怕暴风雪席卷了我们的半球，切断了我们与他们在塔姆沃斯和 9 号镇区的联系。这种状况持续了好几天。

但是这让我们有充裕的时间去思考。我们的朋友们在他们自己的世界里，37 人都安然无恙，而且自从出发以来，似乎又多了两个小女孩。他们有很多蔬菜吃，根据达尔文博士的理论，还有可能出现新的热带品种。罗布·谢确信他们带了母鸡。他说他知道惠特曼夫人有几只米德尔塞克斯鸡，伦纳德夫人有二三只黑西班牙鸡，是福克斯克罗夫特的一些朋友送给她的。就算他们还没有足够的时间来让这些鸡进化成奥尔德尼乳牛和鹿肉，他们也不会没有动物类的食品。

等到天终于放晴，哈利伯顿只能发送"从 21 号消息重发"。虽然他将库存增加了一倍，但是这条消息还是用光了他的所有帆布。第二天夜里，奥克特回复了。

22. 我看到你们的风暴了。我们这里没有。我们要是想改变气候，可以在不到一分钟的时间内，从盛夏走入深冬。但是在室内，我们有 11 种不同的温度，它们不会发生改变。

总的来说，这样的安排有一定的便利性。到了第 23 号消息，他又继续讲他的故事：

23. 我们花了很多天，大概一两个月的时间，来适应我们的新环境。我们最心痛的，是我们不在子午线上。你知道为什么吗？

忠诚的乔治！为了实现他伟大的人生目标，他愿意把自己和他的家人从人类世界放逐出去。可是它没有实现，这成了他最大的遗憾。他不在子午线上。我不知道为什么。不过，哈利伯顿尽全力在空地上拼出了：

**CYC. PROJECT. AD FIN.**

他的意思是，"参见《百科全书》最后的'发射物'一节"。这篇文章确实提供了唯一的解释。当你开枪时，为什么它总是向它要射击的平面的右边或左边移动？赫顿博士[1]把它归因于子弹与枪膛摩擦而获得的旋转运动。欧拉则认为这主要是球的形状不规则造成的。在我们的案例中，砖月亮的形状足够规则，但是由于完全没为飞行做好准备，她的一侧储存了大量猪肉和玉米，而在其他舱室里，有的地方堆着厚厚的雪，有的地方只有男人、女人和母鸡。

在奥克特看到哈利伯顿的建议之前，他已经给我们送来了24号和25号消息。

24. 我们成立了一个桑德曼教会，布伦南在讲道。我的儿子爱德华和爱丽丝·惠特曼将在今晚结婚。

很不幸，哈利伯顿没有收到这封报文，不过我收到了。于是，这对幸福的夫妇收到的结婚礼物就是：建议他们在《百科全书》中查看书末的"发射物"一节。25号报文是：

我们将在婚礼结束后表演《皆大欢喜》[2]。愿意来的老家伙可以领免

---

[1] 指查尔斯·赫顿（1737—1823年），英国数学家。——译者注
[2] 英国剧作家威廉·莎士比亚于1599年创作的喜剧。——译者注

费票。

没错，团聚了一个星期以后，我们已经开始开玩笑了。

第二天晚上，我们得到了第 26 条消息。

爱丽丝说她不会在蜜月期间阅读《百科全书》，但是非常感谢哈利伯顿先生的建议。

"她怎么知道是我出的主意呢？"哈利伯顿这个老实人写信问我。

27. 爱丽丝想知道哈利伯顿先生是不是来讨旧衣服的。她说我们有很多，不需要衣服了。

此后，报文又变得严肃起来了。布伦南和奥克特的伟大的经度计划已经失败了。如果说，与自己最心爱的人一起隐退到自己的世界里算是一种牺牲的话，那么，他们已经为此牺牲了自己的生命。不过，他们还是在以他们所拥有的罕见的观察力，为我们这个世界的利益做着自己的贡献。

于是，在第 28 则消息中：

你们的北极是一片开放的海洋。它是黑色的，我们认为这意味着那里从 8 月 1 日至 9 月 29 日都是水。你们的南极在一座比新荷兰[1]还大的岛屿上。你们的南极大陆是一大片群岛。

---

[1] 新荷兰是澳大利亚在 19 世纪的称呼。——译者注
[2] 指维多利亚湖，非洲最大的淡水湖。——译者注

29. 你们的尼安扎湖[2]只是一大群非洲湖泊中的两个。非洲的绿色，也就是没有水的地方，从我们的距离上看十分美妙。

30. 我们没有《犯规》的最后几期连载。用一两句话告诉我们，他们是如何回家的。我们看得到我们认定的他们的岛了。

31. 我们想知道谁在《他知道他是对的》[1]中是对的。

这条消息花了他们一整晚，因为从我这看过去，他们整晚都在打电报。天一放晴，哈利伯顿就摆出了：

祝好，是野鸭[2]。

这是哈利伯顿的杰作。不过，他没有更多的空间了，只好等第二天再回复第 31 号信文，即一句简单的：

她。

此后，一条实实在在的天球赤道将我们隔开了近一周，到这段时间结束时，他们在我们的北方地平线上的位置非常低，以至于我们辨识不出他们的信号了。我们只好等他们度过了砖月亮上的三分之二个月，再重新开始沟通。我利用这段时间加速赶往 9 号镇区。我们找了几个木匠，在空地上布设了两座

---

[1] 英国作家安东尼·特罗霍普（1815—1882 年）于 1869 年创作的长篇小说。——译者注
[2] 此条回复与下一条回复类似，都是作者提及的小说（《犯规》和《他知道他是对的》）中的桥段。——译者注

长长的可移动的黑色平台，这些平台乘着铁轨上的车轮进进出出，穿过绿色平台下方。这样一来，我们就可以挑一个平台展示，或同时展示两个平台，然后再把它们收回来。有了这个装置，我们可以在一分钟内发出 45 个信号，对应电报的线和点，从而在这段时间内罗列出大约 20 个字母，并在一小时内发出大约 250 个字。哈利伯顿认为，经过一些改进，他只需要用 37 个工作夜，就能把布坎南先生的一则消息送到砖月亮上。

## IV
## 独立

惭愧的是，虽然漫长的失联迫使我们展开了情报交换工作，但是在这之后，我们却再也没有恢复过我在本文开篇所描述的那种密切往来。读得仔细的读者，应当能从文中读到我对这种冷漠的歉意。

我们一旦理解了某种立场，就会无比轻松地接受它，轻松得令人诧异。比如说，你买了一栋新房子。你愚蠢地拆掉了楼梯，要换成一间浴室。所有人都告诉你，这活不用两个星期就能做完，然后大家就开工了。水管工、泥瓦匠、木匠、抹灰工、撒渣工、吊钟工、喊话员、造炉管的、墙纸工、刮墙纸的、用碱刮除旧油漆的、煤气工、城市供水工和油漆工都开始了作业。此外，还有大量的炉工助手、烟道工助手、石匠助手，以及协助这些助手的搬运工人。这些人一天两天地占着房子，把它弄得一团糟。用《圣经》上的话来说，他们都进去住在那里，具体的情况可以和《马太福音》的 12 章 45 节比较一番了。两星期后，你再去看房子，发现屋里一片狼藉，只有你雇来打扫阁楼的女人在现场。你问她，墙纸工在哪里；她说，他无事可做，因为石膏还没干。你问，为什么石膏没干；她告诉你，因为炉工没有来；你派人去找他，他说他来过了，但是烟道工不在。你派人去找烟道工,他说他来这里就花了一整天,但泥瓦匠还没有在烟囱上凿好洞。你去找泥瓦匠,他说他们都是傻瓜,家里就没有只需要两天就能完工的东西。

于是你诅咒起来,不是诅咒你的出生,而是诅咒浴室的发明。你会说:你从你的父母那里继承了你所珍视的每一种道德和身体能力,真的。而他们一直等到年过花甲,才拥有了一间浴室,可即便如此,他们此前的日子却还是红红火火,他们的孩子也同样茁壮成长起来了。你偷偷摸摸地穿过后街,生怕你的朋友问你:房子什么时候能完工。你自怨自艾着,甚至没法准确阅读你的校样,更不用说参加你投票了的政党的预选会,或是履行好公民的职责了。生活令你痛苦万分。

可是等到六个星期以后,你却会坐在新房子的软煤炉前,觉得自己一直都是这里的住客。你甚至不会为你在房子里住着而感到感激。你已经忘了水管工的名字。要是你在街上遇到了那位克服了万难的好木匠,你只会向他点头致意,而不会想去亲吻他,拥抱他。

就这样,你完全接受了现状。

我承认,在写这篇文章时,我也是带着这种心态去看待砖月亮的。它就在天上,在以太中。我留不住它。我没法把它弄下来,也没法轻轻松松地去它上面——尽管我有可能真的会这样做,你会看到的。他们在月亮上全都很快乐——依我所见,比他们住在巴黎的六楼、伦敦的旅馆,甚至波士顿凤凰城的出租屋时都要快乐得多。他们的处境有劣势,但也有优势。而如 Q 所说,最能让我们接受现状的理由是"我们对此无能为力",只能与他们保持联系,并表达我们的同情心。

对他们来说,他们肩负的责任与束缚他们的引力一同减少了——我差点就说成是地球引力了,我指的是把他们束缚在砖月亮上的引力。引力的损失让他们的身体变得轻盈,责任的减少也一定会让他们身心轻快。

在这一点上，我要请大家注意我接下来要说的。在我翻过手头的这几页报纸时，出现了一个很适合解释这件事的案例。这天是 10 月 23 日。前一天早上，新英格兰的所有清醒的妇女都确信床底下有人。这肯定兆示着地震。我们阅读的晚报则印证了这一点。报纸可真是一种圣物，它们给我们提供了多少信息啊！报上说，虽然此处的地震并不严重，但是更严重的地震可能在别处。编辑部是真的在期待像卡拉卡斯或里斯本这样的城市里的所有教堂和大教堂都塌掉。我可并不希望如此。但我确实有一种微弱的感觉，如果……如果……如果世界真的被炸成了六块或八块，进入了各自不同的轨道，那么，我们所有人的生活都会变得轻松许多，无论我们碰巧待在什么地方。

有人说，这种事情已经发生过一次了。每当火星和木星之间的大行星发生爆炸，将自己分成一百多颗小行星，小行星上的人都只会在阅读他们的晨刊时或之后才知道发生了地震。在这之后，他们会率先得知：方圆两百多英里内的电报通信已经全断了。人们和信件会慢慢道来，说他们已经同其他一些岛屿和大陆分道扬镳了，但是如我所说，每个碎块上的人的重量都变轻了，心态也轻了很多，责任也少了很多。

现在你可以想象得到，要是在黑尔小姐的学校里，有人宣布地理课今后将局限于学习密西西比河以东和大西洋以西的地区时（因为大地已经在这两条接缝处分手了），人们将会多么激动了。不必再学习意大利语、德语、法语或斯克拉沃尼亚语了——说这些语言的人现在都在不同的轨道上，或在其他的世界里了。不难想象，美国海外传道委员会和同类协会的业务也会变得更加轻松，因为教化的职责和一般的传教工作都被缩小到了如此狭窄的范围内。对你我来说，我们都无法替格莱斯顿先生决定爱尔兰的土地归属权[1]，并且在谈论此事时，我们都会感到苦恼。这时，要是我们得知英国被抛向了一个方向，爱尔兰

---

[1] 指威廉·格莱斯顿（1809—1898 年），英国政治家，1868—1894 年担任英国首相。在任期间处理过很多关于爱尔兰问题的事务。——译者注

被抛向了另一个方向，马恩岛又被抛向了第三个方向，三者都飞向了太空，相遇的机会比你打惠斯特牌两晚打出同一套牌还低，我们将多么欣慰啊！即便是维多利亚女王，也会睡得更香。我相信格莱斯顿先生也一样。

因此我才说，奥克特和布伦南的责任已经大幅减少，以至于在第一次之后，我开始看到他们的契约地位得到了决定性的补偿和改善。

不消说，我们这个小圈子当中的妇女从来没有和我们想到一块去过。在我们排好新的电报以后，我发现波莉和安妮·哈利伯顿私下里聊了很多。一天早上，当我们这帮男人早早地在木屋里醒来时，我们发现她们已经丢下我们出门去了。秘密就这样暴露了。我去找她们，发现她们将信号板飞快地送进送出，告诉布伦南夫人和新娘爱丽丝·奥克特，荷叶边要多缝一英寸半；另外，人们现在用调和色，而不是对比色来修饰裙边。我虽然没有明说我确信他们在砖月亮上穿的是无花果叶，但是私下里我就是这么想的。

说到底，我不该嘲笑这些女孩，要是她们能活到像海伦迷惑特洛伊城的议员时的岁数（93 岁，前提是海恩[1]的计算是正确的），那到时候我就该叫她们女士了。我不该嘲笑她们，因为她们的行为纯粹发自善心。这份善心还带来了一项更现实的提议：当时波莉来找我，告诉我，她为小伊娥和福柏准备了一些婴儿用品，还有一些大孩子的玩具。她认为我们可以"送一捆上去"。

我们当然可以。飞轮们还在转动！说不定我们自己还要上去呢！

然而，在经过慎重的考虑以后，没有人自愿登月。你想，一个人要是打算登月，就得把自己包裹在厚厚的石棉或一些类似的非导电物质中，大胆地跳上高速旋转的飞轮，然后在两点几秒内被射出地球大气层，全程都要带着盛装他所需要的压缩空气的绝缘容器，并经由预先计算好的轨道，安静地降落在砖月亮上。扪心自问，我觉得我们都很害怕。我们中的一些人承认自己害怕；另

---

[1] 指克里斯蒂安·哥特洛布·海恩（1729—1812 年），德国考古学家，哥廷根州立大学图书馆馆长。——译者注

一些人中肯地说：月球上的人口已经很稠密了，不管出于什么理由，都不该让它变得更稠密了。在登月一事上，我们也什么都没做。不过，打包"东西"的计划看起来要更可行，因为这些东西不需要氧气。我们似乎只需要采取预防措施，以防止包裹在穿越地球大气层时烧起来。我们的石棉不够。一开始，有人提议将它们全装进霍斯福德教授[1]的保险箱中，但当我发电报给奥克特，告诉他这个计划时，他不同意。砖月亮的大气层很薄，如果用力过猛，保险箱的一角可能会在他们的世界表面撞出一个非常糟糕的洞。他说，要是我们能先送一批重量不大，但体积很大的东西上去，那他愿意冒这个险，但他绝不同意发射致密的金属上去。

因此，我确立了一个方案——我至今依然觉得它不错。我们用厚重的旧毛毯包住包裹，用精纺线捆包，然后把它装进一个更大的地毯袋，在缝隙里填上干沙——我们最好的绝缘体；把这层也打包捆紧以后，我们填进更多的沙子；这样不断地叠加砂砾和毛毯，直到在包裹和空气之间有五组独立的分层。依照我们的计算，每层沙袋都要花不少时间才会烧光、解体。如果每层沙袋平均能承受 0.4 秒，那么，最里面的包裹就能无损穿过地球的大气层。就算它们烧得时间更久，沙袋落在砖月亮上面时，也不会太重。当然了，我们可以在他们的夜间做实验，在此期间，他们大概率都会在睡觉，不会影响整个过程。

我们在选择足够重要又足够庞大、足够轻巧的安全物品时，度过了一段非常有趣、非常快乐的时光。爱丽丝和贝塔都坚持认为有必要留出空间放孩子们的玩物。她们想把最受人们欢迎的旧玩具送去，外加一些新礼物。其中比较特别的是一只毛绒羊，此外还有一个罗丝送给芬妮的浇水壶（大家对它都很有感情）、一盒多米诺骨牌、一包纸牌、磁力鱼、弓箭、跳棋盘和槌球用具。波莉和安妮考虑得更周到。她们向高门公司订购了大头钉、缝衣针、钩子和钩扣、

---

[1] 埃本·诺顿·霍斯福德（1818—1893 年），美国科学家，专长为农业化学。曾在哈佛大学创建了美国第一个现代化学实验室，并发明了第一种现代泡打粉。——译者注

纽扣、胶带和我数都数不过来的必需品。哈利伯顿夫人坚持要为孩子们送去胶鞋。哈利伯顿自己也买了会眨眼的娃娃，不过，我觉得自伊卡洛斯的时代以来，蜡一直是飞天大冒险中最糟糕的东西[1]。他为婴儿准备了橡胶戒指，为大一点的孩子准备了锡牛和木狮子，为再大一点的孩子准备了绘画工具，为女士们准备了一箱缝纫工具。我则准备了一堆文学作品——一套我自己的作品，缅因州的立法报告，我已经提到过的让-英格洛的作品，以及两卷《人间天堂》[2]。所有这些都被装在沙子里，装袋，捆包，再填沙，再捆上绳子，一次又一次，一共五次。至此，万事俱备，就等着奥克特的号令和我们的演算了。

最后，发射的时刻终于到了。遵照奥克特的命令，我们将飞轮的转数降到了 7230r/s，据他所知，这差不多就是它在那个要命的夜晚的速度。我们把袋子放在水里泡了近 12 个小时，到了商定好的时刻，让它滚到了飞轮上，射向空中。它太小了，很快就消失在了我们的视野中，我们没看到它着火。

我们自然都急切地观察着月亮，等他们发信号。我们发射物资时，他们都睡了。然而，他们发来的电报却让我们非常失望。

107. 找到了两个槌球和一匹瓷马，没了。不过，我们会让孩子们去翻翻灌木丛，说不定会找到更多东西。

108. 找到了两本《哈珀斯》杂志和一本《大西洋》杂志，都受损严重。但除却最干燥的那部分，剩下的都能读。

109. 我们看到了许多绕着我们转的小东西，它们说不定会掉下来。

---

[1] 这时的娃娃的皮肤是用腊做的。——译者注
[2] 英国艺术家、小说家、诗人威廉·莫里斯（1834—1896 年）的长诗。——译者注

可那些小东西始终没落下来过。事实是，所有的隔层都被烧穿了。我想，沙子不管飞到了何处，都一定已经回归大地了。我们的包裹里其他的东西，则要么变成了小行星，要么变成了陨石，都在各自的轨道上绕地球公转着。只有一两个处理得当的物件坚持了很久，进入了砖月亮的引力范围，绕月亮旋转。不像槌球，它们也打歪了。五卷《国会世界》像蝙蝠一样在他们头顶不足一百英尺的高度上盘旋着。另一件——恐怕是"英厄姆氏书稿"——没么重，飞得更高一些。然后是由毛绒羊、瓷牛、一双胶鞋、哈利伯顿挑的一只龙虾、木狮子、蜡娃娃、萨特弹簧秤、《纽约观察家报》、弓箭、纽伦堡母山羊、罗丝的水壶和磁性鱼组成的荒唐队伍，它们肃穆地绕他们徐徐周转，构成他们的小世界的十二宫。

从这以后至今，我们再也没有寄过包裹，但等到圣诞节，我们可能会再寄，也许我们会大幅提升飞轮的转数。事实上，虽然我们从来没有用语言向对方明说过我们的分歧，但是在我们这一小撮人里，大家在看待砖月亮的立场时，想法都千差万别，就像英国的政治家们在看待他们的殖民地时，彼此间的想法也都不一样。

砖月亮是我们世界的一部分吗？还是说，它不是？是应该鼓励其居民与我们保持联系，还是让他们"接受现状"，并逐渐脱离我们，脱离我们的世俗？从理论层面为这些问题下定论是毫无意义的——或许，从理论层面为任何两难的问题下定论都毫无意义。但是，在实践当中，不断涌现的问题确实需要我们去为这一抽象的问题下一些定论，以谋求解决办法。

举个例子，当桑德曼教会发生了可怕的分裂，分为新旧两派时，哈利伯顿认为布伦南和奥克特，以及布伦南所管理的砖月教会都应该加入我们这边。这一点对我们非常重要。他们的教会将会出现在我们的登记册上，而且其影响力并不会减损。因此，哈利伯顿花了八九天的时间，根据早期的校样，将肖托夸宗教会议的举办地点通过电报发给了布伦南，并询问布伦南愿不愿意在印刷会议手册时，在上面签署上自己的名字。在整个砖月项目中，唯一让哈利伯顿痛心疾首的是，无论是奥克特还是布伦南，都没有发出过哪怕一个字的回电。有一次，哈利伯顿情绪非常低落，我听到他甚至说，他确信他们一个字都没读过。在他看来，他和罗布·谢辛辛苦苦地收发信号，却换来这结果，可真是"善有善报"。

接着，他又断定他们必须在砖月亮上面组建国民政府。为此，他收集了一大堆好书——在英国宪法方面，有狄龙[1]；在法律方面，有孟德斯鸠；还有斯多利[2]、肯特[3]、约翰·亚当斯[4]等地球上的所有权威人士；还有十份他自己在波敦克青年互助进步会发表的关于"社会秩序的反常真相"的演讲的讲稿。他打电报问他应该在哪天晚上寄给他们，奥克特回答说：

129. 带着你的旧法律书见鬼去吧。自打我们来到这儿，我们没开过预选会，也没有司法法庭，而且也永远不会有这些东西。

哈利伯顿说，这和堪萨斯州之前一样糟。当时，因为弗兰克·皮尔斯[5]既没有指派法官，也没有颁布法律，堪萨斯州的人民在无法可依的状况下生活了一年左右。奥克特在他的下一封电报中补充道：

130. 你们没有新小说吗？把斯克里布[6]的书、《天方夜谭》《鲁滨逊

---

[1] 指让-路易斯·狄龙（1740—1806年），英国政治理论家，其著作深刻影响了美国宪法的多位起草者。——译者注

[2] 约瑟夫·斯多利（1779—1845年），美国最高法院大法官。——译者注

[3] 本杰明·肯特（1708—1788年），美国最高法院大法官。——译者注

[4] 约翰·亚当斯（1735—1826年），美国政治家，曾参与《独立宣言》的签署，并担任第二任美国总统。——译者注

[5] 富兰克林·皮尔斯（1804—1869年），美国政治家，美国第十四任总统。——译者注

[6] 欧仁·斯克里布（1791—1861年），法国剧作家。——译者注

漂流记》《三侠传奇》以及惠特尼夫人[1]的书送来。我们有萨克莱[2]和奥斯汀小姐的书了。

当哈利伯顿读到这些的时候，他觉得他们似乎不仅脚步变轻快了，头脑也变轻浮了。他还很认真地咨询我，问要不要把"皮克罗夫特阅读课程"电报给他们。我劝他不要这样做，他志得意满地与乔治严肃地争论了一番他们的年轻人将如何成长的问题。作为回应，乔治发回了布伦南的最后一篇讲道——《帖撒罗尼迦前书 4:2》。这篇讲道有四个要点，讲要讲上一个半小时，发电报花了五个晚上。我另有约了，所以哈利波顿不得不坐在那里，眼睛盯着舒博望远镜。他再也没有讨论过这个问题。他受够了，这说不定是好事。

妇女之间从未发生过任何争执。当我们收到砖月亮发来的两三百封报文时，安妮·哈利伯顿来找我，用她特有的聪敏方式说，她认为又该轮到她们收发电报了。她说，这些关于阿尔伯特湖和北极的传说都很不错，但是，就她而言，她想知道他们是如何生活的，想知道他们做些什么，谈论些什么，是否进行夏季旅行，想知道 37 个人如此紧密地生活在一起的社会形式是怎样的。这所谓的"社会形式"骗不了我。所以她又说，她想要我和她丈夫去参加在阿桑平克举行的两年一度的大会，她知道我们想去。她和布里吉特、波莉和科迪莉亚会去观察信号，做出答复。她认为如果我们不在，她们和月球上的人会相处得更好。

于是我们就去参加了她所说的大会，其实这并不是什么大会，而是第 45 届两年一度的预选会。我们放手让女孩们去做事了。

我是否应该承认，她们没有记录自己发出的消息，也没有准确记住它们？"我不打算保留一串'我说道'和'她说道'，"波莉大胆地说，"我不想在我的

---

[1] 威廉·萨克莱（1811—1863 年），英国小说家，代表作包括《浮华世界》等。——译者注
[2] 阿德琳·惠特尼（1824—1906 年），美国诗人、作家。——译者注

墓碑上写：我为人们留下了更多的年谱，供人们归档、研究、装订、尘封或编目。"但她们告诉我们，她们一上来就问"砖月人"，他们记不记得玛丽亚·特蕾莎对她的女仆们说的话[1]。乔治·奥克特他们这次回复得比以往都快，他们从月亮上回答说："我们听到了，我们听你们的。"于是，妇女们接手了通信工作。女砖月人们立即向我们的女孩们解释说，她们已经派丈夫到另一边去凿冰了，她们正在操纵望远镜，亲自照管通信工作。她们可以好好地谈一谈了，不必烦恼法律书或磁极的事了。如我所说，我不知道波莉和安妮问了什么，但是她们把回复按照逻辑连贯的次序记录在了纸上。我只是不知道这些回信的编号，也不知道它们是按什么顺序发来的。我们在阿桑平克开了两三个星期的宗教会议。

布伦南夫人是发言人。"我们为了鉴别昼夜做了很多试验。一开始，我们不知道什么时候是亮的，什么时候是暗的，这非常有趣，因为对我们来说，白天和黑夜这两个名字真的表达不了什么了。摆钟自然全都出故障了，后来男人们才修好了它们，另外，我认为手表和钟表都快过时了。不过，我们大多数情况下还是遵循以前的作息，八点听锣声起床，不去看日照行事，但当月食到来时，我们就会改变作息，去发信号。"

"我们仍然是彼此独立的家庭，爱丽丝一家是第七家。我们尝试以住旅馆的方式生活，大家都喜欢这种生活方式，因为大家从来都不吵架。你不能在这里吵架。在这里，你永远不会生病，永远不会累，也不会饿肚子。但我们确信，对孩子们和所有住在砖月亮上的人来说，日常分居，在聚会、去教堂或去发信号之类的情况下聚在一起会更好。这样一来，聚在一起时，我们便有话可说，有东西可教，也有东西可学了。

---

[1] 玛丽亚·特蕾莎的丈夫，弗朗西斯·邓萨尼公爵（神圣罗马帝国的皇帝），一天四处游手好闲。皇后有点累了，跟宫女们说："女孩们，你们要是结婚，要小心，尽量选择一个在外面有事做的丈夫。"——作者注

"自从甘蔗顺利进化成亚麻,我们过得便舒适多了,我们曾失去过这种舒适——即能够制造和使用纸张的便利。我们乐在其中,而且我们认为孩子们为联邦写的几部长篇小说的水平有了很大的提升。这里的联邦指的是我们在亲爱的老9号镇区为基督教会工作的老联盟。我们正在连载两部小说,一部叫《卡洛托克的黛安娜》,另一部叫《起起落落》。第一部是李维·罗斯写的,另一部是我的布兰奇写的。它们写得真的非常好,我希望我们能把它们寄给你们,可惜它们不值得寄。"

"我们八点起床;穿好衣服,收拾房间;呼吸新鲜空气,有人会去做这个;吃早餐;然后我们在外面集合,祈祷,在哪里见面取决于温度——我们可以任选温度,上不超过水的沸点,这很方便。祈祷结束后,会有一个小时的谈话、闲逛或散步,等等;虽然没有调情,但年轻人还是最喜欢这段时间。"

"接下来我们工作。在这段时间里,脑力劳动最多占3个小时。和所有的世界一样,妇女的工作是全天候的,但就我而言,我喜欢这样。农民和木匠都有各自的行规,就像光线和季节一样,是客观规律。自早餐开饭算起,往后数7个小时,是晚餐时间;晚餐总是持续一小时,和早餐一样。接着,每个人都会睡上一个小时。等大锣再次响起,我们就骑马、走路、游泳、发报,或者视情况做一些其他事。我们还没有马,不过,浦东鸡们正在进化成健壮的渡渡鸟和鸵鸟,个头大到可以让孩子们骑着小跑了。"

"每家人中只有两人会在家喝茶,其余的人总是不请自来地去别人家喝。晚上8点,大锣再次响起,我们在格蕾丝舱聚首,这间舱室不仅是有史以来最漂亮的大厅,也是最漂亮的教堂和音乐厅。我们唱歌、演讲、看戏、跳舞、聊天,或者遵照女主人的意愿行事,直到10点鸣锣宵禁。然后我们都回家。晚间祈祷由各家各户单独做,午夜前,所有人都会上床睡觉。法典上唯一的法律是:一天24小时当中,每个人都要睡满9个小时。"

"只有一件事会打断这一通用秩序——敲三下锣就意味着'电报来了'。这之后,我们就会全员就位。"

"岁月如梭,快得难以想象!"

然而,正如我所说,这种对话自然持久不了。我们无法征服我们的砖月亮,也不能把所有的时间都花在给我们亲爱的砖月亮发电报上。除了处理我们的事务外,他们会不会还有别的事情要考虑,要去做?说不定可能吧。当然了,他们看起来对格兰特总统的第四号宣言和菲什先生在塔西提岛事务中的知名条约都漠不关心。比起我给所有孩子发上去的那篇关于我们小时候结伴从军的讨人喜欢的简短报告,那个名叫贝尔·布伦南的小女巫真的更关心他们的《仲夏夜之梦》演出,或者她父亲的生日吗?啊,好吧!我不应该认为所有的世界都和这个古老的世界一样。事实上,我经常说我们这个世界是我所知道的最古怪的世界。也许他们的世界并不古怪,我才是古怪的人。

持续的交流自然无法持久。我们只是定下了通信的日子,到时候我们会给他们发报,他们也给我们回电。与此同时,在塔姆沃思天文台,我被撤职了。不过,我的工作做得很好,波莉的工作做得也很好。观测员的房间非常整洁。孩子们都被关在了地下室里。我们彬彬有礼地接待所有的访客,把所有的费用都交给了财务主管。有一年夏天,他得到了 3 美元 11 美分——那一年格兰特将军来天文台了,不算乞讨的话,这笔钱是他们从各种渠道得到的钱里最大一笔了。我并没有辜负组织对我的信任。我也不是为此而被免职。不是的!只是人们发现我是一个桑德曼教教徒,一个格拉斯主义者——人们在嘲笑我时这么称呼我。要开年度理事会了。当时在塔姆沃斯有一场规模盛大的机械博览会,还有一场农业大会。大会上没有赛马,但有两场竞争性的测试,测试中,赛马会互相竞争,快步马也会互相竞争,最好的赛马和最好的快步马会各获得 5000 美元。这些事将所有的理事聚集在了一起。塞法斯·菲尔珀茨牧师主持了会议。人们认为他的自由机构学说比我的学说要合理得多。他坐在椅子上,坐在那间漂亮的观察室里——波莉用菝葜和常春藤把它弄得亮亮堂堂的。我自然没有坐在椅子上,而是像看门人一样在门口等着。接着,菲尔珀茨博士做了简短的讲话。他相信,天文台永远要服务于科学,为了真正的科学而运作,为了能区分开无法无天和真正的自由、能区分开放肆和自由意志的科学而运作。他变得雄辩起来,变得喧闹起来。他坐了下来。然后,另外三个人就类似的问题开始发言。接着,任命我的执行委员会被解散了,并得到了感谢。他们又选出了一个新的执行委员会,由菲尔珀茨博士担任主席。第二天,我被解雇了。第二周,菲尔珀茨一家搬进了天文台,他们的二女儿现在负责照顾天文台的仪器。

我又重操旧业,开始治疗灵魂,抚慰我的子民所受到的伤害。在观月日,有人跑到了9号镇区,通过舒博望远镜和砖月亮交流。我们爱他们,他们也同样爱我们。

我们也再不像过去那样为砖月人感到悲伤了。10月,我们和好心的沃兹沃斯一家人一起从鸽子湾回家,途中谈论起我们所度过的夏季生活的意义。它为什么魅力十足?为什么我们有点不愿意回到更舒适的环境中去?"我讨厌上学。"乔治·沃兹沃斯说。"我讨厌发电报。"他母亲说。"我讨厌上班。"她可怜的丈夫说。于是他们问我们在鸽子湾有多少人。孩子们数了数所有的六个家庭的人数——哈利伯顿家、沃兹沃斯家、庞特弗莱克特家、米奇家、海耶斯家和英厄姆家,再算上两个友善的女孩,总共37人,外加今年夏天出生的两个婴儿。"说真的,"沃兹沃斯夫人说,"6月以来,我还没有和这些人之外的人说过话。更重要的是,英厄姆夫人,我们无意中就这样了。我们真的生活在一个我们自己的小世界里。"

"我们自己的世界!"波莉从座位上跳了起来,吓了沃兹沃斯夫人一跳。原来我们也生活在一个属于我们自己的世界里。《桑德曼教会报》被并购以后,波莉就不看报了。她有时会收到一两封信,但不多。事实上,她与格兰特将军、格莱斯顿先生、赫迪夫等大人物的关系比布伦南、罗斯等人与他们的关系都更疏远!

这是她度过的最幸福的夏天。

如果我们全心全意地与我们身边的三四十个人生活在一起,并向所有其他的人发出友善的电报,会不会所有人类的同情心都能茁壮成长,所有人类的力量都能得到锻炼,所有人都能变得更快乐呢?"我们对大城市、大型集会、大剧院和大教堂的热情所孕育出的信仰、希望和爱,真的就是一个小小的'我们的世界'所无法企及的吗?"

# 后记：我们为何追求科学

文 / 杨枫

古往今来，科幻与科学的关系一直是科幻领域的一项重要议题。即便是将目光局限在中国大陆，我们在科幻史上也至少能清晰地看到该议题的三次现身：首先是新中国成立后的第一次科幻热潮，从 50 年代一直持续到 60 年代中期；其次是 80 年代的科文之争，尤其是 1983 年针对"精神污染"发起的清污运动；再一次则是在刘慈欣于 2015 年获得雨果奖以后，科普式科幻作品的逐年复兴。

考察彼时的社会环境，不难发现，上述三次变革多多少少都与我国的科教政策息息相关，而在这之中，存在着一个至关重要，但往往被忽视的问题：科学究竟是什么？当我们追究科幻究竟姓不姓"科"时，往往会不假思索地为这个问题预设好答案：所谓"科"就是现实当中存在着的科学技术。然而这句话本身就存在着巨大的逻辑漏洞——就像"1=1"这样的恒等式一样，它只不过是一句自我指涉的废话而已，并没有回答这样一个科学史范畴的问题。事实上，这个问题很难回答：它关乎人类认识世界的方式，而一旦我们立足于此，就不难发现，其实科学、哲学、艺术甚至宗教都似乎拥有某些共同的特质。并且这个问题还可以继续细分，诸如自然科学和社会科学间的关系，科学与技术之间的异同，等等。

薄薄的一本科幻小说集自然无法全面涵盖所有这些议题——科幻小说本来也难以承担此等重任。不过，考虑到参与本书撰稿的作者全都拥有科研背景，我们至少可以通过他们的写作，看到科研人士的科幻创作如何与他们的科学探索互动。

正是带着这样的目的，在 2019 年 11 月的中国科幻大会上，我们展开了题为"实验室里的怪东西"的专题讨论，最后结出的果实，便是本书中的《真理的海洋》。这篇小说构成了本书的基石——它取材自作者研究生阶段的真实经历，重点关注两件事：其一是科学研究的过程；其二是科学人的生活和心路。

书中的原创小说大都回应了这两个问题，并且其主人公的心境呈现出了惊人的一致性：焦虑。这种焦虑扎根于我国"学以致用"的功利传统，集中体现在年轻学者对"科学到底有什么用"这个问题的迷茫上。但这种心境又与过往的科幻作品（如何夕《伤心者》或昼温《温雪》）所呈现出的焦虑有所不同。在此，焦虑与其说是一种写作对象，不如说是一种驱动角色找寻答案的动力。而他们的答案又千差万别：在《真理的海洋》中，数学家意识到诠释真理与发现真理殊途同归；在《双脑筑城记》中，科研在另类的天才眼中成了一种升级游戏，一种买卖。

这些答案从多种角度回应了传统视角下的刻板印象——这些印象在书中的《科幻作品中的科学家》及其附录《疯狂科学家列传》中可见一斑。科学迷信、科学家迷信，以及这些迷信和崇拜所呈现出的另一面——科学和科学人的工具化……近年来，在市面上我们所能够看到的科幻小说中，这些刻板印象仍然持续存在着。

回到本书。更重要的是，书中收录的这些小说还呈现出了科学与现实间的互动方式：在《梦蚀》中，赞助虚拟现实与脑科学实验的是一家游戏公司，这在现实世界中是非常常见的产学合作模式;《触摸呼吸》中描绘了真实的学术会议、多人研究过程,及研究成果彼此间的启示;《双脑筑城记》呈现了理论科学在技术领域发挥的作用;H.G. 威尔斯的《飞蛾》则绘声绘色地描写了学术领域的猜忌、纠纷和倾轧。在此,与科学人一样,科学也脱去了脸谱,成为一个拥有丰满血肉的主角。

但这样还不够,关于"科学是什么"的答案仍然还不够清晰,反而似乎淹没在了专业人士的生活当中。为此,我们反其道而行之,选取了《砖月亮》这样一部最"不科学"的作品压轴——正是因为它不科学,反而有助于我们领悟科学的真谛。

《砖月亮》是美国作家兼教育家爱德华·埃弗里特·黑尔创作于 1869 年的小说,小说中,一群有志之士为了解决经度测算问题,发射了文学史上最早的人造导航卫星。在今天看来,这颗卫星的制造方式可谓荒谬至极——它通体由砖块砌成,用两座飞速旋转的飞轮射向太空(明显取自橄榄球自动发射架),飞轮的动力源自瀑布,其运作方式相当于一台永动机;载着乘客升天后,乘客带上去的种子和牲畜受进化论的影响,一代代开始发生进化,短短一年间就从庄稼进化出了乔木……

> 写信给达尔文,说他说得都对。我们从地衣开始栽培,现在已经种出棕榈树和铁杉了。
>
> ——爱德华·埃弗里特·黑尔《砖月亮》

但小说同时也细致地呈现出了这样一项艰巨的工程的落实方式,甚至还将资本和政治的力量也纳入其中,完整阐释了完成这样一项空前绝后的伟大计划所必须执行的各种琐碎事务。并且也提供了大量可靠的细节,诸如砖月亮的用途、地月通信的方式、卫星轨迹的测算和追踪等。细致入微的书写令人不禁联想到在 90 年后,大西洋另一端的英国科幻协会当中的年轻科幻爱好者们热情洋溢地规划着的登月计划(其核心人员就包括黄金年代的领军人物阿瑟·C. 克拉克)。在此,我们可以说,它的结果是不科学的,但它的过程是科学的,遵循着科学的逻辑。相比于结果的科学性,我认为,这种过程的"科学性"才是科学更重要的面相。而从某种意义上讲,科幻小说之所以能够引人入胜,也是因为它们能够带领读者去领略这种过程,让读者在阅读小说的过程中,短暂地参与科研活动,去收获"拨开云雾见青天"的快乐,哪怕这里的新发现是虚构的。

以特德·姜的名篇《脐》为例:小说中虚构的五花八门的"本初生物"(一种考古学发现,诸如没有肚脐的木乃伊等)成为了神创论的坚实证据,但是进化论却并未因此消亡,反而与神创论融合,催生出了关于人类起源,乃至宇宙演化的新理论。而文中的科学家会在发现这种新理论的时候感到由衷的狂喜,因为它揭示了宇宙更加高深的秘密,让我们距离理解这个世界又前进了小小的一步。

这也间接回答了本文标题中的问题:我们为什么追求科学?站在科学人的立场上,上文提及的这种过程和过程中的快乐可以被视作一种心灵上的乌托邦——生而为人,必然要与世俗产生种种纠葛,但不论发生什么,科研这种孩童般的纯粹智性的活动总是能够成为一种精神港湾。

这也是书中的科研人员大多保持着"痛并快乐着"的矛盾心态,继续奋战的原因。

当然,本书并非仅仅写给科学人群体,供其自我感动的书。"我们为什么追求科学?"的问题,最终还是要落到普罗大众的立场下。在此,我想援引 2021 年诺贝尔生理学或医学奖得主之一大卫·朱利叶斯的成果——他研究的是辣椒素与皮肤灼烧感之间的关系,但是这项研究最终却指向了"温度和触觉受体的发现"。从现实价值的角度看,该研究的发现在医疗和仿生领域意义非凡（暂举一例，日后的虚拟现实领域中涉及触觉的仿真装置就有非常大的概率会利用这项成果），但它的目的听起来就不那么"有用"了。在此，目的和结果似乎出现了背离，然而事实却并非如此——如前文所述，科研本身的目的就是洞悉规律。以此为大前提，我们便不难看出朱利叶斯的研究本身从"求知"到"得知"的内在逻辑了。并且，我们也能够看到一项规律或法则对现实潜移默化的巨大影响。正如刘慈欣在《三体》中所说的那样，宇宙法则才是至高无上的武器。作为人类这样一个群体，我们对世界的领悟每增长一点，我们应对身边的环境的能力也就会更进一步，我们距离"神明"也就更近了一步。